JN280980

中国少数民族歌垣調査全記録
1998

工藤　隆・岡部隆志

大修館書店

1 上／ジンポー族の巫師(ドゥムサ)が神話を歌う(徳宏州三台山村)
2 左下／ドゥアン族の老夫婦と孫たち。老人は仏教歌の旋律で恋歌を歌った(同州回龍社)
3 右下／歌垣について語り、手織りスカートを見せてくれたジンポー族の女性(同州南京里)

4 左上／背負った薪を下ろして一休みするアチャン族の老婆（徳宏州丙崗社）

5 右上／市で農作物を売るアチャン族の女性。アチャン族の女性は、老若を問わず凝った手織りのスカートをはく（同州梁河）

6 右下／タイ族の稲刈り。刈り残した茎の上に、刈った稲をのせていく（同）

7 上／船着き場近くの建物の軒下で歌を掛け合う中年男女（左端の二人）（大理州苴碧湖）

8 左／丘の小道で歌を掛け合う中年男女（同）

9 下／歌垣Ⅰ 歌会のために里帰りした女性（左端）と複数の男性の歌垣（同）

10 上／歌垣Ⅱ　歌を交わす赤い上着の女性。そばには、帰りを促す連れの女性たちが待っている(大理州苴碧湖)

11 下／歌垣Ⅱ　牛、馬、自転車、村人などが次々に通るが、歌い手はかまわずに歌いつづける(同)

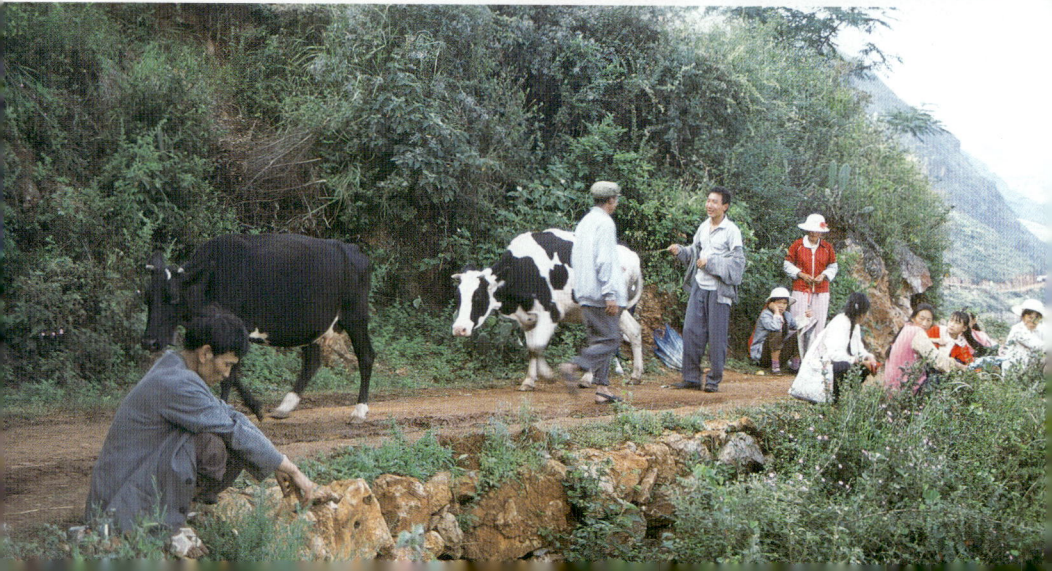

12 上／歌垣Ⅱ　赤い上着の女性と左端の男性とが歌を交わしている。別れたあと、女性は右奥に見える湖の先の村に帰って行った(同)

13 右／歌垣Ⅱ　馬を連れた男性が途中から交替して歌った(同)

14 上／歌競べ台の歌垣コンテストを見る人々（大理州石宝山）
15 左下／宝相寺境内の宿舎で歌垣を楽しむ女性。若いがかなりの歌の熟練者（同）
16 右下／歌垣Ⅶ　傾斜地の林の小道で交わされた、男性が女性を侮辱する歌垣（同）

17 上／歌垣Ⅵ　宝相寺境内の宿舎の石段の上で始まった、若い男女の歌垣(同)
18 右下／歌垣Ⅵ　やがて室内に移動し、大勢の若者が見守る中で歌いつづけた(同)
19 左下／歌垣Ⅲ　雑踏の中での歌垣(同)

20 21 上、左下／小石宝山の歌会には、大勢の男女が懐中電灯を片手に詰めかけて来る。若者たちの熱気で、独特の雰囲気（大理州大樹郷）

22 右下／頂上の少し下に観音廟がある。観音会の日は、夜通しの歌会になる（同）

中国少数民族歌垣調査全記録 1998

●

はじめに

　「少数民族」という用語には、どうしても"支配されている、劣っている、遅れている"といった多数民族・優勢民族の側からの視点が感じられてしまう。しかし、「先住民族」「山岳（山地）民族」などと言い換えてみても、この視点は完全には消えないだけでなく、その指す範囲が狭められてしまうことが多い。たとえば、中国の哈尼族がタイに移動してアカ族と呼ばれているが、このアカ族はタイの少数民族ではあっても、タイの先住民族ではない。あるいは中国の少数民族傣族を例にとれば、タイ族は一般に平地に居住しているので山岳民族と呼ぶことはできない。というわけで、最良の呼称だと思っているわけではないのだが、今の段階ではこれに代わる用語がないという消極的理由も含めたうえで、「少数民族」という語を用いることにする。
　さて、ある民族が少数民族かどうかという問題は、あくまでも多数民族・優勢民族が国家を作り、気づいてみたらその民族がその国家の国境線の内側に取り込まれていて、結果的に多数民族・優勢民族との比較から、少数民族の位置に転じていたということが多い。
　そういうことでいえば、日本国においても、かつて日本列島北部の先住民族だったアイヌ民族は、江戸幕藩体制下の松前藩と弘前藩によって武力制圧され、以後は日本国の少数民族になった。またオキナワ民族は、縄文時代にはアイヌ民族と同じく、主として日本列島南部の先住民族だったと思われるし、のちに独自に琉球王国も築いた。しかし、江戸時代に薩摩藩の侵略を受け、さらには明治維新の際に日本国に併合されて、少数民族的な位置に置かれた。
　しかし、その日本国自体も、縄文時代や弥生時代また古墳時代（私はこれらの時代を〈古代の古代〉と呼ぶ）においては、当時の中国国家の側からは「蛮夷」つまりは野蛮な弱小民族であった。私は、この時代の特に縄文末期・弥生期くらいから以後の日本列島民族を「ヤマト族」と呼ぶことにしている。この時期のヤマト族は、現代の概念で言えば「中国少数民族」の一つであったことになる。
　しかも、縄文時代にも中国大陸との交流があったことは考古学的にも明らかであるし、なによりも弥生の稲作文化を持ち込んだのが中国の長江（揚子江）流域の民族、あるいはその系統を引く民族だったろうということもほぼ間違い

ない。さらに、それらの民族の文化が現在の長江西南部に居住する少数民族の文化と共通していただろうということは、生活形態・食生活・歌掛け文化・神話・人種そのほかの共通性から見てほぼ推測できている。要するに、日本の〈古代の古代〉のヤマト族文化は、歴史的実態としても、稲作文化・アニミズム文化そのほかの文化構造としても、長江流域の諸民族と連続していたと私は考えている。

　以上の視点は、『古事記』『万葉集』など日本古代文学の研究にとっては重要な意味を持つ。独自の文字を持たず、自力で中央集権的な国家を樹立することもできなかったヤマト族は、500年代くらいから600年代・700年代（私はこれらの時代を〈古代の近代〉と呼ぶ）にかけて急激に、すでに日本の縄文時代にはいくつもの国家を成立させていた中国からさまざまな文化を吸収して大和朝廷を立ち上げ、また『古事記』『万葉集』などを誕生させた。すなわち、「少数民族国家」としての大和朝廷と、「少数民族文学」としての日本古代文学（ヤマト語という少数民族語と、ヤマト族文化という少数民族文化を主体とした文学）の成立である。

　このような意味でいえば、日本古代文学の成立や日本古代国家の成立について考えるには、中国少数民族と中国国家との関係がどうなっていたのか、また現にどうなっているのかを知ることが重要であろう。しかしながら、従来の比較研究はもっぱら中国の国家側の資料に偏り、少数民族の側の資料はほとんど顧みられなかった。

　さしあたり私の専門分野である日本古代文学に限ってみても、『古事記』『万葉集』などが漢字だけで書かれていることもあって（当時はまだひらがな・カタカナは無かった）、中国国家側の漢文資料との比較研究がほとんどである。

　そこで私は、あえて少数民族の文化を取材し、その祭式や歌掛けや神話などの具体的なあり方を一つの構造モデルとして活用して、日本古代文学の原点を探るという方法に挑んでみることにした。その際に文学研究にとって最も重要なのは、少数民族文化のなかの言語表現がどうなっているかという点に注目することである。少数民族のほとんどは、かつてのヤマト族と同じく独自の文字を持っていないので、その言語表現は口誦表現である。歌垣などの歌掛けはもちろん創世神話もメロディー付きで歌われている。従来の常識では、歌掛けは韻文、神話は散文と思い込まれてきた。しかし、少数民族文化のなかでは、ど

ちらも韻文なのである。

　ともかく、古代中国国家側から見れば少数民族語の一つでしかなかったヤマト語を主体とする日本古代文学の研究にとっては、少数民族文化との比較研究という場合、その少数民族語そのままの表現が見えてこなければ"表現"を重視した比較ができない。しかしながら、少数民族はその民族ごとに言語が違うので、その調査は困難を極める。また、口誦表現は発せられると同時に消滅していくから、それを記録すること自体が非常に困難である。そういう事情があるからだろうか、従来の文化人類学などの報告書からは、日本古代文学研究者が望むような、徹底して言語表現にこだわった資料がほとんど見いだされない。あるいはどこかの研究機関にはそのような資料が蓄積されているのに、私たちのような文化人類学と縁の薄い日本文学研究者には利用しにくい形になっているのだろうか。

　ともかく私は、幸運なことに、小型の録音機と小型のビデオカメラの登場した時代に現地調査を行なうことができた。その結果、あるがままの歌垣や祭式をそのまま録画し、あとで現地少数民族出身の研究者の協力を得てそれを文字化するという方法をとることができた。私は、そういうことが可能な時代に巡り合わせた幸運を感じている。

　本書の中心をなす歌垣資料（なお「歌垣」という語は日本古代の資料には散見するものの、現在のところ中国古代の文献には見いだされていないので、日本製の用語だとしていい。しかし、日本側ではこの語の定着度が高いので、本調査記録では「歌垣」という用語を用いることにした）についていえば、従来は、このように現在進行形で行なわれている生(なま)の歌垣をそのまま記録することは不可能だったはずである。今までに中国側で発表されてきた歌垣資料のほとんどは、研究者や文化局の人などが村人に特別に依頼して歌ってもらった"作為的"なものか、優れた歌垣の歌詞が人々のあいだで徐々に固定した歌詞を獲得して独立歌曲になったものや、熟練の歌い手が意図的に創作して"作品"として発表したものが人々のあいだで受け入れられて流行した独立歌曲（本調査記録に収録した「月里桂花」はこれら独立歌曲の典型）かである。実際に不特定の男女が、配偶者や恋人を獲得する目的で、終わりの決まっていない歌垣を現在進行形で延々と続けていくという実用的で自然な歌垣とは、表現様式の類似性は強いにしても、一回性という要素を欠いているという点ではかなり異質

なものばかりである。

　私の取材方法の基本は、まずそういった実用的で自然な歌垣の行なわれている現場に実際に入り、それをビデオカメラで録画することである。だが、少数民族の生活形態の変化に伴い「実用的で自然な歌垣」は消えつつあるうえに、出会えたとしてもその歌垣の最初から最後までの全体を完全に録画することはなかなかできない。特に最初の部分が欠けてしまうことが多い。依頼による作為的な歌垣と違って、実用的で自然な歌垣の場合は、いつ、どこで始まるかはだれにも予測できないからである。

　このような意味では、私が「現地調査報告・中国雲南省剣川白(ペー)族の歌垣（１）」（『大東文化大学紀要』第37号、1997.3）、「現地調査報告・中国雲南省剣川白(ペー)族の歌垣（２）」（『大東文化大学紀要』第39号、1999.3）でその全容を報告した歌垣【A】（若者たちの約１時間20分の自然な歌垣）は、ほとんどその始まりと同時に録画を開始しているので、非常に貴重な資料になったと思われる。しかも歌詞のすべてを、ペー語、中国語、日本語で記録した点も、将来にわたって重要な意義を持つだろう。

　本調査記録と共に出版した別添えのビデオ編に収録されている歌垣も、すべて現地で自然に行なわれたものを録画したものである。それらのペー語表記は本調査記録では省略したが、いずれも生の現場で現在進行形で歌われた歌垣の記録であるという点では、前記の歌垣【A】にも劣らない価値を持っている。しかも、それぞれがそれぞれなりの表情の違いを見せているので、歌垣の現場というものがいかに多様性に満ちているかの一端がうかがい知れるであろう。

　なお 歌垣 Ⅰ から 歌垣 Ⅵ までは、1998年９月の取材の際に収録したものだが、本書を刊行するにあたって、翌1999年９月に石宝山歌会の５度目の訪問をした際に取材したもののうち、特に"相手を罵る歌詞"の入った「男が娘を侮辱する歌垣」を 歌垣 Ⅶ として追加した。これによって、ペー族歌垣の多様性がさらに理解できるだろう。

　本調査記録は、少数民族文化研究会（1997年２月発足）の第１回公開研究発表会（1999.5.8、共立女子短期大学にて）において私と岡部隆志で共同発表した際に配布した資料、「歌垣の諸相——現地調査報告：ペー族の歌垣を中心に」をもとに、さらに大幅に加筆して完成した。発表を聞きに来られなかった

人たちから資料だけでも送って欲しいという依頼がかなりの数で寄せられたこともあり、なんとかして活字化して出版できないかと考えていたところ、幸いにも大修館書店がこれに応じてくれた。出版の実現のために尽力してくれた編集部の玉木輝一氏に心から感謝したい。

　ところで、私が調査報告書を作成する際の方針は、できるかぎり現場の臨場感を再現しつつ文字資料を提示するということである。文化人類学などの報告書の一般的な傾向は、客観的であろうとするあまりに、この臨場感を意図的に削ぎ落としているものが多い。また、論文スタイルに忠実になろうとし過ぎて、いわば"クールな報告書"になっているものがほとんどだ。しかし私の場合は、そのような記述方法をとらない。そもそも少数民族の集落に入るのは、近代社会以前の、いわば"人間生存の始原"の様相に触れたいからである（もちろんそれらの社会には、低い生産力段階なりの、自然と密着し、節度ある欲望を生きる、安定した秩序があるのだが）。そして、その"人間生存の始原"の様相を近代社会の側に伝えるためには、ある程度は、それに見合った独特の記述スタイルをくふうすべきであろう。

　また、従来の文化人類学などの報告書では、報告者（調査した研究者）があたかも正確な情報のみを記録できているかのように記述しているものが多い。しかし、現実の少数民族文化調査の現場では、取材が完全に正確な情報を獲得できるとは限らない。言語、生活形態の違いや制約された取材条件そのほかの壁があるために、調査者の側には常に、聞き間違いや、近代都市文明的発想からの誤解釈の可能性がある。したがって私の場合は、そういった弱点も含めて（もちろんある程度までは再確認、整理をしたうえでだが）報告書のなかに、できるかぎり"取材の痕跡"を残すように心がけているのである。

　というわけで、本調査記録は、歌垣の現場にたどり着くまでの具体的な過程も、できるかぎり記述した。歌垣の例でいえば、少数民族の歌舞団が"芸能"として演じている"芸能歌垣"なら、指定された日時に"公演会場"に行けば必ず上演されるだろうが、生きている生の歌垣はそういうふうには行なわれない。また、辺境の少数民族文化の調査には、そこにたどり着くまでの段取りから始まって、そこで得た採集資料の活字化まで、現地の研究者などさまざまな人々の協力を欠かすことはできない。したがって、どのような人に、どのような状況で聞き書きをし、それをどの程度の力量のどのような通訳の力を借りて

日本語化したのかといった、取材の具体的な人物関係もできるかぎり記述した。つまり本調査記録は、取材した言語資料などだけでなく、それを取りまく具体的な状況も極力記述するようにと心がけた"ホットな報告書"である。

　そのような、読み手に現場の状況や旅の経過を生き生きと伝える報告書を作ろうとするならば、写真の添付はもとより、ビデオ映像までも添えたくなるのは当然のことであろう。そこでDVD-ROMに収録して単行本とセットにすることを考えたが、現在の段階ではまだ経費が掛かりすぎて無理だということがわかった。したがって、DVD-ROMによるデジタル映像化は将来の課題とし、今回はVHSのビデオテープで妥協することにした。120分余という制約があるため、歌垣Ⅱ（湖畔での、出会いから別れまでの典型的な歌垣）と、歌垣Ⅳ（歌の熟練者が歌の下手な娘をからかう歌垣）は完全収録、そのほかは部分収録となっている。

　このようにして、この種の調査記録書としては映像付きという理想的な出版が実現することになった。当然のことながらその分の出版経費はかさむわけだが、幸いにも大東文化大学の「研究成果刊行経費助成」を受けられることとなり、「大東文化大学学術叢書」の一冊としての刊行が可能になったわけである。

　なお本書は、共著者の岡部隆志はもちろんのこと、一部共同取材の遠藤耕太郎・遠藤見和、またペー族出身のペー族文化研究者である施珍華氏、中国語から日本語への通訳・翻訳の張正軍氏、中国語から日本語への通訳の李莉さん、写真・取材・資料整理・編集・レイアウトの協力を得た工藤綾子との共同作業によって実現した。

　中国に限らず一般に少数民族文化の研究において、個人でできることには限界がある。成果を個人のものにしようなどという狭い意識を捨てない限り、この分野の研究は大きな成果を上げることができない。国際的な共同作業をいかに効率よく組織するか、そしてその成果を日本にも中国にもまた国際社会にも、いかにして人々の目に触れやすい形をとって発信していくかが緊急の課題なのである。日本や中国のみならずアジアの少数民族文化が刻々と消滅に向かって進んでいる現状を見るにつけ、この思いは増すばかりである。

工藤　隆

もくじ

はじめに ⅱ
ペー族歌会で出会った主な歌垣（1995〜1999年） ⅻ
調査日程表・地図・取材スタッフ ⅹⅵ

第Ⅰ章　ジンポー族の歌垣と神話 …………………… 1

昆明から大理へ── 9月3日（木） 2
　張正軍氏による浙江省の農村の話 3
　　幼児の便を犬に食べさせる習慣 3　　肥料について 3
大理から芒市へ── 9月4日（金） 6
徳宏歌舞団の景頗族からの聞き書き── 9月5日（土） 8
　ジンポー族の歌垣と結婚についての聞き書き 8
　　ジンポー族の歌垣と結婚 9　　タイ族の結婚 11　　ジンポー族の婚約
　　11　　ジンポー族の創世史詩 12　　歌垣の実態 13　　ジンポー族の歌垣
　　と結婚 14　　ジンポー族の歌 15
三台山郷三台山村で聞き書き・西山郷回龍社を見学── 9月6日（日） 18
　ジンポー族の古老からの聞き書き 19　　　　　　　　　　　◐ 映像1
　　山の神その他 19
西山郷弄炳村と西山郷回龍社で聞き書き── 9月7日（月） 30
　ジンポー族ドゥムサからの聞き書き 31
　　豊作についての歌（雑穀の収穫の歌・春の種蒔きの歌） 31　◐ 映像2
　　ジンポー族の由来について（ジンポー族とムーナオの由来の歌） 38
　徳昂族の古老からの聞き書き 44　　　　　　　　　　　　　◐ 映像3
南京里でジンポー族の女性から聞き書き── 9月8日（火） 52
　ジンポー族の歌垣についての聞き書き 53　　　　　　　　　◐ 映像4
　　まじないと叫魂 53　　歌垣と逃婚調 58　　逃婚と結婚 60　　歌垣と結
　　婚 60
　ムーナオ会場へ 69

梁河丙界村、阿昌族の村で──9月9日(水)　72
　　乾燥牛糞の用途　77
騰衝から大理への、長い移動日──9月10日(木)　82
大理で休憩──9月11日(金)　86

第Ⅱ章　茈碧湖・海灯会　　ペー族の歌垣 ……………………87

ペー族の歌垣と神話についての聞き書き──9月3日(木)　88
　　施珍華氏によるペー族の歌垣と神話についての話　88
　　　歌垣の中心地　88　　中元節と龍王廟会（中元節・龍王廟会）　89
　　　神話（創世神話・本主曲・白祭文・葬式での歌・創世神話と歌垣の、長短と内容・神話と歌垣のメロディー）　89

茈碧湖・海灯会1日目──9月12日(土)　92
　　線香を焚いていた老婆から、湖畔祭祀についての聞き書き　92
　　「海灯会」会場の概要と状況　93　　　　　　　　　　●映像5
　　張氏が丘の上で聞いた、歌垣についての話　97
　　　海灯会に来る歌い手　97　　既婚者の歌垣　104
　　歌垣・逃婚についての施氏の話　104
　　　未婚・既婚の確認　104　　逃婚　104　　剣川県元幹部の母親の歌垣と結婚　104
　　会場での歌垣の状況　105

夜の広場での歌垣　歌垣Ⅰ　110
　　里帰りした女性と複数の男性の歌垣　112　　　　　　　●映像6

茈碧湖・海灯会2日目──9月13日(日)　125
　　歌垣についての施氏からの聞き書き　125
　　　歌垣Ⅰに関するコメント（3つの評価点・歌の能力と人生体験）　125
　　　歌垣の比喩表現例　125　　茈碧湖の歌垣　126　　五音七音について　129
　　　［参考資料1］漢俳の例　133　　［参考資料2］中国語による短歌の例　134　　［参考資料3］歌謡曲「北国の春」　134
　　「海灯会」2日目の状況　135

湖畔の小道での歌垣　歌垣Ⅱ　135

湖畔での、出会いから別れまでの典型的な歌垣　145　　　**◯ 映像7**
　　施氏のコメント　166

「月里桂花」（月の中の桂の花）　169

　[論考] 白族「海灯会」における歌掛けの持続の論理　　岡部隆志　184
　　　1　歌の掛け合いの持続の論理とは何か　184　　2　「歌路」について
　　　185　　3　白族「海灯会」において、茈碧湖の湖畔での歌垣　190
　　　4　歌路はあるのか　191　　5　駆け引きの論理　195　　6　おわり
　　　に　197
　[論考] 海灯会［茈碧湖歌会］に関する報告と考察　　遠藤耕太郎　204
　　　1　海灯会［茈碧湖歌会］の様子　204　　2　聞き取り調査の結果と
　　　問題点　210　　3　海灯会［茈碧湖歌会］の起源神話　211
　　　4　歌垣Ⅰに関する考察（虚構性について・脚韻について）　212

ペー語、創世神話、打歌に関する聞き書き——9月15日(火)　217
　ペー語等に関する施氏からの聞き書き　217
　　ペー語の表記と発音　217　　ペー語の文法（語順）を活かして漢語訳され
　　た本の例　219　　ペー族関係の古い漢語資料の中の、漢語とペー語を分類
　　した書物　219　　漢族文化の影響が少ない歌の中の、現在も歌われている
　　もの　220

苗族の女性から歌垣について聞き書き——9月16日(水)　221
　ミャオ族の歌垣に関する聞き書き　221
　　愛し合っている二人が、親に反対されているとき歌う歌　227

第Ⅲ章　石宝山歌会　　ペー族の歌垣 …………………231

石宝山歌会１日目——9月17日(木)　232
　石宝山と歌会の概況　234
　　石宝山歌会の会場　234　　歌垣の由来と宝相寺（石宝山歌会の由来）　244
　　宝相寺境内の歌垣　245

露店前の雑踏での歌垣　　歌垣 III　 247
　　　　騒音と雑踏に負けずに交わされた歌垣　248　　　　　　　　◯映像 8
　　　　施氏のコメント　251　　施氏の歌垣体験　252
　石宝山歌会2日目──9月18日(金)　253
　　宝相寺境内での歌垣　　歌垣 IV　 254
　　　　歌の熟練者が歌の下手な娘をからかう歌垣　255　　　　　◯映像 9
　　　　　　　　　　　　　　　　　　　　　　　　　　　　　　◯映像 11
　　　　施氏のコメント　262
　　宿泊所での、歌の名手と老女の歌垣　　歌垣 V　 263
　　　　世代の離れた、歌の名手同士の歌垣　266　　　　　　　　◯映像 10
　　　　施氏のコメント　268
　　宿泊所での若者同士の歌垣　　歌垣 VI　 269
　　　　10代の男女の真剣な歌垣　274　　　　　　　　　　　　　◯映像 12
　　　　施氏のコメント　278
　石宝山歌会3日目──9月19日(土)　280
　　歌垣についての施氏からの聞き書き　280
　　　　歌垣での相手の呼び方　280　　相手に対して断わりたいときの表現例　281
　　　　相手に好意を持っているときの表現例　281　　歌垣の勝ち負けは何で決ま
　　　　るか　281　　1996年の李瑞珍と羅興華による4時間半の歌垣の評価　282
　橋後で、歌垣に関する聞き書き──9月20日(日)　283
　　大樹郷の村人から、地元の歌垣に関する聞き書き　290
　　　　小石宝山の歌会　290　　歌垣と恋愛　293

　〔補〕石宝山の林の中の歌垣　　歌垣 VII　 301
　　　　男が娘を侮辱する歌垣　304　　　　　　　　　　　　　　◯映像 13
　　　　施氏のコメント(侮辱を歌う歌垣について・歌垣のマナー)　314

　おわりに　319

　　　　　　　　　　　　　　　◎文責および〔　〕の補注／工藤　隆

＊写真／工藤綾子
＊編集・レイアウト／工藤綾子・土屋文乃(助手)

もくじ　xi

ペー族歌会で出会った主な歌垣

(1995〜1999年　雲南省大理州剣川県・洱源県)

　ペー族男女が恋歌を掛け合う「歌会」は、大理州各地に見られる。ここでは、最も盛んな剣川石宝山と洱源茈碧湖の歌会において、5年間に出会った自然な歌垣の一部を紹介する。なお本書は1998年の記録である。

● 1995年　剣川石宝山歌会 (8月22〜24日)

▲①宝相寺付近での短かな歌垣(約15分)
男性(21歳)は7,8m離れた所から歌を返していたが、この歌垣にあまり真剣味がなく、女性(24歳、写真中央)が歌いつづけているのに、去って行ってしまった。

▲②若い男女が意気投合する歌垣(20分〜)
下記の歌垣と同時進行だったため、最後の20分を目撃。男性(左端)が歌で食事に誘うと、女性たちは食堂に向かい、男性は仲間と肩を組んでうれしそうにその後を追った。

▲③④⑤林の中での熱烈な歌垣(約1時間20分)　歌いながら歩いていた男性(20代前半)に女性(24歳)が歌を返して始まる。「あなたと結婚できたら、飛び上がるほどうれしい」と歌った女性は、のちの聞き書きによれば、既婚者で2児の母と判明。歌の全容を掲載した報告書がある。

● 1996年　剣川石宝山歌会　(9月9～11日)

▲⑦歌を交わす、女性グループと男性グループ

▲⑥**宝相寺での4時間半の歌垣**　男性(22歳)が、寺の参道にいた女性(20歳)に歌を掛けて始まり、折からの雨に寺の屋根下へと移動して歌う。日が暮れ、お腹が空いたからと境内にある食堂に移り、そこでも歌を掛け合う。食事のあと、再開。18:00ころ、休憩に入る。ここまでで4時間半。夜も歌いつづけるということだった。現在、歌の全容を翻訳中。

▼⑨**傾斜地の大群衆に囲まれた歌垣**(約50分)　林の傾斜地に腰を下ろしている群衆の中で始まった。女性(20代後半)は1人で歌い、男性(30代)は2人が交替。見物人はあっという間に200人ほどに膨れあがった。

▲⑧**若い2人の断続的な歌垣**(約3時間)　宝相寺付近の山道で始まり、場所を変えながら断続的に続いた。2人とも非常に神経質で、前半は近づけなかった。力強く歌を掛ける女性(20歳)に、男性(15歳)は押され気味だった。

● 1997年　剣川石宝山歌会　(8月28～30日)

　行政当局の関わりが強まり、歌会は観光色の強い行事へ変わる。歌垣コンテストのための歌競べ台はコンクリート造りになり、山じゅうに響き渡る大音量のスピーカーが設置された。それらの影響で、山の傾斜地やそのほかの場所での自然な歌垣にほとんど出会えなかった。

● 1998年　洱源茈碧湖「海灯会」歌会　(9月12、13日)

◀ ⑩⑪山東省から里帰りした女性の歌垣(約50分)　歌会に参加するために里帰りした女性(32歳)と、複数の中年男性(4、50代)が広場で歌を掛け合った。(歌垣Ⅰ P110)

▲ ⑫湖畔の小道での、別れの歌垣(1時間強)　湖畔沿いの道での、数人の連れと共に村へ帰る女性(20代)と、男性2人(男①は30歳、男②は40歳前後)との歌垣。背景、歌の内容ともに素晴らしい。女性は家路を急ぐ連れに促され、別れを惜しみつつ去った。(歌垣Ⅱ P135)

● 1998年　剣川石宝山歌会　(9月17～19日)

▲ ⑬雑踏の中のたくましい歌垣(約15分)　露店準備でごった返す路上で始まった歌垣。男性(20代)は行政当局が催す行事に出演する歌い手。出演が迫った男性は歌を切り上げようとするが、女性(20代前半)は歌いつづけようと食い下がる。(歌垣Ⅲ P247)

＊本書は、1998年の歌垣 歌垣Ⅰ ～ 歌垣Ⅵ と、1999年の 歌垣Ⅶ を掲載しています

▲14 **歌の下手な娘と歌の熟練者による歌垣**
(約15分) 娘(20歳前後)が歌垣自慢の男性(50歳)に歌を掛ける。男性は歌でからかっていたが、面倒になり逃げ腰に。すると見物人から、その不真面目な態度を諭す歌が掛けられた。(歌垣 Ⅳ P 254)

▲15 16 **歌の名手たちの歌垣** 行事に出演する歌垣名手たちが、休憩の合い間に交わしていた。女性名手(19歳)と若い男性(20代前半)との歌垣と、世代の離れた名手同士(男性45歳、女性70代、写真16左端)の歌垣。(歌垣 Ⅴ P 263)

▲17 18 **宿舎での若者たちの歌垣**(約90分) 境内の宿舎の石段で、20歳前後の若い男女が歌を交わしていた。やがて2人は大勢の若者がいる部屋に移動して本格的に歌う。(歌垣 Ⅵ P 269)

● **1999年　剣川石宝山歌会**
(9月6〜8日)

▶ 19 **相手を侮辱する歌垣**(約30分) 女性(20歳前後)は連れに囲まれ、顔を見せない。男性(25歳)は途中から別の男性(30歳前後)に交替。2番目の男性の侮辱的な歌詞に、怒った女性は走り去る。(歌垣 Ⅶ P 301)

［調査日程表］中国雲南省：徳宏州から大理州へ

（調査民族：景頗族(ジンポー)・徳昂族(ドゥアン)・阿昌族(アチャン)・白族(ペー)）1998年9月1日〜9月25日

月　日	行　　　程
9月1日（火）	成田 18:50 →バンコック 22:55
2日（水）	バンコック 10:55 →昆明 14:05
3日（木）	昆明 9:00 →楚雄→祥雲→大理 15:30
4日（金）	大理 9:00 →保山→芒市 19:23
5日（土）	徳宏州歌舞団の景頗族の女性から歌垣と神話の聞き書き
6日（日）	芒市 8:52 →三台山郷→遮放鎮→西山郷→畹町 18:48
7日（月）	畹町 8:15 →西山郷弄炳村（巫師から神話の聞き書き）→西山郷回龍社（徳昂族の老人から聞き書き）→瑞麗 15:45
8日（火）	瑞麗 8:50 →南京里（景頗族の女性から歌垣の聞き書き）→章風鎮→盈江 16:00
9日（水）	盈江 8:03→梁河→九保郷丙崗社（阿昌族から聞き書き）→騰衝 17:32
10日（木）	騰衝 8:00 →古永を目指すが断念→騰衝→大理 21:00
11日（金）	休憩日。遠藤耕太郎・遠藤見和合流
12日（土）	大理 8:15 →洱源県→茈碧湖「海灯会」1日目の歌垣取材
13日（日）	施珍華氏から歌垣の聞き書き→茈碧湖「海灯会」2日目の歌垣取材
14日（月）	洱源県 10:30 →大理 11:55
15日（火）	施珍華氏宅で歌垣の聞き書き
16日（水）	休憩日（古夜郎服飾店で苗族の歌垣について聞き書き）
17日（木）	大理 10:30 →剣川→石宝山歌会 1日目の歌垣取材
18日（金）	石宝山歌会 2日目の歌垣取材
19日（土）	石宝山歌会 3日目の歌垣取材
20日（日）	剣川 9:00 →橋後鎮大樹郷（小石宝山の歌垣について聞き書き）→大理 19:10
21日（月）	大理 9:21 →楚雄→昆明 16:15 　（9月3日からの総走行距離、約2700 km）
22日（火）	雲南省博物館で館員から聞き書き
23日（水）	雲南省社会科学院と交流→雲南民族博物館
24日（木）	昆明 18:50 →バンコック 20:50
25日（金）	バンコック 7:00 →成田 15:00

【本調査の取材スタッフ】

録画・録音・取材	…………	工藤隆・岡部隆志（全日程）
取材	………………………	遠藤耕太郎・遠藤見和（9月12、13日）
写真・記録・取材補助	……	工藤綾子　　　　　（全日程）
聞き書き質問者	……………	特記以外は工藤隆
白語↔中国語の通訳	………	施珍華　　　　　（9月12～15日ほか）
中国語↔日本語の通訳	…..	張正軍　　　　　（9月3～13日）
		李　莉　　　　　（9月14～20日）

第 I 章
ジンポー族の歌垣と神話

神話を歌うジンポー族の巫師

昆明(クンミン)から大理(ダーリ)へ ── 9月3日（木）

　9：10、昆明市を出発。
　今回の旅行の運転手は馴染みのLさんだ。この3か月ほど前から、日本から通訳の李莉さんを通してLさんに何回か電話をかけ、ぜひとも悪路に強い三菱パジェロを調達してくれるよう依頼しておいた。しかし、調査への出発前日に昆明に着いてみると、もう夕方だというのにどの車になるかがまだ決まっていなかった。Lさんは肝腎のパジェロは調達できなかったとのことで、中国製ワゴンとLさんの乗用車サンタナ（SANTANA：フォルクスワーゲン社との合弁車）のどちらかしか選ぶことはできない状況だったので、結局はLさんのサンタナを選ぶことにした。
　それまでの10数回に及ぶ中国辺境での調査から、「性能がよく悪路に強い車」と「安全運転で人柄がよい運転手」の両方を確保することがいかに重要か、しかし、その両方ともの確保がいかに困難かを身にしみて知っていた。結局のところ今回も、その両方を確保することはできなかった。「安全運転で人柄がよい運転手」のLさんが用意できたのは中国製ワゴンまたはサンタナだった。中国ではレンタカー制度がないため、Lさんがほかの人の車を借りるのは容易なことではないという事情があるためだ。
　比較的悪路に強いがいつ故障するともしれない中国製ワゴンと、悪路に弱いが故障の可能性が低く、たとえ山奥で故障してもLさんが自力で修理できるサンタナのどちらかを選択するとなると、身の安全を第一に考えてサンタナを選ばざるをえなかった。この苦しい選択はやはり行く先々で障害となり、いくつかの村入りを断念せざるをえない結果となった。
　11：40、楚雄(チューシオン)着。昼食をとり12：12、出発。祥雲(シアシュン)までは新しくできた自動車専用道路を通り、そこからは旧道に入って山岳道路を大理(ダーリ)へと向かう（なお、翌1999年9月に訪問した際には、大理までも高速道路で行けるようにな

っていたばかりでなく麗江(リージャン)までの高速道路も完成していて、さらに便利になった)。昆明から大理への道は、自動車専用道路も普通道も、数年前に比べると驚くほど崖崩れが少ない。昨年の同時期の調査では12、3か所の崖崩れに遭遇した。2、3年前、次々と現れる崖崩れの多さに驚いてＬさんに理由を尋ねたら、「新しく作った道路は崖崩れが多いが、あちこち崩れ切ってしまえば崖崩れは少なくなります」と説明してくれたことがある。車は快調に進んで、15：30 大理賓館に入る。

　大理に着くまでの車中で、張正軍氏（漢(ハン)族）が、故郷である浙江省浙(ションヂョウ)州市王院郷九里盤村の「犬に幼児の便を食べさせて処理させる習慣」と肥料について話してくれた。

◆張正軍氏による浙江省の農村の話
◎幼児の便を犬に食べさせる習慣
　農家の各家は番犬を飼っている。赤ちゃんや子供たちはまだ便所で用を足すことができないので、家の中か庭でさせる。親は両腕で赤ちゃんを抱き上げ、「スー、スー」と言って小便をさせる。大便は「ゥエング、ゥエング」と言って出させる。大便をさせたあとは犬を呼んで来て食べさせる。犬は飢えているから喜ぶし、親のほうも大便の処理をしないですむので都合がいい。

　　〔便所の構造/家の横などの近くにある。藁屋根で、両側と後ろ側には人に見られないように柴を立てて囲いにしてある。便入れ用の大きな壺の上に椅子のような形の台を置き、人がそこに座って用を足す〕

◎肥料について
　地下に3分の2ほど埋め込んだ壺に便を入れて溜めておき、発酵させてから肥料に使う。夏にはウジ虫が這う。尿は水代わりに農作物に掛ける。自分が幼児だったころ（30年ほど前）すでにそうだったが、今も変わっていない。

　人糞のほかによく使われる肥料は、豚と牛の糞。地面を50cmほど掘り、草かワラを敷き、その上で豚や牛を飼う。家畜の糞はその上に落ちて発酵する。2、3日に1回草かワラを敷き、積み重ねていく。肥料に使うときは、下のほうの充分に発酵している草かワラや糞を掘り出す。

山の上の畑に糞をかついで行くのは大変なので、山の草を刈り、乾燥させてから重ね、その上に少し土を乗せて草に火をつける。草は灰となり、その灰を肥料に使う。
　田圃(たんぼ)では藻（水草）を増やし、その藻を肥料にする〔1995年に貴州省凱里の苗(ミャオ)族の村に入ったときにも、張氏が田圃の藻を指し示して説明してくれたことがある。村人は、それを籠(かご)に一杯に採り入れ、運んでいた〕。冬にレンゲ草の種を田圃に蒔き、春の田植えのときにその草を田圃の肥料にする。

【岡部隆志のコメント】

　昆明を出発し大理に向かう車中での、張氏とわれわれとの会話は時に思いもかけぬ方向へ発展することがある。工藤がまず、神話における糞尿の話から肥料の話をはじめ、張氏は農家出身なので、肥料のことや農家の生活ぶりなどについて話すという流れの中であったように思うが、犬の話題が出て、張氏が自分の故郷の農家では子供の排泄物を犬に食べさせているというように話した。私は、異類婚に興味があっていろいろと調べていたときなので、すぐに、それは「犬婿入り」とほとんど同じ話だと反応し、話題は、日本の「犬婿入り」の日中比較にまで発展したのである。
　日本の「犬婿入り」系統の昔話は、日本各地に分布する話である。その内容は、親が飼い犬に娘の排便の始末をしてくれたら娘を嫁にやると約束をする。娘が成長すると犬はその約束を果たすように親にせまり、娘は犬と山で暮らすようになる。が、猟師が犬を殺し、娘を妻として子供ももうけしあわせに暮らすが、ある日、前の夫であった犬を殺したと妻に告白をする。妻は猟師を殺し、先夫であった犬の仇を討つというものである。
　地域によって内容に多少ばらつきはあるが、共通するのは、親が娘の排便の始末を犬に頼み、その褒美として娘を嫁にやるという約束をするというところである。私は、犬に娘の排便の始末をさせるということを昔話特有の架空のシチュエーションだと思っていた。犬が人間の排泄物を食べるということは理解できても、あえて子供の排泄物を食べるというところまでは結びつけなかったのである。しかし、中国の農家では、今でもそのような習慣があ

ることを知って正直驚いた。つまり、当然、日本の農家にもそのような習慣があってもおかしくはないことを改めて思い知らされたからである。

　が、実は、ここから「犬婿入り」についての話はいろいろと発展しなくてはならない。そういう習慣が実際にあったとして、そこから犬に娘を嫁にやるという約束を何故しなければならないのか、つまり、そのように話を発展させる要素とは何か、ということに興味が惹かれる。異類婚は中国にも多く伝承されるが、日本の「犬婿入り」のような異類婚があるのどうか調べる必要がある。犬との婚姻という話は、中国の少数民族や、東南アジアに広く伝承される犬祖伝説とかかわるだろう。日本の「犬婿入り」伝承が、犬祖伝説の影響を受けているという指摘もある。いずれにしろ、車中の会話ではそこまで話は広がらなかったが、「犬婿入り」について考える機会を与えられた、思わぬ成果であった。

　17：20、大理賓館で、施珍華（シヂェンフア）氏と今後の打ち合わせをする。彼によるとペー族の歌垣が行なわれる中心地は、石宝山（シーバオシャン）、茈碧湖（ツービー）、橋後（チャオホウ）の3か所であるという。今回の旅では、茈碧湖（ツービー）で行なわれる海灯会（ハイドンホイ）、石宝山、1996年に羅興華（ルオシンフア）（当時22歳の男子、未婚）と4時間半の歌垣を歌った李瑞珍（リールイヂェン）（当時20歳で未婚の娘、翌年結婚）の住む橋後にも行く予定なので、その3か所全部を回ることができるわけだ。

　（このときの施珍華氏からの聞き書きの詳しい内容は、「第II章　茈碧湖（ツービー）・海灯会（ペー族の歌垣）」の冒頭部に収録した）

大理(ダーリ)から芒市(マンシー)へ ── 9月4日（金）

　9：05、大理出発。保山(バオシャン)までの192kmのうち、170kmぐらいまではぬかるみの道が続く。やっと舗装道路を走れるようになってホッとしても、わずか20分ほどでまた工事中だったりぬかるみだったりの道をひたすら進むことになる。保山に着いたのは14：45。
　傣(タイ)族風の竹の家の水上レストランを見つけ、ここで遅い昼食をとることにする。水上レストランの建物はこぎれいで、建ててからそれほど経っていないようだ。しかし水上とは名ばかりで、よどんだ大きな溜め池の上だ。妙に派手な衣装を着た女店員が、めいっぱいの愛想を振りまいて「入りなさいよ」と勧める。あまりにも誘いが激しいので娯楽施設ではないかと不安になったが、どうやらごく普通のレストランのようだ。
　席に通されて座ってみると、テーブルから池を眺めことができる。小さな池の対岸に、池に突き出た格好でブロック積みの小さな建物が建っている。客はそれを正面に見て食事することになるのだが、そこはトイレだった。この食堂で出す魚料理はこの池に網を張って養殖しているから、店員や客が用を足したあとの糞尿で育った魚が食卓に乗るというわけだ。食後、トイレに入ってみると、糞尿はやはり池に流れ落ちる構造になっている。建物の半分は豚小屋になっているが、人糞を豚に食べさせるための、いわゆる「豚トイレ」の構造になってはいないから、単にトイレと隣り同士というだけのようだ。何もわざわざここで豚を飼わなくてもいいのではないかと思うが、中国の田舎では昔からトイレと豚は切っても切れない関係にあるから、自然に隣り同士に落ち着いたのかもしれない。
　曼海(マンハイ)橋の辺境検問所で、パスポート提示。麻薬密売の盛んなミャンマー（ビルマ）国境が近いからチェックが厳しい。19：23芒市（別名「潞西(ルーシー)」、標高935m）に到着。芒市賓館に泊まる。28℃。ムッとして暑い。ホテルのしつら

え、植物、気候、南国的で何となくけだるい雰囲気など、タイ族の多い地域独特の雰囲気があり、西双版納(シーシュアンバンナー)を思わせる。21：30、徳宏民族出版社の副社長、Ｚさん（タイ族）とあすの取材の打ち合わせをする。

20 レストランのトイレ（中央奥）は豚小屋つきで、レストランと同じ溜め池の上にある

[　　徳宏(デーホン)歌舞団の景頗(ジンポー)族からの聞き書き ── 9月5日（土）　　]

　9：45、昨夜打ち合わせに来てくれたZさんと徳宏州歌舞団の団長の家に向かう。この歌舞団には、タイ族、傈僳(リス)族、阿昌(アチャン)族、徳昂(ドゥアン)族、ジンポー族、佤(ワ)族、回(ホイ)族など、合わせて11の民族の人たちが所属しているという。そのうちのジンポー族の人から、村の歌などについて聞くことがねらいである。
　Zさんに連れられ、歌舞団の団長の戴紅(ダイホン)さん（タイ族）の家を訪ねる。西双版納(シーシュアンバンナー)の景洪(ジンホン)あたりのタイ族の家は高床式が一般的だが、この戴さんの家は都市部の公共の共同住宅なのでコンクリート造りだ。しかし、部屋に入るときに靴を脱いで裸足になる点は、景洪あたりのタイ族の村と同じだった。漢族の家が、西洋と同じく家の中でも靴を履いたままなのとは大きな違いだ。家の中にはいるときは靴を脱いで裸足になるという点では、現代の日本人も頑固にその習慣を保っている。水田稲作のタイ族文化と、同じく水田稲作の弥生期以来の日本の伝統文化とには、ほかにも共通する点が多い。
　戴さんは、そこにいるだけでその場の雰囲気が華やぐ感じの40代くらいの女性で、踊りで鍛えた体はしなやかで背筋がピンと伸び、さすがは歌舞団の花形という感じだ。こちらの質問に対して、打てば響くように明快な答えが返ってくる。あらかじめジンポー族の人に話を聞きたいという意向を伝えてあったので、ジンポー族の女性、孔秀芬さんを呼んでおいてくれた。

◆ジンポー族の歌垣と結婚についての聞き書き（一部タイ族について）
［日時］　　　9月5日　10：48〜12：30
［答える人］　孔秀芬(コンシウフェン)（ジンポー族）/隴川(ロンチュアン)県弄安村出身、夫もジンポー族。
　　　　　　　戴紅（タイ族）/徳宏州文化局副局長、徳宏州民族歌舞団団長。
［通訳］　　　中国語⇔日本語/張正軍（以下、第Ⅰ章、同）

◎ジンポー族の歌垣と結婚

Q/姓が同じだと結婚できないのか？

A/<u>同じ名字の人とは結婚しない。</u>（同じ名字の）親戚同士の結婚は、昔は少しはあったが今はない。

Q/ジンポー族は父系制か？

A/そうだ。

Q/ジンポー族は歌垣のとき、家の系譜を歌うというが……？

A/<u>歌垣のときは互いに相手の名前や顔を知っているから、相手の名字を聞く必要がない</u>〔「家の系譜」は、単に「名字」と受けとられたようだ〕。知らなければ名字を聞く。

Q/なぜ家族や先輩の前で歌垣を歌うのがいやなのか？（張）

A/歌詞の内容、恋愛についての内容を家族に聞かれるのは恥ずかしいから、<u>林の中などで隠れて歌垣を歌う。</u>

Q/そのとき、若い友達ぐらいならそばにいてもいいのか？

A/何人か一緒に歌垣に出かけたとしても、そのうち気に入った者同士は二人だけになって林の中などで歌う。<u>普通は二人ずつで歌垣で恋愛する。</u>何人か一緒ということはない。

Q/二人だけになったら歌垣を歌わなくても、ただ話すだけでいいはずなのに、二人だけになっても歌垣を歌うのか？

A/男グループ、女グループで歌垣をするときは必ず歌垣だが、<u>二人きりになって山に入ったときは、歌垣もすれば話もする。</u>

Q/二人きりのときは、耳元で小さな声で歌垣を歌い合うのか？（張）

A/そうでもない。山の中で二人きりのときは、相手が聞こえる程度の声を出すということで、耳元で小声で歌うというわけではない。

Q/グループ同士で歌うときは、あらかじめ決まった歌詞を歌うのか、それともだれか代表がリーダーとなって歌い、それにみんなが随いて歌うのか？

A/男グループ、女グループで歌うときは、<u>そのなかで比較的上手な人がたくさん歌う。</u>特にリーダーを決めることはない。

Q/どういうふうに歌うのか？（張）

A/<u>内容は即興的だが、大山調や小山調など、メロディーは決まっている。</u>ジンポー族は支系が多いので、支系によってメロディーが決まっている。

Q/支系が違うと歌垣ができないのか？（工藤綾）

A/支系が違っても互いに歌の掛け合いをしてもかまわない。支系が違っていても、だいたいメロディーが似ているから通じる。

Q/お互いに結婚したいということになっても、親が反対して結婚できないということもあったのではないか？　そういうときはどうするのか？

A/親が反対することはある。その場合は略奪婚になる。男はどこか途中でその女性を待っていて、彼女を奪って帰る。結婚が事実になってしまえば、親のほうは仕方がないと結婚を認める〔略奪婚の形を取った駆け落ちになるらしい〕。

Q/一般に、歌垣で恋愛の相手が決まったらすぐ一緒に暮らすようになるのか？

A/恋愛してから、そのあと婚約する。婚約は両方の親が決める。礼金（結納金）の額は、男の家族の経済力によって違う。婚約してから親が吉日を選んで結婚する。この二人にとってどの日がいいかはそれぞれ違うから、恋愛からどのくらいの時期を経て結婚するのかは一概に言えない。

Q/昔（1949年成立の新中国の諸政策が及ぶ以前）は、どのくらいの年齢になれば結婚してよかったのか？

A/男女とも13、4歳になると結婚することが多かった。今もまだ山奥の村には14歳くらいで結婚する人がいるかもしれないが、国家の規則があるので、結婚できる年齢が決まっている。規則では20歳だが、実際には17、8歳で結婚する。町にいるジンポー族は結婚は遅い。17歳くらいから30歳くらいではないか。

Q/歌垣はどのくらいの年齢からできるのか？

A/小さいころから牛飼いをしていて、そのとき笛を吹いたりして、歌垣に慣れていく。

Q/歌垣や恋愛をするのに、たとえば成人式になってからとか何歳になってからとか、民間の決まりはないのか？　（張）

A/ない。村の人は恋愛のことがわかるようになると、自然に歌えるようになる。

Q/成人式、成女式はあるか？

A/ない。

Q/婚約のときは男のほうがお金を出すのか？
A/婚約のときは男から女へお金を出し、結婚のときは女が家具や日用品などを持って行く。

◎タイ族の結婚　　（この項目、答えるのは戴紅さん：タイ族）
A/私の兄が結婚したとき、花嫁は14歳だった。
Q/それは歌垣で知り合ったのか？（工藤綾）
A/兄嫁の家は歩いて2日もかかるほど遠いので歌垣ではない。親戚の紹介だった。
Q/タイ族の場合、花嫁は結婚してすぐには新郎の家に行かないのか？
A/①普通は女性は男のほうに行き、結婚式をしてそのまま男の家に住む。
　②結婚した日または3日後くらいに花嫁が実家に戻ることがある。この場合、あとで男は女の家に行き、女を連れて二人で帰って来る。
　③男が女の家に行って生活することもある。もしも兄弟たちと仲がよければ、一つの大きな家族として生活する。うまくいかなければ、夫婦だけで別に生活する。
Q/（②のケースでは）男が女の家に連れに行ったとき、女の家のために働くということはないか？〔1996年、勐連(モンリエン)地区勐阿(モンアー)で偶然参加させてもらったタイ族の結婚式での聞き書きでは、男が女の家に行き労働力を提供するということだった〕
A/それはない。普通はその日のうちに花嫁を連れて自分の家に戻る。花嫁を迎えに行くとき花婿は必ず自分の友達を連れて行く〔勐阿のタイ族も同じ〕が、迎えに行くグループの数は必ず奇数だ。新婦を入れると偶数になるようにする。

◎ジンポー族の婚約
A/婚約を決めるかどうかというとき、男と女は物を贈り合う。
　　唐辛子は「OK」の意味。大蒜（ニンニク）を贈ると、「ちょっと考えさせてほしい」という意味になる。
　　〔張氏の考え/これは漢族の影響があるのではないか。漢族は大晦日に大蒜を食べるが、それは大蒜の発音「ダー・スアン（dà suàn）」が、

「大算（dà suàn）」と完全に同じで、「よく考えてからやろう」という意味になるからだ〕

　そのほかには、ビンロウ（紅い嚙みタバコ）と立派な花（香りのいい花）、ある種の木の葉（「嫌い」「別れましょう」の意）などを贈る。相手に気持ちを直接言葉で言うのは恥ずかしいので、物で表わすのだ。

◎ジンポー族の創世史詩

Q/ジンポー族はどんなときに歌垣を歌うか？

A/特別な季節というのはない。普通は夜に歌う。
　新築のときにも歌う。梁河（リャンフー）のほうでは、新しく家ができると人気のある老人〔ドゥムサのことだろう。後出〕を呼び、その老人がとりしきる。主として老人が歌うが、このとき若者も一緒に歌ってよい。そのメロディーは「バンバンツァオ（帮帮草？）」という。山の泉の水を鉄鍋に入れて持って来て、竹の楽器で音楽をつけて歌う。このとき老人は民族の移住の歴史を歌う。「我々の移住の歴史は竹の節のように一つ一つがつながっていて、変えられない」という内容を歌う。

Q/葬式のときにもそういう歌を歌うか？　問答形式の歌はあるか？

A/ドゥムサを呼んで、「董薩（dǒng sà）調」で歌う。これも民族の歴史だが、ドゥムサは一人なので問答式ではない。死者が死んでから土に埋めるまでのあいだ、何日間も民族の歴史を歌う。

Q/ドゥムサは新築でも葬式でも歌うのか？

A/結婚、葬式、新築にドゥムサを呼んで歌ってもらうが、ドゥムサは一つの地域に一人しかいない。

Q/結婚でも葬式でも新築でも創世史詩を歌うというが、祝い事と葬式ではメロディーを変えるのか？

A/内容はほとんど一緒だが、メロディーが違う。めでたいときは聞き手が喜ぶような感じのメロディーで、葬式では聞き手が悲しくなる感じだ。少しは内容も変える。その変え方は、歌の重点の置き方（どこを中心に歌うか）によって変える。

Q/内容の重点はどのように変わるのか？　葬式では人の死の歴史に重点を置くのか？

A/葬式では民族の歴史のほかに、霊魂を送る儀式のときに「ジンポー族はどこから来たか、死者の霊魂をどこまで送って行くか、また、どこどこに交差点があり、それはこういう道だ」などの内容がある。また、死者はその生涯のうちでこういう良いことをしたなどと歌って「死者の一生のまとめ」をする。
　結婚式では民族の歴史のほかに、新郎新婦への祝いの言葉も歌う。

【工藤隆のコメント】
　同じ創世史詩を、結婚式でも葬式でも歌うという点が重要である。つまり、創世史詩自体は、祝い事や凶事に対して中性の位置にある。ただし、メロディーと歌う重点を変えるという、祭式の現場と密着したくふうがなされるのだという。
　『古事記』『日本書紀』のいわゆる記紀歌謡は、こういった祭式の現場を失った文字だけの歌謡である。それらを解釈する際には、少数民族の歌の現場を参考にしながら、それらの背景にあったであろう祭式の現場をモデル的に復元する必要がある。このモデル的な復元はかなりな困難を伴うはずであるが、少なくともその努力だけは続けるべきであろう。
　ともかく、記紀歌謡の言葉の辞書的な意味による解釈をもとにしてその歌謡の歌われる現場やその目的までを決めてしまうことには、慎重になるべきであろう。

Q/ジンポー族が結婚する時期はいつごろか？　（張）
A/だいたい大晦日前後（農暦による春節前後）だ。このころは農作業が忙しくないからだ。夏の忙しい時期に結婚するのは、たとえば妊娠してしまったなどの、どうしようもない場合だけだ。だからそういうときに結婚するのは恥ずかしいことだ。

◎歌垣の実態
Q/歌垣を夜に行なうとき、結婚している人が歌垣に加わることはあるか？
A/女の場合は結婚してからはおとなしく家にいて歌垣に出るようなことはな

いが、男の場合は風流な人がいて、たまにはほかの男の代わりに仲人のような立場で歌垣に出て歌うことがある。
Q/そうなると歌が好きな人の場合は、結婚したあとも本来の形の歌垣を歌いたいときはどこで歌うことができるのか？
A/もし若いときに歌が上手で、結婚後も歌いたいときは、互いに結婚しているかどうかわからないようにして、歌垣をすることはある。しかし普通の場合は、歌垣をする前に確認をする。

　たとえば「あなたの家の水桶には、もうすでに水が一杯入っている（結婚して家族がたくさんいるという意味）のに、空っぽのふりをして来ているのではないのですか？」と確認する。相手に結婚していることを知られてしまうと、「実は私は誰々のために代わりに歌っている」などと言い、本当の愛の気持ちを歌うことはできなくなる。そこで歌垣は娯楽のようになる。

Q/歌の上手な既婚者同士が歌の競い合いになることはあるか？　つまり歌の優劣だけを競い合うことはあるか？　そのずっと先には、こういった歌舞団のような存在があると思うが。
A/そのような競い合いはない。ただ歌垣のときは、一般に上手な人が歌うことが多い。

◎ジンポー族の歌垣と結婚
Q/ジンポー族の歌垣には創世神話と重なる言葉はあるか？
A/ない。創世史詩を歌うときは神話に触れるが、情歌（歌垣の恋歌）では触れない。
Q/ジンポー族の場合、歌垣で結婚する人はどのくらいか？（工藤綾）
A/30年くらい前は、歌垣で結婚する比率は85％くらいだった。しかし今では町では自由恋愛が多くなったのでほとんどなくなった。山間部の村では今でも少しは歌垣で結婚しているかもしれないが、少ないと思う。比率はわからない。
　（このあと、戴さん、孔さんなど4、5人が話しながら大笑いをしている。以下は張氏に翻訳してもらったその雑談の内容）
　「夜に歌垣をして恋愛しても、暗くて顔が見えないから相手がきれいかどう

かわからない。顔を見ないで歌で恋愛するのなら、互いに気持ちさえあれば最初からマントをかぶってやっても同じことじゃないか」(皆、笑いが止まらない)

Q／もしも翌朝になって、相手が醜いとわかったらどうするのか？　（張）
A／もう約束は破れないから仕方がない。
Q／<u>結婚している人が浮気していることがわかったら、どうなるのか？</u>
A／<u>男は、女性の村の村中の人にご馳走をする。</u>

　14：25より、徳宏歌舞団の稽古場でジンポー族の歌を聴く。以下、①～④は午前中の聞き書きに答えてくれた孔秀芬（コンシウフェン）さん。⑤⑥⑦はあとからやって来た歌舞団の踊り子、孔会英（コンホイイン）さん。⑧⑨は再び孔秀芬さん。孔秀芬さんの歌は大山調、孔会英さんの歌は小山調。各説明は、歌い手による歌の内容とコメントなど。

◎ジンポー族の歌

①木脳（ムーナオ）のときの歌（大山調）　　―かなり速いテンポで、少し挑発的な印象―
　大山調で歌うが、小山調でも歌うことができる。正月15日にジンポー族の広場で歌うときの歌。だいたいの内容は「皆楽しく歌いましょう。一番先頭の踊り手に続いて踊りましょう」。ジンポー語の歌を中国語に訳すのはむずかしい。

②木脳のときの歌（大山調）　　―速いテンポに伸びやかな調子が混ざる―
　内容は「楽しい気分で踊りましょう」。

③愛情の歌（大山調）　　―ジンポー語だが、ほとんど漢族の流行歌に近い印象―
　内容は「私の夫は遠い所に出かけている。私はこの桃の花を見て、夫のことを思い出している」。1930年代から歌われている当時の流行歌。

④新築を祝う歌（小山調）　　―高音でやや速いテンポだが、伸びやか―
　内容は「象脚鼓〔ジンポー族、タイ族などが使う、象の足に似た形の太鼓〕を叩いて踊りましょう」。この歌に合わせてみんなで焚き火の周りで踊る。

⑤山歌（小山調）　　―情感を込め、ゆったりしたテンポで優しく歌う―
　女が山に行って大きな声で歌う。相手の男に聞こえると、相手も歌を返

す。場合によって違うが、たとえば一人はこっちの山、もう一人は向かい側の山にいて歌い、互いにだんだん近づいて歌い合う。内容は「私の好きなあなた、どこかに出かけて一緒に歌いませんか？」。

⑥ スイメンリ調　　　（この場は雰囲気がないからと、結局は歌わなかった）
男から歌いかけて、女が答えると、二人で一緒に山へ行って歌う。ふつう新築のとき、男が女を山へ連れて行って歌う。

⑦ 山歌（小山調）　　　―朗々と声を張り上げ、明るい調子で歌う―
大声で山で歌う歌。情歌に近い。内容は「私は大きな山で一日中待っていた。あなたのために何でもしてあげた。女性のほうから愛を打ち明けると、はしたないことだとほかの人に言われてしまうけれど、あなたはどうか私のことをわかってください」。

⑧ ムージャン調（大山調）　―トントン叩く音に合わせてかなり速いテンポで歌う―
新築の祝いのとき、男の老人が臼を挽きながら歌う。内容はうまく中国語に訳せない。

⑨ 米をつきながら歌う歌（大山調）―米つきのテンポにのって調子よく明るく歌う―
内容はうまく中国語に訳せない。

21 歌舞団団長の戴紅さん(タイ族、中央)の家で聞き書き。右端はジンポー族の孔秀芬さん

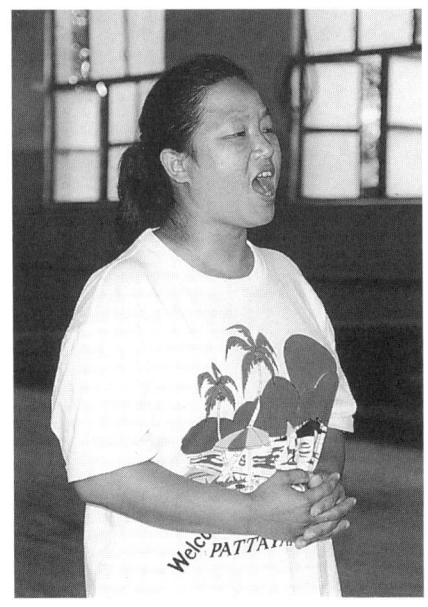

22 ジンポー族の歌を歌う孔秀芬さん　　23 同、孔会英さん

徳宏歌舞団の景頗族からの聞き書き——9月5日(土)

［三台山(サンタイシャン)郷三台山村で聞き書き・西山(シーシャン)郷回龍社を見学
――9月6日（日）

　快晴。暑さは沖縄並みだ。8：52、芒市賓館を出発。車で舗装道路を26 kmほど走り、さらに脇道に入って山道を7 km登る。9：53、ジンポー族の村、三台山郷三台山村（標高1285 m、65戸、人口約350人）に着く。大半がジンポー族だが、漢族の家も1、2戸あるという。

　村の入り口にある小さな店で白酒(バイチウ)を買う。村の広場の一角に、赤く錆びた空の砲弾が吊り下げられている（写真26）。合図の銅鑼(ドラ)代わりにしているようだ。家々は瓦葺きで、白壁または煉瓦を積んだ家が多いが、煉瓦壁と割り竹の壁を組み合わせた家もある。伝統的なジンポー族の家である、茅葺き竹楼（竹を割って平面状にした築材で壁を作った茅葺きの家）の家も少し見受けられる。住宅建築から見る限り、それなりに恵まれた経済状態の村のようだ。

　最初に入った家の主人の話では、「自分はジンポー族の中のラン族（支系の一種）で、隣の村から引っ越して来た。父の代までは鬼部屋〔ジンポー族の各家に設けられていた、鬼（自然界のあらゆる精霊）のための部屋〕があったが、今はない。1960年代までは歌垣や情歌がよく歌われたが、今はない。今の若い人の恋愛は漢族と同じだ」ということだ。

　台所の土間には家族の食事を作る竈(かまど)の横に大きな竈がもう一つあり、直径1 mほどの大鍋で家畜用の草を煮ている。めぼしい家財道具は、食器を置くための棚、鍋、野菜を収穫するときの背負い籠、ナタ、包丁、火かき棒、バケツくらい。茶色く燻(いぶ)された裸電球が一つあるのを除くと、縄文時代と弥生時代の中間くらいかと思われる素朴な生活形態だ。

　張氏の熱心な聞き込みで、系譜を語ることのできる人がいることがわかり、その家を訪ねることにする。

　目的の家は村の中でもかなり裕福とみえて、煉瓦づくりに瓦葺きのまだ新しい大きな家だった。窓の外に、皮を剝いだネズミを長い棒に刺して立てかけて

ある（写真30）。これは魔除けだということだ。庭は100坪近い広さのコンクリート張り。庭の端に大きなパパイヤの木が3本。この辺り一帯は、山にも民家の庭先にもパパイヤやバナナの木が多い。主人は中庭に木のテーブルを出し、嫁、息子、孫、そのほか老若男女7、8人が集まった。主人に先ほど買った土産の白酒を出し、主人はそれを飲みながら、私たちの取材に応じてくれた。

◆ジンポー族の古老からの聞き書き
[日時]　　9月6日　10：40～11：45
[答える人]　名前はジンポー語でレゾンザンパオ・ダオコン（79歳。写真28）。一般に農村部の中国人は実年齢よりもかなり老けて見えるものだが、彼は50～60歳ぐらいにしか見えない。取材してみると、系譜は4代前からしか唱えられないことがわかった。「ザンパン→コンザン→ザンコン→ジョンコン→ダオコン（自分）→息子」。ザンパンより前は、父親が教えてくれなかったので知らないということだ。

◎山の神その他
Q／「ザンパン」の前はわからないにしても、一番最初は神様だったのか？
A（息子）／空から降りて来たのではなく、ヒマラヤ山の辺りからやって来たと聞いている。
Q／何か恋歌のようなもので、歌えるものがあれば歌ってほしい。
A／情歌（恋歌）は家族の前では恥ずかしくて歌えない。家族の前で歌ったということを親戚に聞かれたりしたら、大変だ。
　　　（ここで息子が肩から山刀を掛け、仕事に出かける）
Q／何が歌えるか？
A／普通、老人が歌うのは、牛や豚などの家畜を繁栄させるための歌と、鬼を来させないようにするための歌だ。
　　　（「アゴ～イ、アゴイ、アゴ～イ、アゴイ」という言葉が随所に入る歌。約40秒。「鬼が村に来ないように」という内容）　　　●映像1
Q／その鬼とは天の鬼か？　自然の鬼か？（張）

24 ジンポー族が住む三台山村の役場前の広場。右側に細い電信柱が見える

25 村の入り口の小さな雑貨屋。少年が、店番をしながら算数の勉強をしていた(三台山村)

26 村の入り口近くの広場には、合図の銅鑼代わりの空砲弾が吊り下げられている（同）

27 隙間だらけの茅葺き竹楼の家。台所には最低限必要なものしかない（同）

三台山郷三台山村で聞き書き・西山郷回龍社を見学——9月6日（日）

28 ジンポー族のダオコンさんは、白酒を飲みながら訥々とした口調で話し始めた(三台山村)

29 庭に机を出しての取材風景。左の建物の窓辺に魔除けのネズミ(写真30)がある(同)

◀30 建ててまもない家の窓に、皮を剝いだ魔除けのネズミが立てかけられていた（同）

▲31 ある家の、入り口の梁に下げられていた魔除けはサボテンだった（同）

32 雨が降れば、村の道はぬかるんで深くえぐれてしまう（同）

三台山郷三台山村で聞き書き・西山郷回龍社を見学——9月6日（日）

A/山の鬼だ。その鬼が来ないようにと歌う。

Q/「山の鬼が来ないように」ということは、山の鬼は悪い鬼なのか？（工藤綾）

A/山の神には、いい鬼も悪い鬼もいる。

　普通の人は山の神を信じている。山の神は人を噛む。たとえば山に木や竹を切りに行ったときに、山の神に噛まれることがある。噛まれたときは、桑の葉〔この辺りでは養蚕はしていないとのことだから、自生の桑か〕で占いをする。その占いによって、もし山の神が「鶏がほしい」とか「豚がほしい」と言っているということになれば、<u>神様がほしいものを生け贄として差し上げる</u>。山の神以外には汚い鬼もいて、これも人を噛む。

Q/山の神を祀(まつ)るのは、いつどういうときにか？（張）

A/山の神を祀るのは一年に一回だ。風があるときに祀る。

Q/風があるときとはいつか？（張）

A/3月か4月だ。

　〔張「たぶんこれは、焼き畑のために山を焼くころのことでしょう」〕

Q/それは焼き畑のころか？

A/草が多い所の草を刈って干してから、火をつけて焼く。そのあとは牛を使って耕す。<u>キリスト教を信じていない人は山の神を祀る。</u>

Q/灰は畑の肥料になるのか？

A/草を切ってそのまま置いて乾かし、火をつける。灰を肥料にして、牛で耕す。鍬(くわ)で掘って種を植える。4年おきくらいに同じ畑を焼く。

Q/今でも焼き畑をやっているのか？

A/やっている。この焼き畑の畑には、穀物の種を蒔く。（「何の穀物の種か？」と尋ねると）、蒔きたいものなら何でもいいが、コーリャンでもなく、トウモロコシでもなく、粟でもなく、稲でもない。

　（いろいろ聞いてみると、「飯穀(ファングー)」と言っているので陸稲の餅米のことらしい）

Q/昔、豚は自由に（村のあちこちを）歩いていたか？

A/昔も今も、牛小屋、豚小屋、鶏小屋などの家畜小屋はあったが、昼間は畑に行かせて、夜はその小屋に入れた。解放前（中華人民共和国成立の1949年以前）は、<u>人間の糞や家畜の糞を肥料として使ってきた。</u>

Q/そのころ、便所はあったか？
A/昔はなかった。
Q/どこでするのか？（張）
A/その辺どこででもいい。
Q/人間の糞を豚は食べたか、犬に食べさせたりしたか？
A/どこででもやったから、豚にも犬にも虫にも食べられていた。しかし今は、稲を食べるネズミを殺すために毒餌を撒いたので、犬がそれを食べて死んでしまった。ここには犬はいない。

【工藤隆のコメント】
　従来は、人間の糞尿を肥溜めに溜めるなどして肥料に使うのは世界でも日本だけだといわれてきた（たとえば、直良信夫『日本古代農業発達史』さ・え・ら書房、1956）。しかし、浙江省の漢族の農村の例（先の張氏の話）やこのジンポー族の例もあるので、近代の中国の農村では、日本の技術が伝わって、人間の糞尿を肥料に使うことも行なわれていたのかもしれない。
　あるいは、中国の農村でも、人間の糞尿を肥料にする技術は古代以来行なわれていたのだろうか。ただし、豚が野放しになっていて、しかも便所もないということになると、人間の糞尿はすべて豚に食べられてしまうはずだから、肥料用に溜めておくことはできない。現在の中国西南地域辺境の、特に便所がない農村では、豚もほとんど野放し状態で飼育されているから、その豚が人間の糞尿の"清掃局"の役割も果たしているのである。
　ついでにいえば、排泄中の豚の糞を、ニワトリが次々に食べているのも目撃した（1999年9月、タイのアカ族の村）。ニワトリも"清掃局"の役割を、それなりに果たしているのであろう。
　中国の前漢時代（紀元前202〜紀元後8年）から後漢時代にかけての墳墓の副葬品のなかに、便所をかたどったミニチュアの焼き物があり、それは豚の畜舎と連続している構造のものだという（清水久男「古今東西トイレよもやま話」『トイレの考古学』大田区立郷土博物館編、1997）。しかしこれでは人糞はすべて豚の餌になってしまうので、やはり肥料としては残らない。この豚便所は近年まで沖縄地域でも普通に用いられていたというが、私の知る

限り、一般に日本本土では見られなかったようだ。
　日本では、弥生時代よりあとの農村では豚は飼われないようになっていったようである。なぜそうなったかの理由ははっきりしないが、ともかく仏教の普及による殺生を嫌う観念の拡大、牛や豚などの動物を生け贄に用いる儀礼の衰退、神道の形成に伴う血をケガレとする観念の一般化、などがその傾向を強めたのであろう。ともかく、農村から豚という"清掃局"が失われた以上、人間の糞尿はなにかのくふうをして処理しない限り、ただの困りものになったはずだ。そういうなかで、なにか想像もつかないようなきっかけで、だれかが人間の糞尿を肥料にするという方法を発見したのではないか。豚がいなければ、人間の糞尿は充分に溜めておくことができた。
　いずれにしても、より精密な、古代農耕技術のアジア全域にわたる比較研究が必要であろう。

Q/創世神話を歌えないなら、昔話という形で話すことはできないか？
A/話せない。
Q/神判(しんぱん)について何か知らないか？
A/たとえば物がなくなったとき、いろいろ調べてからあの人が盗んだということがわかると、罰金を課すことが多い。1万元とか、1千元とか。その人がお金がなくて払えないときは、ドゥムサを呼んできて、その人が死ぬまで呪いの呪文を唱える。
　　〔張「1万元と言っても、国民党時代の1万元はほんの少しの金額だ。しかし、この話は神判とはちょっと違うようだ」〕

　聞き書き終了後、村の中を散策。焼き畑の斜面などを見る。もと来た大きな道路に戻り、13：20に遮放鎮(デュオファン)（標高830 m）に着いて食事をする。この食堂で大きな広葉樹の葉に二重に包んである納豆を見つけた。大豆は日本の納豆よりもやや小ぶりで細長いが、食べてみると味は同じだし、粘り気もあった（写真33）。
　食後、再び山道を18 km走り、西山郷(シーシャン)の中心地、弄炳村(ノンビン)の村役場に行く。役場の人の話によると、西山郷は弄炳村を含めて5つの村から成る。人口1万

人で、そのうち8割がジンポー族。この弄炳村(標高1450m、約30戸、人口200余人)では、20年前までは歌垣があったということだ。役場でこちらの取材の趣旨を話し、小学校の先生を紹介されたので訪ねてみたが、歌うことはおろか、こちらの知りたいことは何も知らなかった。こういう完全な空振りもときにはある。

しかしその際、この村にはドゥムサ(シャーマンでもある歌い手)が一人いるという情報を得たので訪ねてみた。だが、あいにく不在だったので、あすもう一度訪ねることにして、役場の人と時間の打ち合わせをする。

帰り道、西山郷回龍社(ホイロン)辺りで行きがけに寄った道路脇の家に寄ると、この村に創世神話を歌える老人がいるという。これもまたあすの午後に立ち寄ることに話をつける。その家の脇道から坂を下りて、村を覗いてみることにした。西山郷回龍社(30戸余り、人口100数十人)は徳昂族の村だ。ドゥアン族の家はタイ族の家にそっくりの、竹造りの高床式だ。しかし今では徐々に土間の家に変わってきているという。私たちが訪ねた若夫婦の家も茅葺き割り竹壁の土間形式だった。家の入り口には、編んだ竹、木の葉(オーリーアンと呼んでいた)、袋に入れた米(水稲)や穀物の種、色紙を剪った旗などで作ったまじないの物がぶら下がっている(写真34)。家の脇には竹づくりの豚小屋があり、台所にはやはり家畜の餌を煮るための大鍋が掛かっている。村の中心地にはひときわ大きな木があり、これは神樹だということだった。木の根元には何かを焼いた跡があった。

18：48 碗町(ワンディン)の町に着き、うらぶれた碗町賓館に投宿。碗町はミヤンマー(ビルマ)との国境に接する町で、ミヤンマーとの交易が盛んな時期は活気にあふれていたという。しかし今はその面影も見えないさびれようで、道幅が妙に広い町には人影も車も少ない。国境の橋の所に行ってみると、国境警備官が橋のたもとにいる。私たちは橋に近づくわけでもないし、もちろん国境にカメラを向けることなどもしないのだが、ただそこにいるだけで緊迫した雰囲気があり、長居する気になれない所だ。

▲33 遮放鎮の食堂で食べた納豆。日本の納豆と同じ味だ

▶34 ドゥアン族の家の入り口にあるまじないの物(回龍社)

35 割り竹を組んだドゥアン族の家。入り口には必ず何かまじないの物が下げられている(同)

36 ドゥアン族の若い母親。黒地の布に赤い装飾が際立つ派手な衣装（同）

37 ミャンマーとの国境にある碗町。道幅の広いわりには人も車も少ない

三台山郷三台山村で聞き書き・西山郷回龍社を見学——9月6日（日）

［西山郷弄炳村と西山郷回龍社で聞き書き──9月7日（月）］
シーシャン　ノンビン　　　　　　　　　　ホイロン

　露店で朝食をとり、碗町の市場を見物。碗町がさびれているとはいえ、市場だけは、そこに暮らす人々の生活の基盤だけにそれなりの活気がある。野菜、肉、香辛料、雑貨など、品数は豊富だ。芭蕉の葉に包んであるものを見つけた。沖縄の餅に似ていたので開けてみるとやはり同じものだった。1995年に西双版納で食べた芭蕉の葉に包んだ餅には、ナッツが入っていたが甘みはなかった。しかし、ここの餅は黒砂糖を混ぜているため茶色くて甘みがあるが、ナッツは入っていない。
　8：15、碗町を出発。9：20、きのう訪ねた弄炳村に到着。ドゥムサの家に行く。ドゥムサの家は、三方が日干し煉瓦の壁の瓦葺き。一階は台所と物置になっていて、二階が居室。居室は3室あり、中央の居室はドゥムサとその妻の部屋で、真ん中に囲炉裏、その両脇に床が2つ。もう1つは子供部屋でベッドが3つ。残りのもう一部屋は使っている様子がない。中央居室の前には竹で作った広さ6畳ほどのテラスがあり、その上には大きな茅葺きの屋根がかぶさっている（写真40〜42）。聞き書きはこのテラスで行なわれた。
　ドゥムサはいったん座ったあと、思い立ったように再び立ち上がって居室に入り、持って来た白い布を頭に巻いた。ドゥムサの衣装の一部を身につけたわけだ。白い布の両端には赤、緑、黄色、ピンクなど派手な原色の毛糸の玉が付いている。この種の派手な毛糸玉飾りは、ジンポー族（帽子）、拉祜族（肩掛け袋）、ドゥアン族（上着）など、ミャンマー（ビルマ）国境辺りにいる民族が好んで使う。
ラフ

　赤いランニングシャツに白い化繊の長袖シャツ、黒いズボンにビニールサンダルというふだん着ながら、この白い被り物一つでまったく雰囲気が違ってくるのだから不思議だ。持参した白酒をドゥムサに出し、私たちには糯米茶〔雲南の農村でよく出してくれる茶。ごく普通の葉茶だが、茶をいれると餅米の香
バイチウ　　　　　　　　　　　　　　　　　　　　　　　ヌオミイ

30　第Ⅰ章　ジンポー族の歌垣と神話

りがする〕が出された。

◆ジンポー族ドゥムサからの聞き書き
[日時]　　　9月7日　9：47～12：17
[答える人]　排勒 堆。「排勒」は名字、「堆」が名前。46歳。祖父も父もドゥムサだった。兄弟は4人、本人は3番目。

◎豊作についての歌
<u>普段は、二人で問答形式で歌う。だれか尋ねる人がいて、それにドゥムサが答える。きょうは尋ねる人がいないのでやりにくい。</u>（ということで、以下、変則の一人歌で①の歌を歌ってくれた）

①雑穀の収穫の歌　（約5分）　　　　　　　　　　　　　○映像2
メロディーはレライ調。収穫や種蒔きのときに歌うメロディー。「アゴイ、アゴイ、アゴ～イ、アゴイ、ア～ゴイ」という言葉が、一小節ごとに入る。ちょっと哀愁を帯びて、しみじみと話しかけるような調子。このドゥムサの説明によると、このメロディーのレライ調は、秋の収穫のときにも春の種を蒔くときや田植えのときにも歌うことができる。

◆歌の内容
「今はもう豊作になりました。トウモロコシなどの雑穀は黄色く熟し、収穫できるようになりました。村の老若男女はこの熟した穀物を収穫し、一粒も落とさないように家まで持ち帰ってください。穀物を全部持ち帰れば、良い暮らしができます。生活が豊かになります。食べ物も衣服も豊かになります」

Q/「アゴイ、アゴイ……」という言葉はどういう意味か？（張）
A/レライ調の中で歌われる調子をとる言葉で、意味はない。
Q/これはどういう時期、どういう場所で歌うのか？
A/米を収穫している場所で歌う。家の中、畑、山での男女の掛け合いで歌うこともある。
Q/ドゥムサ以外の普通の人でも歌っていいのか？

38 碗町の朝市。豆板醤、漬け物、砂糖などを売る店。奥には肉屋がずらりと並ぶ

39 ジンポー族の住む弄炳村の中心地を、村役場のほうから見る

40　ドゥムサの家。瓦葺き屋根、日干し煉瓦の壁に、茅葺きの庇が深くかぶさっている（弄炳村）

41　ドゥムサの後ろ側は一階で台所、階段を昇ると居室がある（同）

42 ドゥムサ夫婦の居室。右隣りの子供部屋にも暖をとるための囲炉裏が切ってある(弄炳村)

43 茅葺き屋根の庇の下で行なわれた取材。外は炎天下で暑いのに、庇の下は涼しい(同)

34　第Ⅰ章　ジンポー族の歌垣と神話

44 「アゴイ、アゴ〜イ」と歌い始めると、ドゥムサの表情は柔和になっていった（同）

西山郷弄炳村と西山郷回龍社で聞き書き────9月7日（月）

A/ほかの人でも歌ってかまわないが、歌える人は少ない。
　　（同席した役場の人が「収穫の歌の説明はむずかしい。昔のジンポー語というわけではないのでジンポー族である自分には聞き取れるのだが、言葉にはいろいろ意味があって、その解釈はむずかしい。自分には、中国語では説明できない」と言う）
Q/「男女が山で歌を掛け合うとき」というのは歌垣のときか？
A/歌垣のような情歌は、ふだんは外で歌う。きょうは家の中にいるので歌えない。
　　（張氏の補足説明：歌ってほしいと頼んであるのだが、本人はどうしようかと考えているようだ。歌えるのだが、ここでは歌ってはいけないということのようだ）

【岡部隆志のコメント】
　情歌（恋歌）を歌ってくれと頼むと、恥ずかしいから歌えないとか、このように家の中では歌えないという反応は、先の徳宏市歌舞団の取材や、三台山村での聞き書きでも同様にあった。これは、情歌というものが、それが歌われる場や状況から歌として自立していないことを示すものだろう。別な見方をすれば、特別な場以外では歌えないとするタブー性を抱えているということか。それは、当然、恋愛のタブー性につながると思われる。

　ドゥムサはしばらく考えていたが、やはり情歌は歌わないと決めたようだ。そのかわり「豊作になるための労働の歌」、たとえば、種蒔きをしてからどのようにして豊作になるかという内容の歌を歌ってくれることになった。

②春の種蒔きの歌　（9分45秒）
　やはり「アゴイ、アゴイ……」が一小節ごとに入る、同じメロディー。ドゥムサの説明では、正式にはこの「種蒔きの歌」を歌い、次に①「雑穀の収穫の歌」を歌うということだ。

◆歌の内容

> 「雨の多い季節と雨の少ない季節が交代する季節（雨季と乾季の境い目の時期）になった。山の上の鳥も鳴いて、蛙も鳴いて、いろいろな動物も鳴いて、我々農民に『もう、種蒔きの時期になりました。いろいろな種類の種を蒔きなさい』と言っている」（歌全部を正確に訳すのはむずかしいので、以上はだいたいの内容であるとのこと）

Q/そのほかにはどういうことを歌っているのか？（張）
A/肥料を掛けたり、草を取るという内容も入っている。
Q/肥料はどういう肥料か？（張）
A/昔は牛、豚、人間の糞だった。そういう内容も歌に入っている。
Q/今はどういう肥料を使っているのか？（張）
A/今は化学肥料の尿素だ。
Q/それも歌の中に入っているのか？（張）
A/入っている。歌の内容は昔とはだんだん変わってきている。どういうふうに草を取ってどういうふうに虫を払ってという内容のものもある。しかし、一つ一つはうまく説明できない。

【岡部隆志のコメント】
　「種蒔きの歌」という一種の労働歌が起源神話の内容になっていることは重要だと思われる。これは、絶えず起源に遡って現在を説明するという、古橋信孝らが唱える古代社会の論理が演じられている例としてとらえられるということ以上に、起源神話というものの多様な役割を改めて再認識させられるからである。

【工藤隆のコメント】
　これら「収穫の歌」「種蒔きの歌」は、小野重朗や古橋信孝の言う「生産叙事歌」と共通のものであろう。
　「生産叙事歌」を、いつまでも奄美・沖縄地域の資料だけで考えずに、弥生時代以後の日本と水田稲作文化を共有する、アジアの少数民族文化全体のなかでとらえ直したほうが、より大きな成果が得られるのではないか。

西山郷弄炳村と西山郷回龍社で聞き書き──9月7日（月）

◎ジンポー族の由来について

Q/歌の中に神様は出てきたか？

A/出てきた。

Q/どういう神様か？

A/種は天にいる鬼（天鬼）の娘が持って来た。その娘の名は「ソンチェミュウザ」といい、ジンポー族の一番目の先祖だ。<u>この娘は一人の貧しい男と結婚した</u>。その男の名前は「ラビオマオチェザ」という。この男は娘が持って来た種を蒔いて栽培した。二人のあいだに人間が生まれた。しばらくすると、その娘はまた天に戻って行った。その男はまた別の娘と結婚した。

Q/漢族の話で、「董永（ドンヨン）」という牛飼いと天の仙女が結婚した話、つまり天の仙女が人間界に降りて来て湯を浴びているあいだに、牛飼いがその仙女の服を奪って結婚した話〔羽衣伝説〕に似ているが……？（張）

A/その話はジンポー族も言っている。

　　（張「さっきの天の娘と貧しい男との結婚の話は漢族の影響を受けているのではないか。先ほどからのやりとりの中で、董永と仙女との話はドゥムサのほうから話した」）

Q/いま歌っていた「種蒔きの歌」の中に「董永」という言葉が入っていたのか？

A/入っていた。〔つまり<u>「種蒔きの歌」に創世神話が入っていることになる</u>〕天の娘が持って来た種は、稲の種だけではない。植物の種全部を持って来た。

Q/<u>糞と尿からよいものが生まれる神話はあるか？</u>

　　（ドゥムサは戸惑ったように言葉に詰まっている。張氏は「牛や馬の糞などのような汚いものから良いものに変化することはないか」と、丁寧に説明）

A/……<u>ない</u>。

【工藤隆のコメント】

　『古事記』『日本書紀』に、イザナミが出産で死ぬ場面でその「屎（くそ）」「尿（ゆまり）」「たぐり（嘔吐物）」から金属・土・水などの良きものが生じたとする神話

や、スサノヲの高天の原追放の場面で、オホゲツヒメが「鼻・口・尻」から取り出したものがおいしい食べ物になったという神話、またウケモチが「口」から吐き出したものが「飯」そのほかの食べ物になったという神話がある。私は、このような神話の原型は、中国少数民族の神話の中にあるに違いないと思っていたので、行く先々でそういう質問をしてみたが、今までのところ1例も出会っていない。

　ということで、もしかすると、排泄物から良きものが生じるという神話は、「殺される女神」型のハイヌヴェレ神話（ハイヌヴェレという娘の排泄物が貴重な品物に変じ、そのあと殺されてその死体から「芋」が生じる）など南方系の神話が〈古代の古代〉の日本列島に入り、それが中国大陸とはまったく別な展開をして、日本列島独自の神話に成長したものなのではないか。

　その際に重要なのは、先にも述べたように、古代日本は何らかの理由で早い時期から豚を飼育する生活形態を失っていたので、人間の糞尿の処理を人間がしなければならないことになっていたという事実である。おそらくは、そういうなかで、人間の糞尿を肥料に用いるという"技術革新"が生じ、それを背景にして、人間の排泄物が農作物を生み出すという観念が発生して、やがて排泄物から良きもの（特に食べ物）が生じるという神話を成長させたのではないか。

③ジンポー族の由来の歌　（8分）

　「アゴイ、アゴイ……」が一小節ごとに入る①「雑穀の収穫の歌」、②「春の種蒔きの歌」と同じメロディーだが、①、②に比べるとやや力強く、勢いがある。歌のあとドゥムサに、「なるべく省略しないで直訳（中国語）で内容を教えてほしい」と依頼した。ドゥムサの説明に対して張氏が、「ちょっと待ってください、それはどういう意味ですか？」「その人の名前は？」「なぜ天の娘はそのようにしたのですか？」など、何度も質問を加えながら、以下の歌の内容を聞くのに約20分間を要した。張氏はこちらが何をどの程度まで知りたいかをよく心得ていて、確認すべき点、もっと深く聞くべき点を逃さずに聞き取りを進めていく。

◆歌の内容

「一番先に、ニングァンワーという神様のような者が、大地から出て来た。このニングァンワーが山、大地、人間を作った。

それはこういうことだ。ニングァンワーには妻がいたが、その名前は忘れた。ニングァンワーには9人の子供がいた。9人の子供の名前は忘れたが、そのうちの一人はラビオマオチェザだ。

ニングァンワーが9人の子供を持っているのは、こういうことからだ。あるときニングァンワーは、二人の孤児に出会った。一人は男、もう一人は女だった。ニングァンワーは毎日泣いているこの二人の孤児を9本の道の合流している場所で殺した。殺したあと、この二人の孤児の肉の塊は9人になった。その9人は9つの民族になった。そのうちの一人がジンポー族で、それがラビオマオチェザだ。ほかの8つの民族の名前は、覚えていない。いろいろな民族だ。

つまり1代目はニングァンワーで、2代目がラビオマオチェザだ。

このラビオマオチェザは、天の娘ソンチェミュウザと結婚した。天の娘は植物の種を持って来た。二人のあいだに生まれた子供が人間で、娘は天に戻った。そのあとラビオマオチェザは、地上の別の娘と結婚した」

Q/天の娘が持って来た種はここに持って来たのか、別の場所か？（張）
A/天の娘が降りた所はここ（西山や徳宏）ではない。新疆ウイグル自治区だ。天の娘は新疆ウイグル自治区に降りて来て、そこにニングァンワーの息子のラビオマオチェザがいて、そのラビオマオチェザと結婚した。

Q/新疆ウイグル自治区のジンポー語の名前は何か？
A/新疆ウイグル自治区のどこかはわからないが、新疆ウイグル自治区はジンポー語でマジョイシンガーボンという。

Q/ニングァンワーの9人の子供の、そのあとの話はどうなっているか？（張）
A/今の歌は、ニングァンワーの9人の子供からそれぞれ人間が生まれたという話だが、私は今そのあとの系譜は歌えなかった。私は、その部分は忘れた。

④ムーナオ（ムーナオゾンガ）の由来の歌　（5分10秒）

　　やはり「アゴイ、アゴイ……」が一小節ごとに入る、同じメロディー。③「ジンポー族の由来」よりもしみじみとゆったりしている。

　　〔ムーナオは「木脳総戈（ムーナオゾンガ）」ともいい、毎年、農暦の正月15日に行なわれる。ジンポー族にとって最も盛大な祝祭日行事で、広場にある雌雄一対の板柱とその両脇の一対の板柱を囲んで踊る光景は壮観だという〕

◆歌の内容

「ムーナオは、新疆ウイグル自治区のムゼシンラーボンという山で最初に踊った。人間の出現もそこだった。なぜそこで踊ったかというと、人間はそこで孔雀をリーダーとして踊っている鳥たちを見た。それを見てまねて踊り始めたのがムーナオだ。このムーナオゾンガ（略してムーナオ）は戦いに出かけるときも踊る。豊作のときにも踊る」

Q/この歌は、結婚式でも歌うか？
A/結婚式では歌わない。
　　結婚式では、「男はどういうふうにして女に求愛するか。女はどういうふうにして男に承諾の返事をするか。結婚したあとはどういうふうに親孝行をするか」ということについての歌を歌う。結婚式では、こういう内容の歌は必ず歌う。
Q/その歌を歌ってくれないか？
A/（私は）歌えるが、ここでは無理だ。その歌は、花婿と花嫁のグループが互いに問答式で歌を掛け合って歌うからだ。
Q/花婿側は全部男で、花嫁側は全部女か？
A/そうとは限らない（それぞれのグループに男女がいる）。
　　「うちの娘はあなたの家に嫁に行くが、あなたはいくらのお礼が欲しいか？うちの娘はあなたの家族の嫁になるがこれからどういう仕事をすべきか？」というような問答だ。
Q/ドゥムサは何を歌うのか？　たとえば「人間はなぜ結婚するようになったのか」というようなことを歌うのか？
A/結婚式ではドゥムサはお祝いの言葉やめでたい言葉を歌う。しかし、こういう場所（取材をしている場所）では愛情のことは歌わないので、今はそ

の内容を聞かせられない〔結婚式で歌う祝いの言葉やめでたい言葉というのは、恋愛についてのことのようだ〕。

Q/新築の儀礼で、新居に囲炉裏の火を持って来るときドゥムサが歌を歌うが、その歌を歌ってくれないか？

A/新築のときは、良い時間を選び、まず家の外で焚き火をし、その火を家の中に持って来る。そのときにドゥムサがリーダーとなって歌い、他の人がそれに随って歌うのだが、新築のとき以外は歌ってはいけない。

Q/占いはやってくれるか？

A/（できるが、今ここには）病気がない……。
　　（張氏は機転を利かせて「彼らは体の調子が少し悪い」と言ってくれた）

Q/ここでできないか？

A/できない。鶏の卵のほかに、山に行って特別の葉っぱを取ってきて占いをする。そういう特別な葉っぱを取ってくるのは大変だ。

Q/神判はあるか？

A/今もないし、以前にも見たことがない。

Q/ドゥムサは西山郷の村にそれぞれいるのか？

A/今もそれぞれの村に一人ずついる。

Q/一番高い位のドゥムサはどこにいるのか？

A/大ドゥムサは70歳くらいで、毛講村(マオジャン)にいる。ここから10kmぐらいの所だが、車では行けない。

〔西山郷の5つの村のドゥムサ〕

毛講村	拱林社	刀勒干（70歳くらい）
毛東村	芒東社	向弄成（60歳くらい）
崩強村	大舎社	曽勒段（60歳くらい）
邦角村	湾舟社	何勒弄（50歳くらい）
弄炳村		排勒堆（46歳。聞き書きをした人）

【工藤隆のコメント】
　ジンポー族の村にはキリスト教の浸透が激しいので、ジンポー族の伝統的

な神話はもう聞けないと思っていた。しかし、これだけ多くのドゥムサがまだ健在だと知って驚いた。中国の近代化政策も波及し始めているので、彼らから聞き書きをするのなら、今が最後のチャンスであろう。

　弄炳村を出てしばらく走った山道で車を止め、町で買って持ってきたクッキーと椰子ジュースで昼食をとる。そのあと13：00ころに、訪問を約束していた回龍社（ドゥアン族の村）へ向かう。村の入り口にある小屋に行くと、きのう創世神話を歌える老人がいると教えてくれた男性が待っていてくれた。目指す家を教えてもらって歩いて行くと、高床式の家の二階から白い服の老人が弱々しく手を振っている。こちらも手を振り返しながら通り過ぎようとすると、さきほどの男性が後ろから追いかけて来て、この家だと教えてくれた。目指す相手はこの老人で、やって来た私たちを見てここだと教えてくれていたらしい。

　瓦屋根の高床式住居、竹を編んだ壁。庭には薪用の木が大量に積んである。高床の床下である一階は物置になっていて、棺桶が２つ置いてある（写真46）。このあとすぐにわかるのだが、この家には先の老人とその妻の、二人の年寄りがいるからだ。〔だいたいの場合、少数民族の村を訪ねると、老人のいる家には棺桶が用意されていることが多い。麗江（リージャン）では、食堂に隣接する物置小屋の天井から棺桶が吊してあった。お客は棺桶を見ながら食事をすることになる。舟型のちょっと変わった形だったので尋ねてみると、「あれは私が入るための棺桶だよ」と店主である納西（ナシ）族の老人が言った（1995年）〕

　高床に上がると、部屋の入り口にまじないの品々がぶら下がっている。ビニールや布の赤い袋に入った穀物、木の枝、葉っぱ、カビが生えた丸い塊り、切り紙細工の細長い小旗など、かなり古いものから新しいものまでさまざまだ（写真47）。寝室には寝床が３つほど並んでいて、部屋の中央には囲炉裏があり、鉄瓶が載っている。

　老人の隣りには、頭に黒い布を巻きビンロウで歯を赤黒く染めた妻の老婆が座り、周囲には３、４歳から小学校低学年ぐらいまでの子供が３人。この家に案内してくれた男性はこの老人の息子で、子供たちは彼の子供のようだ。この男性が父親のドゥアン語を中国語に通訳してくれた。

白酒(パイチウ)を勧めて、歌ってくれるようにと頼むのだが、老人は「若いときはうまく歌えたが、今はうまく歌えない」などと言いながら遠慮して、なかなか始まらない。「このタバコを吸ってから」などと言って、延ばし延ばしになっていく。張氏と私たちは、「下手でもかまわないから」と何度も勧める。しかし、やはりタバコを吸ったり白酒を呑んだり、孫を抱き上げて膝に乗せてあやしたりしていて、なかなか歌は始まらない。

老人は、「年越しのときにも歌っていない。何年ぶりかなので、喉(のど)の調子が悪くて歌えない」などと言いながら躊躇している。横にいる息子のほうは「いや、歌えるよ」と言っている。そうこうするうちに突然、歌い始めた。どこかで聞いたような馴染みのあるメロディーだった(歌の長さ、約8分)。●映像3

◆徳昂(ドゥアン)族の古老からの聞き書き
[日時]　　　9月7日　13：01～14：14
[答える人]　趙老六(ヂャオラオリウ)。79歳で、この村の最長老。「紅ブロン(ホン)」という支系のドゥアン族。

Q/これはどういう歌か？
A/これは仏様を拝むときの歌だ。
Q/（日本の念仏歌と同じようなメロディーだったので驚いたのだが、やはりそうだったのか）
　ほかに何でもいいから、歌えるものを歌ってほしい。

老人がなかなか歌い始めないので、全員所在なく過ごすことになった。老人の横に座っている老婆は、孫のものと思われる小さなゴム長靴を太い針で縫っている。見れば、ゴム長靴は脇から底に向けて長さ10数cmほどに大きく裂けていて、それを太い針と糸で縫い合わせるつもりのようだが、ゴムが分厚いのでなかなかうまく縫えない。

13：46、ドゥアン族の民族衣装の中年女性がやって来た。黒地（濃い藍色）に赤の横縞の巻きスカート、上着も黒に赤の縁取り模様。老夫婦の傍らにやって来て、長靴を縫っている老婆の横に座り、手元を見ながらしばらくしゃべっていたが、見かねたように長靴を手にとって縫い始めた。彼女のほうが裁縫は

得意なようで、まもなく縫い上げてしまった。とはいっても、水の侵入を防ぐことは到底できない。

　老人たちのとめどないおしゃべりを聞きながら眺めていたら、物を大事にするのが当たり前だった昭和2、30年代の日本を思い出した。あのころは、靴下や服の破れを繕（つくろ）うのは当たり前で、継ぎ当て布の箇所だけが分厚くなった靴下は、少々穿き心地が悪かったものだ。しかしさすがに、ゴム長靴を針と糸で繕う話までは聞いたことがない。

　少数民族の貧しさは、めぼしい道具が何もない家の様子や服装などからうかがい知ることができる。しかしこんなふうに、暮らしの中のごく日常的な行為として見る機会はなかなかない。成り行きとはいえ、我々もごく自然にのんびりとそれを眺めることになった。暖かな日溜まりを背に、孫のために繕い物をする老人の姿を見ていると、予想外の繕い物から受ける貧しさへの衝撃よりも、懐かしさのほうが勝（まさ）ってくる。物を大事にする風潮がすたれ、核家族が当たり前になってしまった日本では、もうすっかり失われてしまった情景だ。少々羨ましくさえ感じられる。

　民族衣装の中年女性に何か歌ってもらえないかと頼んでみたが、快い返事は返ってこない。この家の息子によると、彼女は歌を歌えるのだが、恥ずかしがって歌わないのだという。その女性の様子から、本当は歌を歌いたくてここへ来たのではないかとも思える。実際、村で歌を聞かせてもらっていると、歌声に引き寄せられるように人が寄って来ることがよくある。なかには自分も歌いたくてウズウズしているのではないかと思われる様子の人もいる。しかし実際には、恥ずかしがって歌わないことが多い。全般に少数民族は来客が大好きだが、反面かなりの恥ずかしがりやでもある。この恥ずかしがりやの一面は、私たち日本人の性格にも通じるところがあるので、安心感と親近感を覚える。

【岡部隆志のコメント】
　この徳昂族の一家に、私は、典型的な農村の家を見た。老夫婦と息子夫婦とその子供の三世代が、高床式の家で、貧しくても豊かに暮らしている。「豊か」というのは私の幻影かもしれないが、しかし、生活の厳しさは不幸ではないという実感だけは感じた。一階の物置には二つの棺桶が無造作に置

▲45 ドゥアン族の高床式の家。1階は吹き抜けの土間で物置、2階は居室(回龍社)

◀46 1階吹き抜けの土間には、老夫婦のための棺桶が2つ用意されていた(同)

47 両端に袋入りの穀物、梁の上からは芭蕉の枝など、さまざまなまじないの品々（同）

48 老夫婦とその孫たち。老人にも孫たちの世話という大事な役割がある（同）

西山郷弄炳村と西山郷回龍社で聞き書き──9月7日（月）

49 孫のゴム長靴を繕う老婆の針仕事を、近所の女性が手伝い始めた（回龍社）

▲50 孫の世話もたいせつな役割（同）

▶51 竹製の高床の上に、暖をとるための囲炉裏が切ってある（同）

かれていた。老夫婦が用意したものか、それとも老夫婦のために息子が用意したものだろうか。いずれにしろ自分たちの棺桶の上で暮らす老夫婦を思うと、死と生を切り離さない生活のありかたを思い知らされた。

Q/歌垣で結婚したのか？
A（民族衣装の女性）/恥ずかしい……。歌垣で結婚した。
Q/昔の歌垣は祭りのときに歌ったか、それとも毎日夜になったら歌っていたか？

　歌垣の質問をしたら、急に３人は饒舌にしゃべり始めた。老人も老婆も中年女性もうれしげに、闊達に何かをしゃべっている。その変化に驚いていると、前触れなしに突然、老人がまた歌い始めた。５分間。これも先ほどの仏教歌と同じメロディーだ。
◯映像３

Q/どういう歌か？　情歌か、仏教歌か？
A/内容は、「私はあなたを愛している。あなたも私を愛している。もう秋になった」という、山で歌う情歌で、夜も昼も歌う。

　ドゥアン語の歌の説明を、息子はできないようだ。聞き書きはこれ以上無理と見て、切り上げることにした。

【工藤隆のコメント】
　驚いたのは、情歌（歌垣の恋歌）でさえもが仏教歌のメロディーに変わっていたことだ。仏教やキリスト教といった「宗教」が、神話世界を背負ったアニミズム文化を破壊していくときの、力のすさまじさを思い知らされた。

　14：10、回龍社を出て瑞麗(ルイリー)へと向かう。街道に出るまで道の両側に広がる水田では稲穂が深く垂れ下がり、あちこちで稲刈りが始まっている。この辺りの稲刈りは、稲を根もとから刈り取らない。茎を地面から30㎝ほど残し、ち

西山郷弄炳村と西山郷回龍社で聞き書き——９月７日（月）　49

52 ジンポー族やドゥアン族の居住地の水田とサトウキビ畑(回龍社からの帰途)

53 30 cm ほど刈り残した株の上に、刈った稲を干しておく(同)

ょうど稲の高さの半分辺りで刈る。刈り取った稲は、水田に刈り残した数株の茎の上に横に渡して干す。このような稲の干し方を、雲南では初めて見た。この地方一帯の独特な稲刈りのし方なのかもしれない。この水田はジンポー族やドゥアン族の居住地にあることから彼らのものだと思われるが、翌日に見た南京里から盈江への道で、タイ族が稲刈りをしていた水田も同じやり方だった。もともと水田稲作の主役であるタイ族の影響を受けたものであろう。

　15：45、瑞麗（標高835 m）に到着。投宿した瑞麗賓館でしばらく休憩ののち、17：00〜20：00まで食事をかねて町を散策する。ミャンマー（ビルマ）との交流でにぎわっていて、宝石商のミャンマー人が大勢いる。瑞麗市珠宝交易市場に行ってみると、通路の両側はびっしりと翡翠の腕輪やペンダントを売る店が建ち並んでいる。ミャンマーとの国境はすぐそこなのに、ミャンマー人は中国人とはまったく違う顔つきをしている。肌は浅黒く、彫りが深くて眼光鋭い。大勢たむろしていると、ちょっと異様な雰囲気だ。宝石を買わないかとまつわりつかれると、思わず逃げ出したくなる。一山当てようとする人たちの野心と活気が充満し、それに殺気が入り混じっているような、まるで西部開拓時代のゴールドラッシュの街という雰囲気だった。

54 ミャンマー国境にある「瑞麗市珠宝交易市場」の入り口

[　南京里ナンジンリでジンポー族の女性から聞き書き ── 9月8日（火）　]

　露店で朝食をとり、8：50、瑞麗を出発。9：20、瑞麗から 13 km ほど北へ向かった街道沿いの村、南京里（標高 1290 m）に着く。ジンポー族が住んでいるというこの村は、李子賢リーズーシエン氏（雲南大学教授、中国少数民族神話学）が数十年前に調査をしたことがあるということから名前を知った。特に紹介者も案内人もいないが、村の中に入ってみることにした。

　何気なく入った最初の家に、乳飲み子をあやしている 20 歳前後の女性がいた。瓦葺きの屋根に割り竹の壁、床にも割り竹を張ってある。家の隅々を見渡していた張氏が、袋に入ったまじないの物が戸口に吊り下げられているのを見つけた（写真56）。若い母親に尋ねてみると、これは彼女の母親が作ったもので、母親はまじないができるのだという。そこで早速、同じ村に住む母親の家に連れて行ってもらうことにした。

　私たちの依頼を快く引き受けてくれた若い母親は、部屋の隅から縞模様の長い幅広布を持ってきて広げ、それに子供をくるんでヒョイと腰の後ろ脇に括り付けた。赤ちゃんは出かけるのがうれしいのか、にっこりと笑う。若い母親も笑い返す。

　案内してくれた家は、徒歩 3、4 分ほどの近さにあった。母屋とは別棟になっている台所にいた母親は、突然の来訪者にもかかわらず、朝食前だというのに気軽に取材に応じてくれた。母屋は瓦葺きの屋根、壁は前面が編んだ竹、そのほかの三方は日干し煉瓦を積み重ねた壁で、床は土間だ。部屋には木製のベッドが 2 つ。なんと、隅にある机の上には 14 インチのテレビが置いてある。母親の左腕には金色の腕輪が嵌はめられている。けっこう裕福なようだ。

　母親はベッドの上に腰掛けて、こちらの質問にてきぱきと答えてくれた。傍らでは案内してくれた娘が、乳飲み子に乳を与えたりしながら我々と母親とのやりとりを聞いている。

◆ジンポー族の歌垣についての聞き書き

[日時]　　9月8日　9：24～10：51
[答える人]　名前はジンポー語でドゥシィルゥ。56歳。こちらの質問に考え込んだり、言いよどんだりすることなく、間髪入れずに明快な答えが返ってくる。実体験に基づいているためか、答えにまったく迷いがない。

◎まじないと叫魂

A／男の霊魂は6個あるが、女は7個の霊魂がある。
　　呪文は「オー、ラオマア、オー、クランビオルゥ、ハンダアオ～～」（ジンポー語）という。これは魂を呼び返すときの言葉だ。

Q／それは漢語で言うとどういう意味になるか？（張）

A／「この子の霊魂よ、外で遊ばないで、早くお母さんのところに帰って来てください、戻ってください」という意味だ。子供の霊魂を呼び戻す呪文であり、「お母さんのところに帰ってください、子供を救ってください」という内容だ。魂がお母さんのところに戻れば子供の病気は治る。
　　（先ほど、張氏が娘から聞いた話によると、「いつもこの子は泣いてばかりいた。そこで母親に霊魂を呼び戻してもらったら、それからはおとなしくなり、泣かなくなった。今は泣かずにとても元気だ」ということだった）

Q／「叫魂（ジャオフン）（霊魂の呼び返し）」の呪文は、ほかにどんなときに唱えるのか？

A／子供の場合は、激しく転んで泣き叫んだり、びっくりしたとき、何かに驚かされたときなどに唱える。大人が病気にかかったときも霊魂を呼び返す。

Q／霊魂の呼び返しは何時ごろにするのか？（張）

A／夜6時に呼び返す。

Q／驚かされて霊魂が逃げた場所と、叫魂をする場所との関係はどうなるのか？（張）

A／その人が驚かされた場所で霊魂を呼び返す。もし山で驚かされれば、山で呼び返す。家の中で驚かされれば、家の中ですぐ呼び返す。隴川（ロンチュアン）辺りには、占いをするとその霊魂がどこに逃げているかがわかる人がいる。しかし私もこの村のほかの人も、その占いはできない。だから、その霊魂が驚

▲55 ジンポー族の若い母親。彼女との出会いが、貴重な聞き書きのきっかけとなった(南京里)

◀56 若い母親の新築の家の入り口には、彼女の母が作ったまじないの物が吊り下げられていた(同)

54 第Ⅰ章 ジンポー族の歌垣と神話

57 台所で朝食の支度をしていたドゥシィルゥさんは、快く私たちを迎えてくれた（同）

58 ドゥシィルゥさんへの取材風景。娘である若い母親も、子供をあやしながら聞いていた（同）

南京里でジンポー族の女性から聞き書き——9月8日（火）　55

かされた場所で霊魂を呼び返す。

Q/この赤ちゃんのほかに、この村の人の霊魂呼び返しをしたことがあるか？（張）

A/ある。頼まれれば、すぐに呼び返しに行く。

Q/魂を呼び返すとき、何かするのか？（張）

A/霊魂には大きい霊魂と小さい霊魂がある。小さい霊魂を呼び返すときその霊魂にごちそうするものは、砂糖、卵１個、餅米少し。大きい霊魂には浅いザルに葉っぱを敷き、男の場合は霊魂が６個だから卵を６個、餅米のにぎりめし６個、砂糖６個〔中国の田舎では茶色の赤砂糖をお椀型の塊りで売っている〕、雄鶏(おんどり)（必ず雄鶏でなければならないと彼女は言う）の肉の塊り６個、牛の肉の塊り６個をのせる。女の場合は霊魂が７個だから、それぞれを７個ずつのせる。霊魂が返ったあとは、霊魂が返った人だけがそれらを食べる。ほかの人は食べない。

Q/霊魂を呼び返すのはなぜ６時なのか？（岡部）

A/６時ごろは太陽が沈むころなので、霊魂を呼び返しやすい。

（工藤・張の判断「昼間は霊魂が外で遊んでいるから呼び返しにくい。夕方に暗くなってくると外で遊ばないで戻って来るから呼び返しやすい。家に帰って来るのと同じ感覚なのだろう」）

Q/人が死んだときに、その霊魂を呼び返すことはあるのか？（工藤綾）

A/人が死んだときは霊魂を呼び返さない。

　　死者は死んだら３日間家に置く。死者の親戚が来て、死者の顔を見て別れを告げる。親戚全部が死者を見たら死者を山に運んで行き、埋める。そのあと家族と親戚はその家に戻り、生きている人の霊魂が死者に随いて行かないように呼び戻す。私はまだ56歳だから若くてその資格がない。もっと年を取った老人が「叫魂」をやる。

Q/生きている人の霊魂を呼び戻すのはなぜか？

A/からだが弱かったりすると、死者の霊魂に随いて行ってしまうことがある。生きている人の霊魂を呼び戻すのは、特にからだの弱い人が死者の霊魂に随いて行かないようにするためだ。

【工藤隆のコメント】

　多くの少数民族に共通のことだが、死者が出たときには、たとえそれが親族だったとしても、生きている遺族の命が死者の世界に引き込まれないようにとさまざまなくふうをする。死者を悼む一方で、死者の霊魂をなるべく早く死者だけの世界に送り込んで、生きている者たちの世界と遮断し、生きている者たちに害をなさないように防御するのである。

　しかし、日本古代文学の作品を読んでいる限りでは、このような要素が希薄である。そのうえ、それを読む私たち近代人が、死者に対してはもっぱら哀悼するものだと思い込んでいるために、ますますそういう要素を読みとれないでいるのかもしれない。また、日本にも少数とはいえ類似の民俗事例があるにもかかわらず、日本民俗学においては、このように死者の霊魂を忌避する視点はあまり重視されていないのではないか。ということは、伝統的な日本民俗学から見える古代像や、『古事記』『万葉集』といった〈古代の近代〉の作品の表層から見える古代像だけでは、〈古代の古代〉の日本は見えないということになる。仏教の流入と神道の形成そのほかによって大きく変質する以前のヤマト族文化は、少数民族文化などを参考にしながらモデル的に復元する以外にない。

Q/山の鬼を祀る儀礼はあるか？（岡部）
A/たまたまこの村を出て山に行き、山鬼に出合うとその人は病気になる。山鬼が随いて来てしまうからだ。そういうときは占いをして、どこの何という鬼が随いて来たかを占う。その鬼に食べ物を食べさせて、送り返せばいい。特に病気のときにはそうする。

Q/この村の人の宗教は何か？（岡部）
A/この村は70戸ある。（伝統的なジンポー族の人たちの精霊信仰以外では）そのうちの5戸がキリスト教だ。

Q/人口は何人か？
A/一家族はだいたい4、5人。（村の人口は300〜350人か）

◎歌垣と逃婚調

Q/歌垣はやっているか？（岡部）

A/今はないが、若いころはあった。

Q/どういうときに歌っていたか？

A/15、6歳から20歳のあいだに歌垣をした。グループで歌垣をした。もしも女が歌垣で負けると、その女は歌垣相手のその男の所に嫁に行く。もし男が負けたら、男は女と結婚しなければならない。負けたほうが勝ったほうの意思で結婚を決める。もしも両方が同じ力で、勝ちもしないし負けもしなかったら結婚しなくていい。

Q/何によって、勝ち負けを決めるのか？

A/（歌垣は問答形式なので）もしも歌の答えが当たっていなければ負けだ。

Q/何をどう答えれば正しいのか、実際に聞かせてくれないか？

　　（彼女は照れて「あまりいい声じゃないから」などといろいろと言っている。張氏は「気にしないで歌ってほしい」と促している。そのうち意を決したように「ハニン、ハニン〜〜」とジンポー語で約20秒ほど歌った。意味は「あなたの名前は何ですか、どこから来た人ですか？」と尋ねる歌だという）　　　　　　　　　　　　　　　　●映像4

Q/「名前は何ですか」と聞くのはなぜか？　名字が同じだと結婚できないからか？（張）

A/名字が同じだと結婚できない。違えば結婚できる。歌垣では最初にまず名字を確認し、相手が結婚しているかどうか、本当に私を愛しているかどうか確認し、それから歌を歌う。

Q/歌垣で負けたらその人と結婚しなければならないという話だが、たとえば歌垣をしていて、"この人と結婚したい"と思ったとき、結婚できるようにわざと負けるようなことはするか？（工藤綾）

A/する。さっきの歌垣の勝ち負けのことで補うと、たとえば問いかける側が「我々ジンポー族はどこからやって来たのか」と聞いたとき、「隴川（ロンチュアン）辺りからここへ来た」と答えれば正しい。もしも「昆明から来た」と答えれば（正しくないから）負け。ということになる。

Q/歌垣の中で（ジンポー族の）創世神話などを歌うことはあるか？（岡部）

A/新築・結婚の祝いのときには聞くが、歌垣のときは歌わない。

59 途中でやって来た知り合いのジンポー族の女性も加わって、歌垣談義に花が咲いた（南京里）

　　創世神話の内容は詳しくはわからないが、だいたいはこうだ。「昔、山が大きな火事になった。また洪水も多かった。それではジンポー族はどうして生き残ったか」というような問答を、新築や結婚の祝いのときに聞いた。「なぜ火事や洪水があるのか、ジンポー族はどのように生まれたのか」というようなことを歌で尋ねるのだが、（私には）その答えはわからない。
Q／昔、朝までやるような長い歌垣はあったか？
　　（このとき、ドゥシィルゥさんを訪ねて同年代の女性がやって来た。あとで知ったところによると、朝食後にドゥシィルゥさんとどこかに一緒に行く予定だったらしい。家に入り、私たちの聞き書きをそばでしばらく聞いていた。彼女は50歳だという）
A／7日間、毎夜徹夜というわけではないが、続けて歌うこともある。というのは、自分が負けたと認めたくない人は長く歌い続けるからだ。それで7日間も続けることがある。互いに相手を侮辱する歌もある。
Q／相手を侮辱するというのは、具体的にはどういうことを言うのか？
A／「おまえは悪い人間だ」とか言う。

南京里でジンポー族の女性から聞き書き——9月8日（火）

（張「彼女は chǎo zuǐ（吵嘴＝口喧嘩をする）と言っているから、相手を叱るとか責めるとかの意味だろう」）

◎逃婚と結婚
Q/二人が恋愛になって結婚したいと思ったとき、親が反対したらどうするのか？
A/逃げて二人で暮らす。
Q/逃婚調の歌はあるか？　歌えるか？
A/ある。歌えない（訪ねて来た女性と顔を合わせ、二人で笑っている）。
Q/逃婚調の歌の内容は？
A/内容はこうだ。「私たち二人はしっかり深く愛し合っているが、親が反対しているので逃げた。これはどうしようもないことだから、親は親の生活をし、私たちは私たちの生活をしている」
Q/逃げて二人で生活し、そのあと何年かのちに親の所に帰ることはあるのか？
A/1、2年してから、お土産を持って実家に帰る。そうなれば、親はもう反対しないで認める。
Q/この地域では、男の家に女が嫁入りするのか？
A/女は男の家に嫁に行く。しかし、男は常に女の実家に行って、農業など労働の手伝いをする。
Q/（そばで聞いている50歳の女性を指して）彼女と一緒に簡単な歌垣ができないか？　歌の長さを知りたいのだが。
A/歌えない（笑）。若いときは歌えたが、今は忘れた。

◎歌垣と結婚
Q/（女性二人に）歌垣で結婚したのか？
A/（二人とも）歌垣で結婚した。（これ以後、質問の度に二人の女性がしゃべりながら答えることが多い。二人とも同世代でほとんど同じような体験をしているようだ）
Q/あなたがたは歌垣を歌っているときに、負けたのか？（張）
A/そうだ。負けたので結婚した。

Q/わざと負けたのか？
A/（「キャハハ〜」と、二人の女性はしゃべりあって大笑い）
　本当に負けた場合は、相手が年寄りでも自分より若くてもかまわずに結婚しなければならない。相手が醜くても体が不自由でも、目が見えなくても嫁に行かなければならない。
　　今はもうないが、村には小さい歌垣用の小屋があった。その小屋で歌った。森や林に行っては歌わない。共産党が解放（1949年）するまでは歌垣小屋があったが、解放後はない。男が女の家に来て女を誘い出し、歌垣小屋に行って歌った。
Q/二人だけか、それともその小屋には大勢いるのか？（岡部）
A/普通は、男のグループ5人、女のグループ5人くらいずつ。
Q/歌垣を歌う相手とは、その歌垣のときまで面識がないのか？（工藤綾）
A/労働のときは知り合い同士でも歌うが、正式な歌垣のときは別の村から男たちがやって来て女性の家に行き、歌垣に誘い出し、歌垣小屋に行って歌う。その場合は互いに知り合いではない。正式の歌垣の場合は初対面だ。
Q/歌垣に来る人の村の範囲は？　どの辺りから集まってくるのか？　三台山や西山のような遠い所からも来たか？　あるいはもっと遠くからも？
A/遠い所では隴川（ロンチュアン）（南京里から約22km離れている）からも来る。男が4、5人で村へ来て、女たちを4、5人誘い出す。そこで一緒に歌垣用の小屋に行って歌う。村の外に歌垣に出かけて行くのは男のほうだけだ。
Q/歌垣用の小屋は何という呼び名か？
A/「ガントゥワ」（ジンポー語）
Q/それは、中国語ではどういう意味か？（張）
A/「若い男女が集まる小屋」という意味だ。
Q/歌の勝負は1対1でやるのか？（岡部）
A/男のグループと女のグループがあり、そのうちの（男女）二人が歌垣をして女性が負けると相手の男の妻になるのだが、（歌垣のとき一緒に小屋にいる）ほかの人は「確かにあの人は負けた」ということを証明する人になる。
Q/男女二人きりで歌垣をすることはないのか？（岡部）
A/（張「それはないと言っている。何人かで歌うと言っている」）
　　（ここでドゥシィルゥさんが「ほーら」と我々に声をかけながら、寝床

の端に掛けてあった布を見せる。ジンポー族特有の赤地に黄と緑の山型模様を織り込んだ布だ（口絵③）。ジンポー族のスカートとしてはかなり丁寧な織りだ。「自分で作ったものだよ」と言っている）

Q/歌垣で気に入った者同士が、二人だけになって歌うことはないのか？

A/（気に入った人がいる場合でも）最初は気に入った相手一人だけでなく、ほかの人とも歌い、そのあとは気に入った相手一人に限って歌う。自分が相手のことを好きだったら相手と話す〔この「話す」というのは、中国語に「談恋愛（タンリエンアイ）」＝愛を語り合う、という言葉があるので、それを指すのであろう〕。そうやって、歌垣に負けたら相手と結婚する。

Q/気に入っている二人が、そのまま小屋から出て行ってしまうことがあるか？

A/ある。

Q/小屋を出てどこかへ行った二人が、その先でも歌うことはあるか？ 話などをしたりして恋愛をするだけか？（工藤綾）

A/山でも二人でまた歌う。（この答えは、質問に対して少々ズレていたようで、このすぐあと訂正された）

Q/そこでは、勝ち負けが関係ない歌を歌うのか？（工藤綾）

A/（張「ちょっと、訂正。小屋で歌っていて、そのあとそのまま外へ行って歌うことはないそうだ。さっきあると言ったのは、山に行って労働するときのことだ。そういう正式でない歌垣のときには、山や林などで二人きりで歌うことがある。しかし、よその村の若者がやって来て娘を誘い出して、歌垣小屋に行って歌う、正式な歌垣のときは最後までグループで歌う。二人だけがその小屋を出て行くことはない」）

Q/グループ同士が歌う場合、唱和することはあるか？ 合唱はあるか？（岡部）

A/ほかの人は聞くだけだ。二人が歌っているときは、ほかの人が脇から歌を挟むようなことはない。（「唱和」とは違う答えになったようだが、いずれにせよ唱和はないようだ）

Q/そういう（正式な）歌垣のときに、長いあいだみんながよく歌っているような決まった歌はあるか？ つまり歌詞が決まっている歌をみなで合唱することがあるか？

A／（張「もしかしたら彼女は、"決まった歌詞があるか？"というこの質問の意味が理解できないのかも知れない。メロディーは決まっていても、歌詞や内容は決まっていないようだ」）

Q／嫌な人に歌垣で負けて、実際に結婚した人を知っているか？（工藤綾）

A／女性より10歳以上の人と結婚した例は知らない。5歳上というのはある。

Q／歌垣に負けた結果、とても嫌いな人と結婚することになった人はいるか？（工藤綾）

A／そういう嫌いな男と結婚して、そのあと一緒に生活するのが嫌で逃げてしまう女性がいる。結婚はしなければならないが、一応結婚して、それから逃げる。

Q／歌垣に、結婚していることを隠して参加する既婚者はいるか？

A／いる。既婚者の男も女も、結婚していることを隠して参加することは多い。

Q／歌垣をして恋愛になったとき、自分は結婚していて、新しい恋人と結婚できないという場合はどうすればいいのか？（張）

A／逃げる。

Q／逃げたら何か罰はあるか？（張）

A／ある。その結婚している人の家に村じゅうの人が刀を持ってやって来て、牛やその家の財産などを全部持って行って、食べたりしてしまう。

Q／もとの奥さんはもっと貧乏になるではないか。夫はいなくなるし、財産もなくなるし、どうすればいいのか？（張）

A／どうしようもない。泣くだけだ。

Q／最後にもう一度、一句一句の歌の長さを知りたいから歌ってみてくれないか？

A／今はもう、忘れてしまった。

【工藤隆のコメント】

　実際の歌垣のあり方は、民族や地域や集落や時代によって実にさまざまであることがわかった。これからは、さまざまな少数民族の、さまざまな歌垣の実例を集めて、その多様性を浮かび上がらせなければならない。そして、そういった歌垣の多様なあり方を手がかりにしながら、日本古代の歌垣像を

重層的にモデル化していく必要がある。

【岡部隆志のコメント】
　この聞き書きはとてもおもしろかった。歌垣の生態というものが少し見えたのではないか。この貴重な聞き書きを通して、「歌垣の生態学」というものが可能であるように思えてきた。この女性のように、昔の歌垣を体験した人はまだたくさんいるだろう。それらの体験を掘り起こす作業はほとんどなされていない。工藤の言ではないが、本当に少数民族文化には「宝物」が埋もれていると感じた次第である。

　聞き書きを終えたあと、村を歩いてみることにした。しばらく歩くと、竹で編んだ家壁の上部に白い十字架が張り付けてある家があった。先ほどの話では、この村は70戸で、そのうち5戸がキリスト教だということだった。
　中に入ってみると、壁に祭壇が設けられ、祭壇の上の壁に白い十字架がある。十字架にはピンクのロザリオが掛けられ、十字架の下にキリスト像。その両側に黄色い花が活けられている。コーラのペットボトルに茶色い液体が入っている。もしかしたら、血を意味する赤ワインを意味しているのかもしれない。家の外壁の十字架といい、このような立派な祭壇があることから察するに、ここはこの村のキリスト教徒の集会所なのだろう。
　突然の来訪者を気にもせず、若い男性二人が壁に取り付けた電気のトランスを修理している。踏み台代わりに、なんと祭壇に足を掛けている。工藤綾子は、キリスト教徒である近親者から旅のお守りにと渡された十字架のペンダントを服の内側に掛けていたのだが、それを取り出して、彼らの十字架を見ながら「同じですね」と言うと、「信じているか？」と尋ねられた。実は彼女本人は信者ではないのだが、とりあえず彼女が「信じている」と答えると、その若者の顔はパッと明るくなった。この村でごく少数派である彼らにとっては、突然入って来た見知らぬ外国人が同じ宗教だと思って、うれしかったのに違いない。

▲60 61 ジンポー族の村の小さな教会。右に倒れかけた家を、つっかえ棒で支えている。外壁の左上に十字架が見える。室内の祭壇の下には、英語のカレンダーが掛けられている（南京里）

▶62 ある民家の台所。最低限必要な鍋などが置かれているだけ（同）

南京里でジンポー族の女性から聞き書き──9月8日（火）

63 水牛の世話は少年の仕事だ。茅状の草を刈り取って与える(賽号近くのムーナオ会場入り口)

64 ぬかるみにはまった車は、前にも後ろにも進めなくなった(同)

▲65 だだっ広いムーナオ会場。右手奥にニングァンワーの像を収めた小屋がある（寨号近くの会場）

▶66 ジンポー族の始祖とされるニングァンワーの像（同）

南京里でジンポー族の女性から聞き書き——9月8日（火）

67 ジンポー族最大の祭りムーナオでは、大勢がこの板柱を囲んで踊る(賽号近くの会場)

68 会場の一角にあるキリスト教の学校で学ぶジンポー族の青少年たち(同)

《ムーナオ会場へ》

　南京里を出て、12：30、賽号(サイハオ)の近くにあるムーナオ会場（標高960ｍ）に到着する。〔ムーナオは、農暦の正月15日の、ジンポー族最大の行事で、この広場にある雌雄一対の板柱とその両脇の一対の板柱を囲んで集団で踊るという〕

　会場の広い草原の入り口に車を乗り入れると、4人の少年が7、8頭の水牛と数頭の牛を世話していた。周囲の草むらから草を刈ってきて、水牛と牛に与えている。このように、村や山で少年が水牛を連れて世話をしている光景を目にすることは多い。張氏も少年時代には、浙江省の農村で水牛の世話をしていたという。彼によると「水牛は普段はおとなしいが、いったん怒ると怖い。子供にとってはたいへんな仕事だ」という。

　車が通ることのできる道はぬかるんでいる。これ以上車で奥へ入るのは無理と見て、私たちは車を降りてムーナオ広場のほうに歩き出した。すると運転手のＬさんが、車を無理に進ませようとして、タイヤがぬかるみにはまってしまった。彼は以前、私たちと昆明近郊の西山(シーシャン)山頂にいる苗(ミャオ)族の村に行ったとき（1994年）も、驚くほどの悪路も嫌がらずに走ってくれたことがある。しかし今回はその熱意があだとなって、右の前輪と後輪がぬかるみの中で空回りし、前にも後ろにも動けなくなった。男性3人で押してみたが、車輪が空回りするたびに泥が跳ね上がるだけで、たちまち3人の服に泥がかかってしまった。そうこうするうちに、どこから借りてきたのか、張氏は鍬を手にしている。こういうときの素速い対応と機転にはただ感心するばかりだ。

　「ここは自分で何とかするから、皆さんは見てきてください」とＬさんが言うので、私たちはムーナオ会場の見学に出かけた。見渡す限りの広い草原の中央に、ポツンと屋根付きの小屋があり、その中に高さ3メートルほどの黒い服を着た男性像が建っている。1990年建立の、かなり粗雑な造りの像だ。その像のそばの説明書きによると、「この人はジンポー族の最初の人で、孤児を殺した人だ」と書いてある。きのう、西山郷のドゥムサが歌ってくれたジンポー族の由来の歌の中に、"一番先に大地からニングァンワーという神様のような者が出てきた。……（略）……ニングァンワーは二人の孤児に出会った。泣いてばかりいる孤児を殺した……"という話があったが、漢字で「能管瓦」(ノングアンワー)と書いてあるから、この像はまさしくそのニングァンワーで、そのジンポー語の発音に「能管瓦」という漢字を当ててある。

南京里でジンポー族の女性から聞き書き——9月8日（火）

広場には黄色地に緑色の模様を描いた板の柱が立ち、その両脇にはさらに2枚ずつの板の柱、合計6枚の板の柱が立っている（写真67）。これを囲んで、ジンポー族はムーナオのときに踊りを踊るわけだ。草原はとにかく広い。東京ドームの2、3倍の広さはあるのではないだろうか。これだけの広さの会場にこの辺り一帯のジンポー族が集まって会場を埋め尽くし、黒と赤の派手な衣装を揺らしながらシャンシャンと音を立てて踊る姿を想像するだけでも圧倒される。〔ジンポー族の女性の衣装には上着前面と背面に金属の装飾がたくさんついている。歩けばシャラシャラ、飛び跳ねればシャンシャンという音がする〕

草原には土葬の墓がいくつかあり、遥かはずれのほうにいくつかの建物が建っている。建物に近づいてみると、中央のこじんまりとした小屋は、竹製の椅子と机が並んだ教室だった。そこにいた高校生ぐらいの男女6、7人に尋ねてみると、ここはジンポー族の青少年をキリスト教伝道師に育てるための学校だという。教室のそばには男子用と女子用の、2棟の寮がある。あちらのほうでは数人の女生徒が、走りゴム飛びに興じている。草原の向こうには肩を並べて腰を掛け、話し込んでいる一組の若い男女がいる。町から遠く離れた草原で暮らす生活は単純そのものだろう。どういう経緯で選ばれてこの学校に入ったのかは聞き落としたが、皆それぞれの青春を楽しんでいるようにみえる。

そこへ、運転手のLさんがトラクターを借りにやって来た。トラクターで車を引っ張ってもらうことにしたらしい。Lさんはその持ち主と一緒にトラクターに乗り込んで、立ち往生している車のほうへ戻って行った。後で聞くと、トラクターをほんの少しのあいだ借りるだけなのに50元も要求され、Lさんも張氏もその値段の高さに怒っていた。この辺りの農村で50元といえば結構な金額だ（この辺りの農民の現金収入は月100元くらいだろう）。どんな小さな機会をとらえてでも、金儲けのチャンスを逃すまいとする精神はなかなかたくましい。

13:10、章風鎮（ヂャンフォン）へ向かう。昼食をとり、14:20出発。盈江（インジャン）（標高860m）の、盈江電力賓館に投宿。気温は28.6℃。夕日を浴びている宿の部屋はかなりの暑さになっていて、蒸し暑い。思いがけずクーラーが付いていたので喜んだが、見ると、クーラー機の周囲3方に幅10cmずつ隙間が開いている。どんどん冷気が逃げてしまい、効率が悪いことこの上ない。

涼しい服装に着替え、夕食と町の散策にでかけた。道の広さばかりが妙に目立つ、人通りが少ない閑散とした町だ。

69 夕方だというのにほとんど人通りがない盈江の町

梁河丙界村、阿昌族の村で ── 9月9日（水）

盈江の朝7：00の気温は26.5℃。ここは亜熱帯気候だ。朝食後、8：03、梁河に向けて出発。途中、黄色い稲穂が垂れる水田地帯を通ると、タイ族の女性10数人が手に手に鎌を持って歩いていた。この辺りでは、皆で助け合って稲刈りをするようだ。しばらく走ると、7人のタイ族の男女が一つの水田を稲刈りしている光景に出会った。ここも稲の刈り方と干し方は西山郷辺りと同様で、茎を長く残して刈り込み、刈り残した稲の茎を利用して、その上に刈った稲を横たえて干している。

10：20、梁河（標高1050m）に到着。梁河の町ではちょうど道の両側にアチャン族の女性たちが数十人座り、野菜や果物を売っていた。ほとんどの女性がアチャン族独特の織りのスカートと、黒に近い深い藍色のとんがり帽子をかぶっている。腕と耳には大きな銀色のアクセサリー。機織りに心得のある工藤綾子の説明によれば、スカートは織り幅40cm前後の布を接いであり、黒（濃紺）に赤を基調とした原色の糸を引き返しながら織り込んでいく複雑な織りで、なかなか高度なテクニックが必要。わずかに金糸を入れ込んで織ってあるが、もともとは金糸はなかったはずで、金糸が多すぎると、華やかになるが見た目には下品になる、とのことだ。どの民族も伝統的な模様には定型があるが、同じ模様でも、たっぷり金糸を入れる人、地味だが緻密に凝る人など、さまざまだ。ちょっとした糸使いに個性を出そうとする女心が窺えて興味深い。

工藤綾子が彼女たちのスカートを熱心に見ていると、ある女性が「200元で買わないか？」と、声をかけてきた。地方の農民は素朴で正直な人が多いから、あまり法外な値段を吹っ掛けてきたりしない。しかも、これは昆明では買えないものなので喜んで求めようとすると、別の女性が「これは着ていたものだから汚れている。村に行けば新しいのを買うことができるよ」と言う。張氏も「これから行くアチャン族の村で買ったほうがいい」と勧める。調査の旅と

いうのは予定外のことばかり続くのが常だから、これまでの経験から考えるに、あとで買おうとして買えたためしがない。珍しい民族衣装とはまさに一期一会なのだ。

　後ろ髪引かれる思いを残しつつ、11：30、梁河からアチャン族の村、九保郷（チウバオ）横路村（ホンルー）へと出発。ようやく村へ入る道を見つけたが、車で入ってみると道の轍（わだち）の跡が深く掘れていて、サンタナではそれ以上入ることができそうにない。道の奥から農業用トラクターがやって来たので尋ねてみると、この先の道はひどく、村まではかなり遠いと言う。これでは到底進めないと断念、引き返すことにした。

　やはり予定通りには行かなかったということで、そう遠くはない梁河に戻ってアチャン族のスカートを求め、ついでに昼食をとることにした。しかし戻ってみると、買うならあのスカートをと目星をつけていた女性の姿は、すでになかった。たった1時間のあいだに、彼女が売っていた梨が全部売れてしまったとも思えないのだが。そこで工藤綾子が第二候補のスカートに狙いを定めて、穿いていた女性に交渉すると、何やらいろいろ言っていて要領を得ない。理由を聞いてもらうと、「これは穿いていたものだから汚い。こういうものは恥ずかしくて売れない」と頑張っているそうだ。なかなか慎ましやかな理由に、すっかり感心する。結局その女性は頑として承諾しないので、すぐ横にいた第三候補のスカートの女性に交渉すると、「（こんな汚いスカートだから、あなたに対して）悪い、恥ずかしい」を連発しながらも、快く承諾してくれた。スカートは黒いズボンの上に穿いているので、そのままスカートを脱いで渡してくれた。それを受け取って車に戻ると、Lさんは「なんで、こんなに汚いものを……」という顔つきでトランクの奥にポンと放り込んだ。

　車に乗り込もうとすると、スカートを売ってくれた女性が道路を横切って慌てて走って来た。彼女が一気に話した内容は、こういうことだった。「これは女のスカートなんだから、スカートを頭より上にしてはいけない。洗濯して干すときは下の方に干さなければならない。干してあるところの下をくぐってはいけない」。アチャン族は、少数民族の中でも女性の地位が低いほうの民族だと聞いている。このことを言おうとして慌てて駆け寄って来た彼女の様子から、そういう彼女たちの立場を垣間見る思いだった。

　昼食後、13：32出発、別のアチャン族の村に行ってみることにした。梁河

70 連れ立って稲刈りに向かうタイ族の女たち（盈江郊外）

71 タイ族の稲刈り。刈り残した株の上に稲を干すのは、この辺り一帯のやり方（同）

▲72 道端で果物や野菜を売るアチャン族の女性たち。背の高い黒いかぶり物は既婚者のしるし(梁河)

▶73 アチャン族は若い女性から老女まで、非常に凝った織りのスカートを身につけている(同)

梁河丙界村、阿昌族の村で——9月9日(水)

から12、3分走ってから脇道に入る。脇道に入ってすぐ、道をまたぐように川が流れていて、それ以上車で入れないのは明らかだ。川の工事をしている人に聞くと、ここから村までは1時間くらいかかるという。

きょうは炎天下で、しかも午後の一番暑い時間帯だ。体力の消耗を考えると、行くかどうか迷った。しかしここで断念すれば、アチャン族の村に入るチャンスは以後もうないかもしれないと思いながらも、不安が先に立つ。いつぞやも、歩ける距離かどうかを村人に尋ねたとき、「だいじょうぶ、すぐそこだ」と指さした先が15km先だったことがあったから、今回も2時間以上歩くことだって充分ありうる。

迷いながらも行くことに決め、13：45、歩き始めた。が、なんと35分で村に着いてしまった。実は約2kmほどだったのではないだろうか。

村の名前は九保郷丙界村丙崗社（チウバオ・ビンジエ・ビンガン）（丙界村の7社のうちの一つ。64戸、人口300余人。アチャン族が大多数だが、白彝族、タイ族が混在して住む）。ある一軒の家を選んで入り、その家の主婦（50代くらいの白イ族の中年女性）に聞いたところによると、以下のようなことだった。

「息子の結婚のとき、嫁の実家に4千元あげ、結婚式のご馳走に千元使った。普通お金を持っている人は、1万元から7千元ぐらい使う。嫁はタイ族、私は白イ族だ。きょう、嫁は町に行っている。あそこの傾いている古い家は親の代に建てた家だが、山に住んでいるからお金がないので修理ができない。

この村に神話を語ることができる人は二人いるが、今は野良仕事に行っている。その老人に聞けば神話についてわかる」

この女性は白イ族だということでもあるし、これ以上長居してもしかたがないと見て、切り上げることにした。

【工藤隆のコメント】

よく、「タイ族の村」とか「リス族の村」とか言うが、地域によっては、この九保郷丙界村丙崗社のように複数の民族が暮らしている場合があるので、調査の際には注意する必要がある。

この村の各家屋はかなり大きく、居室、台所、納屋、家畜小屋などの建物で、中庭をぐるりと囲んでいる。家壁は日干し煉瓦を積み重ねてある。日干し煉瓦の家壁に、牛糞を直径20cmほどに平たく丸くのして張り付けてある家があった。古い糞は乾いて白っぽいが、新しいのは黒々としている。よく見ると、あちこちの家の外壁にも張り付けてある。これはいったい何に使うのだろう。私たちにゾロゾロついて来た子供たちの中から年長の子供を選んで尋ねてみると、「牛糞の塊りは、蚊取りに使う」という返事だった。私たちは、"これは人間の蚊除けに役立つものなのか"と、思った。

　しかしこのあと、村中央の井戸の周りで洗濯をしていた女性たちに尋ねてみると、以下のことがわかった。

［乾燥牛糞の用途］
　①ほとんどは豚の飼料を煮るときの燃料に使う。人間の食べ物を煮るときには使わない。
　②牛の糞は重いから畑に持っていくのは大変だが、牛糞を燃やした灰は軽いから、その灰を畑に持って行って肥料にする。
　③牛、馬、豚小屋に乾燥牛糞を置いて火をつけて燃やし、その上にネズミの死骸を置くと蚊が来ない。これは、家畜が寝てからする。
　④どの家族も使い道は以上の3つのうちのどれかであり、その家によって用途は違っている。あのように乾かすのは牛の糞だけで、馬の糞は使わない。馬の糞は肥料としてしか使わない。

　日本ではつい近年まで、「馬の糞を踏むと背が伸びる、牛の糞を踏むと背が縮む」と言った地方があるが（たとえば1950年代ころまでの栃木県黒磯市）、ここにはそういう話はないそうだ。また、牛の糞や馬の糞から良いものが出て来るという話もないということだった。

　このあと、アチャン族の家を何軒か見ながら、竈(かまど)の近くに牛糞を積み上げてある家の人に牛糞について尋ねてみると、「老人の家などで、山に薪を取りに行くことができない人が燃料として使う」と言う。しかし先ほどの家には若者がいたのに、牛糞を燃料として使っていた。目的は家々によって多様のようだ。

　こうやって何人かに聞いていくうち、乾燥牛糞の用途の概要がわかってきた。乾燥牛糞の一件からだけでも、こういう調査で一人二人に尋ねただけの情

梁河丙界村、阿昌族の村で——9月9日（水）

▲74 75 アチャン族の村の洗濯場。子供もよく働く（丙崗社）

◀76 家畜の餌を煮るための竃。右手前には乾燥牛糞が積まれている（同）

78　第Ⅰ章　ジンポー族の歌垣と神話

▲77 家の外壁には、乾燥させるための牛糞が張り付けられている。色の濃いのは真新しいもの。入り口付近には水牛がつながれていて、地面はその糞尿で泥どろだ(丙崗社)

梁河丙界村、阿昌族の村で——9月9日（水）

▲78 周りに人影もないのに、何時間もつながれたまま馬が草を食べている（丙崗社からの帰途）

▶79 村に帰る途中のアチャン族の老婆。体力の残っている限りぎりぎりまで働きつづけるのが、多くの少数民族の人生だ（同）

報を報告してしまうことの危険性を痛感する。

　15：22、この村の取材を終了。15：41、帰路につく。途中、大木の木陰で休憩していると、70歳くらいの老婆が薪を背に弱々しい足取りでやって来た。休憩している私たちを見て、しばらく薪を降ろして一休みすることにしたようだ。張氏の横に腰掛け、「最近は足が弱ってしまって、こうして働くのはつらい」と言っている。口の中はビンロウで赤黒い。大木の木陰の向こうのほうには、行きがけにも見た黒い馬がまだ草を食べている。木陰を利用して、どこかの持ち主がつないでおいたらしい。

　さらに戻る途中の道すがら、煉瓦造りの仕事をしている40歳くらいの男たちに聞いた話では、「20年くらい前までは、若者が歌垣をやっていた。よその村の男が村の娘を誘い出して歌った。同じ姓の人は結婚してはいけない」ということだった。

　16：28、街道に出て、騰衝へと向かう。17：32、騰衝（標高1630 m）着。銀河賓館へ投宿。夕食後、町を散策。

騰衝（トンチョン）から大理への、長い移動日 ── 9月10日（木）

　朝食後、8：00、宿を出発。騰衝を出たあとは、リス族が多いという古永（グーヨン）に向けて出発。9：15、古永へと分かれる坂道の分岐点（標高 1950 m）からかなり道が悪くなっている。道の真ん中に大きな石が転がっていて、サンタナでは車高が低すぎて車の底をこすってしまう。

　「どうしよう、これ以上は無理だろうか」などと言っていると、張氏が、たまたま近くにあった工事労働者の小屋から鍬を借りてきて、せっせと道の石を取り除き始めた。こういうとき彼は、思案に暮れる我々を尻目にどんどん手段を考え、テキパキと作業を始めてしまう。先へ進めないことへの私たちの悔しさと不安を汲みとり、とにかく何かを試みてみるのだ。その実行力にはいつも感心させられてしまう。

　Lさんはといえば、もともと寡黙ながら、自分の車が原因で先へ進めないことの申し訳なさと悔しさに耐えているという様子だ。かといって悪路での乗用車の限界を知っているだけに、無理はしない。

　調査ではいろいろな事態に遭遇するが、どういう事態に出合っても同行者が心を合わせて対応することが旅の成否を大きく左右する。特に中国人と日本人では考え方に違いが多く、同行の中国人が日本人と合うタイプかどうかは大きなポイントになる。その点、張氏もLさんもチームを作るにはさまざまな点でベストではないだろうか。ただ一つ、Lさんの車が悪路に弱い普通乗用車であるという決定的な問題点を抱えている。最良の条件をすべて整えるのは、なんと大変なことか。

　15分ほど分岐点の坂道を鍬でならし、どうにか通過することができた。9：29、出発。次の難所はぬかるみで泥どろになった幅の広い道路で、これは運転手以外が車を降り、慎重に道の状態を見極めつつようやく通過した。10：05、さらに困難な悪路が待ちかまえていた。ここは、車の轍であちこちが大きくえ

ぐられたまま固く乾いている。車高の高いバスやジープはなんとか通ることができるが、乗用車は到底無理だ。少しずつ進んではみたものの、この先は無理と見て結局引き返すことにした。たとえ古永まで行けたとしても、そのあいだに雨でも降れば、2、3日は戻れなくなってしまう。古永は初めての場所で紹介者もいないまま短期間入るのだから、何も収穫がない可能性も充分にある。このあとの大事なスケジュールのことを考えれば、ここで無理をするのは得策ではないと考え、来た道を引き返すことにした。

　今後、よい運転手と三菱パジェロ（中国に入っている外資系4輪駆動車は、圧倒的にこれが多い）を獲得するにはどうすればいいのだろうかという話を張氏と話した。新車の関税100％の中国ではパジェロは日本の価格の2倍もするから個人で買うのは高すぎる。Lさんが買うことができるとすれば北京ジープで、これはアメリカのチェロキーとの合弁で、パジェロほど優秀ではないが悪路には強い。それなら買うことはできるだろうか、などと車中で話し合った。

　10：42、今朝出発した騰衝に戻る。ここは古永に行くにも、保山(パオシャン)、大理に行くにも主要道路の分岐点だ。11：53、ふたたび悪路（標高1545 m）に出合い、交通がストップ。車は数珠繋ぎになってしまった。15分ほどしてなんとか通ることができた。途中、高黎貢(ガオリーゴンシャン)山の標高2075 m地点を通過、約1時間後にようやく舗装道路に入る。13：06、橄欖坪(ガンランピン)（標高1155 m）で昼食をとる。気温32℃。

　14：00、出発、17：27、永平(ヨンピン)（標高1615 m）着。この辺り、ずっと気温は32℃。車のクーラーをつけっ放しにはできないので、つけたり消したりしながら炎天下を走りつづける。未舗装道路を走ると、雲南独特のパウダー状の乾いた土埃りがもうもうと立ち上り、行く手の視界を遮る。延々と続く大理までの道は、次第に暗くなってくる。真っ暗闇の山道を走りつづけ、たまに対向車とすれ違えば、舞い上がる土埃りで視界10 mほどになってしまう。車の中で疲れた5人の体がコロコロと揺れつづける。どこかに摑まっていないと身の置き所がない。居眠りでもすれば、ガラスや天井に頭を打ち付けることになる。暗い山岳道路を走りつづけていると、このままいつまで経っても辿り着かないのではないかと思えてくるほど、道が終わらない。心身共にくたびれ切って、やっと大理に到着したのは21：00。定宿の大理賓館に投宿。久しぶりに西洋料理（らしきもの）を食べて胃を休めた。

80 古永へ向かう道の分岐点から西方を望む。山の遥か向こうはミャンマー

81 道の中央部に盛り上がっている石を鍬で取り除く（古永へ向かう道の分岐点）

82 ぬかるんで大きくえぐられたまま乾いてしまった悪路に、行く手を遮られた（古永への道）

大理で休憩 —— 9月11日（金）

　あしたからの茈碧湖海灯会に備えて休憩をとる。午後、これまでの調査の資料を整理。
　夜、夕食をとっていると遠藤耕太郎・見和夫妻が合流してきた。昆明を朝7：30に出たバスは、途中で故障して4時間もロスしたという。普通、昆明からはバスで7、8時間なのに、12時間近くもかかったことになる。中国辺境では、車の故障や崖崩れなどでこういうことがしばしば起きる。

83 この時期、農家の軒下と庭先には大量のトウモロコシが干されている（大理）

第 II 章

茈碧湖・海灯会

ペー族の歌垣

歌垣を歌うペー族の中年男女

[## ペー族の歌垣と神話についての聞き書き —— 9月3日(木)]

◼︎ 施珍華氏によるペー族の歌垣と神話についての話
◎ 歌垣の中心地

　大理州ペー族の歌垣が最も盛んに行なわれている中心地は、石宝山(シーパオシャン)、茈碧湖(ツーピー)、橋後(チャオホウ)の3か所である。これらの地域は歌が盛んで、この地域の人たちは歌い方が上手だ。

◆大理州で、現在も歌垣が行なわれている地域　　＊「農暦」は旧暦と同じ
① 剣川県石宝山　　　　（農暦1月1〜10日）
② 剣川県馬登温泉会　　（農暦1月15日）
③ 小鶏足歌会　　　　　（農暦3月3日、喜州鎮＝蒼山の麓）
④ 鶴慶石宝山歌会　　　（農暦3月、鶴慶）
⑤ 蝴蝶泉歌会　　　　　（農暦4月15日）
⑥ 繞三霊(ラオサンリン)　（農暦4月23〜25日、大理・洱海など3か所）
⑦ 海西海歌会　　　　　（農暦7月1、2日、牛街海西海）
⑧ 洱源県茈碧湖海灯会　（農暦7月22、23日）
⑨ 剣川県石宝山歌会　　（農暦7月27〜29日）
⑩ 洱源県橋後観音会(小石宝山)　（農暦7月30日、洱源県大樹郷）
⑪ 騾馬物資交流会　　　（石宝山歌会のあと、農暦8月15日前、剣川県城）
⑫ 洱源県漁潭会　　　　（農暦8月15〜21日、騾馬物資交流会のあと、沙坪村）
⑬ 特定の地域に限らず、ふだん野良仕事をするとき。特に田植えのときによく歌われる

◎中元節と龍王廟会

[中元節（農暦7月14、15日）]

　7月1日に祖先の霊魂を家に呼び、7月15日に見送る。そのとき祖先の霊魂が地獄に戻らないで、瀾滄江（ランツァン）（南アジアではメコン川）が流れ注ぐ南の海にある理想的な世界へ行くことができるようにと願う行事。

[龍王廟会（農暦7月22、23日）]

　場所は茈碧湖畔の龍王廟。洱海（アルハイ）（大理市にある大きな湖）の源には河頭龍王が住んでいる。河頭龍王は子孫をたくさん持っている一番偉い龍の王様である。この時期、その龍王を祀る。

　2、3年前から、龍王の力を借りて先祖の霊魂が南の海へ行けるようにと、中元節と龍王廟の二つの祭りは一緒に行なわれるようになった。茈碧湖だけではなく、ほかの川や湖でも同じものをやっている。文化大革命（1966〜76年）以前は小さな川でも行なわれていた。

　茈碧湖の真ん中に湧き水が出ていて、そこは地獄とつながっている。先祖は地獄にいて苦しんでいる。7月1日にその門を出て自宅に帰って来て、家族と暮らす。7月15日に戻るのだが、そのとき祖先の魂を、地獄の門を通らないようにして理想郷である南の海へと送る。龍王には先祖を救う力もあるので、龍王の力を借りて先祖の霊魂が南の海へ行けるように、祈りの歌を歌った。そういう行事に、情歌（歌垣の恋歌）を交わす行事が重なった。

　龍王を祀る祈禱歌は龍王廟で歌っていて、今はこれが中心となっている。祈禱歌を歌う人は、一家族から老婆か主婦が一人出る。龍王は龍の中の王で、茈碧湖は洱海の源だ。龍王が先祖の魂を南の海へ送ってくれるようにと、子孫が、茈碧湖にいる龍王に向けて歌う。

　夕方になると、竹の皮か、蓮の花の形に切ってあるロウびき紙に香油かロウソクを置き、それに火をつけて水に浮かべて流す。これには先祖の魂が乗っている。魂は、茈碧湖→洱海→瀾滄江→メコン川→南の海、という順で流れて行く。

◎神話

[創世神話]

　創世神話を歌える人は橋後近くの洱源県西山にいる。創世神話は、囲炉裏の

両側に２つのグループが座り、老人がメロディーに合わせて問答式で歌う。これは、年末年始や祭りのときに歌われる。

　蘭坪（ランピン）の烟川村には、次のような話がある。「ヒノキの木の上にカラスの巣があり、二つの卵があった。一人の老人が木の下にいると、上のほうで人間の赤ちゃんが泣いているのが聞こえた。老人は木に登って二つの卵を取り、先祖の位牌の前で供養した。卵から男の子が二人生まれた。一人は兵士を連れて大理に攻め入った。もう一人の男の子は兵士を連れて、昆明に攻め入った」。この話は民間の長歌に入っている。

［本主曲（ベンヂュ）］

　故事（物語）詩を、民間芸人、歌い手（一般人だが歌の上手な人）、老人が歌う。物語は、一冊の本になるほど長い。その中で神話に触れている。頼まれれば、民間芸人や老人はいつでも歌う。結婚式のときに楽しみのために歌うが、どの結婚式でも必ず歌うとは限らない。歌える芸人や老人がいれば頼んで歌ってもらう。葬式では歌わない。

［白祭文（ペー）］

　葬式で歌う葬送歌。これは必ず歌うとは限らない。死者の一生の功徳を唱えたり、死者の子孫の親不孝などを非難してもいい。ある程度道徳的な内容である。

［葬式での歌］

　人間はなぜ死ぬかに関してふれる。「閻魔様がその人を呼んで連れて行った。生き返らせて、状元（唐代から清代の科挙の最高の位）にするために人は死ぬ」といった内容。天地開闢の部分はない。

［創世神話と歌垣の、長短と内容］

　情歌（歌垣の恋歌）は短く、内容は現代歌謡に近い。創世神話は長い。情歌の内容は神話に触れることはない。神話の言葉と重なることもない。

［神話と歌垣のメロディー］

　神話のメロディーは、必ず「本主曲」と同じである。歌垣のメロディーは「本主曲」に似ているが、「本主曲」よりもメロディーの種類が少ない。また、歌垣のほうが比喩表現が多い。たとえば「観音様のようにきれいだ」「鬼のような（怖い）顔をしている」など。

　〔『白族神話伝説集成』（中国民間文藝出版社、1986、編集委員：施珍華・

尹明挙ほか）によると、白族神話には「創世神話」「龍神話」「本主神話」「白王神話」「密教神話」「その他の神話」、がある〕

茈碧湖・海灯会1日目 ── 9月12日（土）

　8：15、大理から洱源県に向けて出発。9：34、茈碧湖から1kmほどの所にある九気台温泉賓館に入る。まもなく、施珍華氏が大理市の下関から合流。
　10：55、茈碧湖を目指して出発。途中、茈碧郷碧雲村を通る。三々五々、連れだって茈碧湖の方向に歩いている人たちがいる。これから海灯会に行くようだ。村はずれまでは車で行けたが、そこからは道が悪くなり、11：45から徒歩になった。途中から湖が見えてきた。湖のほうを向いて、いくつもの土葬の墓が並んでいる（写真85）。
　湖沿いの道を歩いてまもなく、湖のほとりで大量の線香を炊いたり、煮炊きをしている3人組の中高年の女性に出会った。

◆線香を焚いていた老婆から、湖畔祭祀についての聞き書き

［日時］　　9月12日　12：33〜12：59
［答える人］　李正青。72歳。
［通訳］　　白語⇔中国語/施珍華　　中国語⇔日本語/張正軍

　（質疑応答の内容がかなり錯綜した。要約すると以下のようになる）
　湖側の（写真86）は、死者のためのものだ。死者の魂が地獄に行かないように、地獄でガマなどの動物にいじめられないようにと祀っている。
　山側に祀ってあるのは、女性を管理している神様「娘娘」で、特に子供を産む女性のための神だ。子供が順調に生まれ、順調に育つようにと祈る。供養の品は鶏か、鶏の卵。普通、一つの家族で一つの卵を捧げる。卵の殻を杯として使うために卵の一番上を少し壊して穴を開け、中にはお茶か酒かを入れてある。卵はここに持って来る前に中身を出しておく。
　「娘娘」は地獄の血の河の池に住んでいる。私の家族に出産を控えた女性

がいるわけではなく、村じゅうの女性のことを祈っている。「娘娘」は婦人病を管理しているので、出産のとき出血が多くならないようにと祈る。

（傍らにいた中年の女性が、私たちに赤、黄色、緑の原色の揚げ物を持ってきて、「どうぞ食べてください」と言う。これはペー族がよく仏前に供える物で、石宝山の宝相寺でも供えていた。穀物の粉を極彩色に染め、薄くのばして乾燥させたものを油で揚げたもの）

もしも出産が順調にいかなくて赤ちゃんが死んだら、その赤ちゃんは山に埋める。このように祀っていれば、子供は死んだりしないで順調に育つが、ここに祀りに来ないと順調に生まれない。もしここで「娘娘」を祀らないと、死んで生まれた子供や生まれてからまもなく死んだ子供の魂は、地獄の血の河に落ちる。地獄にいるガマなどの動物が来て、その魂を食べてしまう。ここで祈れば、その魂は地獄の血の河に落ちない。

私の村は「河口（フーコウ）」で、村からは2時間かけて歩いて来た。ここを出るのは夕方6時ころだ。このあと、ここで仏教歌を歌う。あそこにある舟（小さな舟型の細工物が湖の水面に浮いている）は、「海灯（ハイドン）」というものだ。

（賽銭を出せば、私たちの分も運が良くなるように祈ってくれると言う。「賽銭を出してほしい。その代わりに祈ります」と言うので、10元を出して旅の無事を祈ってもらうことにした）

施氏の説明によると、「これは本主（ベンヂュ）信仰と仏教が混ざっている。本主は生きている人を守るためのもの。仏教は死者を守るためのものだ。この老婆たちの信仰には、その両方が混ざっている」ということだ。

13：00、現地到着。

《「海灯会」会場の概要と状況》 ●映像5

海灯会（ハイドンホイ）の歌会は、茈碧湖（ツーピー）の湖畔にある龍王廟の祝祭日に行われる。茈碧湖の南岸には集落が多く、小さな船着き場がある。龍王廟は茈碧湖の北岸にあるので、南岸から次々に渡し舟が出ていて、人々は20人乗りくらいの小舟で続々と北岸にやって来る。もちろん、湖畔沿いに歩いて来る人も大勢いる。

北岸の船着き場には建物があり、2階が食堂になっているが、村人はここでは食べない。テント張りの仮設食堂で食べるか、あるいは持参した鍋などで煮

84 茈碧湖近くの村を抜けると湖畔沿いの道に出る。草を担ぐ農民が行き交う（碧雲村）

85 湖が近づくと見晴らしのよい畑の道が続く。道沿いにはペー族の土葬の墓がたくさんある

86 茈碧湖の湖畔に着くと、岸辺に大量の線香が焚かれている場所があった

▲87 湖畔祭祀の供え物のために煮炊きをするペー族の中年女性

▶88 湖畔祭祀について話してくれた李正青さん（72歳）は、2時間かけて歩いて来たという

炊きをする人もいる。

　船着き場から 15 m ほど歩くと大きな広場がある。広場の入り口付近には赤地に墨書きの紙が貼り出され、海灯会の行事日程が以下のように書いてあった（原文は中国語、写真94）。

一、大会開幕式、鳴り物と音楽演奏
二、各級のリーダーの話
三、海灯会の責任者の話
四、大会工作班〔大会警備ほかの係〕の話
五、会期・活動スケジュール手配
　　農暦 22 日正午開幕
　　12：30、白族調、覇王鞭〔踊りの一種〕、他の民族の出演
　　17：00、休憩。19：50、海灯を湖に放つ
　　20：50、イ族の歌。対歌〔歌の掛け合い〕

　大きな広場には葉付きの檜(ひのき)を使った仮設舞台が作られていて、スピーカーの音楽に合わせて数人の村人が踊り、人々が鈴なりになってそれを見物している。龍の被り物を被った老婆が踊ったあとは、揃いの帽子に赤いたすき掛けの中年女性たちの踊りだった。

　大きい広場の一角には、祭りになると必ず出ている輪投げ屋が何人かいる。地面に缶ジュースや置き物などの景品を置き、客に輪投げをさせて金を取る単純な露店で、一回 2 元ぐらいで 3 回投げることができる。輪がスッポリとはまることはあまりなく、何ももらえない人が大半だ。落花生、ジュース、菓子、くだものなどを売る露店もあちこちに出ている。

　この大きな広場の少し奥には小さな広場があり、そこに龍王廟がある（写真94）。廟の入り口の両側に赤い大きな旗が立っている。この旗は、ペー族の繞三霊(ラオサンリン)（農暦 4 月 23～25 日、ここから 50 km ほど南の大理周辺で行なわれる祭り。やはり歌垣がある）のときに隊列を組んで祭りに参加する子供たちが持つ旗と同じだ。上部の赤い垂れ幕には、太陽を挟んで向かい合う 2 匹の龍の刺繍。

　龍王廟の中には 3 体の像があり、向かって右側に主役の「河頭龍王」、中央

の像は観音、左側は「地蔵王」。もともとここには龍王しかなかったのだそうだが、今は仏教も一緒に入っているそうだ。祭壇には、ペー族の祭りにはつきものの極彩色の揚げ物、果物、ご飯などが供えてある。祭壇前で経を読んだり線香をあげている僧侶を数人の老人と老婆が手伝っている（写真95）。

　龍王廟のすぐ前には大きな竈があり、そこにもたくさんの線香と供え物がある。広場の2、3か所に20～30人の老婆がグループになってひざまずき、太鼓、鐘、木魚などを鳴らしながら仏教の祈禱歌を唱和している（写真96）。老婆たちの前には各グループごとに供え物があり、大量の線香が焚かれている。広場のあちこちで、別の老婆たちが煮炊きをしている。広場のこの辺り一帯、中老年の女性たちが圧倒的に多い。

　広場を奥へ進むと、左側に仮設食堂が並んでいる。一番奥右手には小さな仮設の舞台があり、正面に大きな赤い文字で「対歌台」（歌垣台、写真97）とある。広場をさらに進むと小高い丘につながる道があり、10分も歩けば見晴らしのよい丘の頂上に着く。そこには「玉皇大帝」という道教の神が祀ってある（写真98、99）。そのちょっと下に、「大龍王」を祀る小さな廟。下の大きな広場の龍王廟にある「龍王」は、この大龍王の子ということだ。

　人々は、広場に腰を下ろしたり、余興舞台を見たり、露店を冷やかしたり、丘に登ったりとさまざまだが、会場は狭いからやることはすぐなくなってしまう。

◆張氏が丘の上で聞いた、歌垣についての話
①海灯会に来る歌い手（30歳くらいの男性からの話）
　「ここの歌垣は、未婚者より既婚の中年の人のほうが多い。それは、"家の花より、野の花のほうが香りがよい（家花没有野花香）"からだ。もし男に腕があれば、ほかの女と野宿もする。もしも女が妊娠してしまったときは、産むかどうかはその女の気持ち次第だ。この会場のすぐ隣りにある村は埂営村といい、きょう来ている人はその村の人が多い。埂営村の人は、この近くの村の人と結婚する。名字が同じでも、親戚でなければ結婚してかまわない。ここに歌垣を歌いに来る中年の人たちは、必ずしも前の歌恋人と歌垣をしたいと思っているとは限らない。相手が歌を歌えるなら、初めての人とでも歌垣をする」

第II章　茈碧湖・海灯会（ペー族の歌垣）

◀89 (左上)茈碧湖の湖上から見た歌会会場。右上の丘の上に小さな廟が見える(海灯会、以下同)
90 (左中)人々は、湖畔沿いに歩くか、または小舟に乗って続々と会場にやって来る
91 (左下)会場の船着き場付近

▲92 船着き場から広場に上がると、檜の枝を使った仮設舞台がある

▶93 広場の入り口に貼り出されている海灯会の行事日程

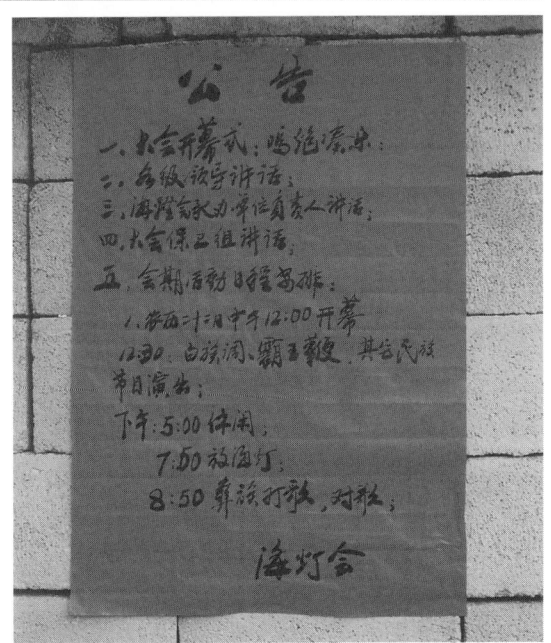

茈碧湖・海灯会1日目──9月12日(土)　99

94 線香の煙に包まれる龍王廟。両脇には龍の描かれた幟が下がっている（海灯会、以下同）

95 龍王廟の中で祀りごとをする僧侶と老人たち

96 広場のあちこちでは中老年の女性たちが仏教歌を歌い、供え物を供えている

97 奥の広場には歌競べのための「対歌台」がある

茈碧湖・海灯会1日目——9月12日（土）

98 小高い丘の上の、道教の神を祀った廟（海灯会、以下同）

99 廟（写真上）の中の祭壇。中央には「玉皇大帝」という道教の神が祀られている

▲100 丘に通じる小道に出ていた、小鳥によるおみくじ占い。かつては日本でも大道芸としてよく見られたが、近年ではほとんど見られなくなった

▶101 男が籠を開けると小鳥が出てきて、占いの言葉の書かれた札を嘴で取り出す。
　依頼者の年齢や裕福度などを男が察知して、小鳥に札を選択させる。札には占い文と料金が書かれていて、客はその金額を支払うことになる、なかなか高度な芸

茈碧湖・海灯会1日目——9月12日（土）

②既婚者の歌垣（40歳くらいの男性からの話）
「既婚者は、歌会のとき以外は歌垣を歌ってはいけない。歌会のとき、たまたま自分の配偶者が別の相手と歌垣をしている現場に出くわしても、歌っていないほうの者が邪魔をしたりしてはいけない。夫婦喧嘩をしてもいけない。また、夫婦が家に帰ったあと、歌会で別の人と歌った情歌（対歌）について話すことはけっしてない」

◆歌垣・逃婚についての施氏の話
◎未婚・既婚の確認
歌いに来る人には未婚者も既婚者もいる。"自分は若いから未婚だ"と言っても相手はすぐには信じてくれない。歌垣の中で、何回も繰り返し尋ねる。相手の歌の内容を簡単には信じないものだ。
　逆に中年の場合に、"自分は未婚だ"と言っても絶対信じてもらえないかというと、そういうわけでもない。配偶者に死別した人もいるわけだから、独身だと言っても信じてもらえることがある。

◎逃婚（駆け落ち）
1955年、逃婚によって弥沙（ミーシャー）の洞窟に住んでいた男女が現地の人に見つかったことがある。そのとき彼らは当局の婦人幹部の説得を受け、二人がすでに許されたことを知って村に戻った。私が知っている逃婚の例はこれ一つだ。
　歌垣のときに昔の恋人同士と「叙旧」〔叙旧（シューチウ）＝昔のことを話し合う、懐旧談をするの意で、歌垣の場では「昔の愛情を歌う」意になる〕ができるのだから、わざわざ逃婚までする人は少ない。逃婚は無いに等しい。

◎剣川県元幹部の母親の歌垣と結婚
元剣川（ジエンチュアン）県幹部の母親は、若いころ、ある男性と歌垣で知り合って恋愛になった。しかし親の反対で結婚することができず、お互いに別の人と結婚した。そのあとも年に一度石宝山の歌会で会い、歌垣でお互いの近況や暮らしぶりを歌い合った〔＝「叙旧」〕。
　元幹部の母親の夫（＝元幹部の父）が亡くなり、その8年後に男性のほうの妻も亡くなった。そこで二人は、初老になってようやく結婚することがで

きた。しかし、この結婚は子供や孫たちにひどく反対された。元幹部自身は、母親の結婚を仕方がないことと認めているという。再婚後、元幹部の母親が亡くなると新しい夫もまもなく亡くなってしまった。

〔以上は、1995年に施氏から聞いた話。歌垣にまつわるこの話に興味を感じ、翌1996年に剣川を訪れた際、その家を訪ねて話を聞きたいと施氏に申し出て、一緒にその家の前まで出向いた。しかし、元幹部はすでに病死してしまっていた。しかも施氏の話しによれば、亡くなった元幹部以外の家族もこの話が広く人に知られるのを嫌っていたということなので、私たちは聞き書きを断念した〕

《会場での歌垣の状況》

12：00から16：30ごろまでは余興舞台と対歌（歌垣）台の両方のスピーカーから、大音響の音楽が流された。これでは歌垣どころではない。しかし、丘の頂上につながる細い道には中年の男女が腰を掛けていて、散発的に小さな歌垣があった（写真⑩、詳しくは「遠藤耕太郎：海灯会［茈碧湖歌会］に関する報告と考察」を参照）。

夕食のために船着き場横の食堂に入って一休みしていると、食堂のすぐ上にある建物のテラスで歌垣が交わされているのに気づいた（写真⑩）。男性は石宝山の歌会でも有名な黄四代（ファンスーダイ）（40歳・沙渓・既婚者）だった。そばにいる三弦弾きの男性も、毎年石宝山で見る趙金佑（ヂャオジンヨウ）（40歳・大福村・既婚者）。女性は40歳前後。三人並んでベンチに腰を掛け、見物人が大勢聞いている。黄四代は歌垣の名手として有名だから、相手の女性は大変名誉なことであるし、ある程度の力量がないとバランスがとれない。二人は、リラックスした様子で歌を交わしている。このときはあいにく通訳二人と一緒でなかったので歌の内容は不明だが、歌の掛け合いの安定感に感心するものの、"歌の真剣勝負"といった、胸がドキドキしてくるような雰囲気は伝わってこない。

暗くなってくると、対歌台の前の広場で自然な歌垣があった。そこには歌垣を中心とする2つの輪ができていた。1つは10代の若い男性と30歳前後の女性との歌垣だった（写真⑩〜⑩。なお、この男性は、6日後の石宝山の歌会の際に、宿の部屋で三弦を弾きながら歌っていた男性だ。「宿泊所での若者同士の歌垣」 歌垣 Ⅵ 写真⑯〜⑯ 参照）。もう一つは対歌台近くの木立の下で展

開されていた（写真 107。詳しくは「夜の広場での歌垣」 歌垣 Ⅰ 参照）。そのほか大小合わせて3、4か所で歌垣が交わされていた。

　しかし突然、対歌台の大音響のスピーカーから"芸能的歌垣"の録音が流され始め、自然な歌垣は終わってしまった。困惑した私たちは、何人かの人に「スピーカーから流れてくるあの大きな音の歌垣をどう思うか？」と尋ねてみた。その答えは予想に反して、「この音楽（歌）が聞こえてくると、楽しい」というものだった。スピーカーの騒音によって自然な歌垣がなくなってしまうことへの不満を感じたり、対歌台での芸能的な歌垣よりも自然な歌垣こそが素晴らしいと感じたりするのは、私たちのように、自然な歌垣を完全に失ってしまった近代社会に生きている者たちの捉え方なのかもしれない。

【工藤隆のコメント】
　上記の黄四代、趙金佑、10代の男性の例からもわかるように、石宝山歌会と茈碧湖海灯会の両方で歌っている人たちがいる。そもそも、茈碧湖の歌会のことは、前年（1997年）の石宝山歌会のときに、茈碧湖周辺の村から来ていた10人くらいの女性グループから教えられて知ったのだ。このように、かなり広範な地域に点在している歌垣の拠点を次々に回っていくいわば"渡り歌い手"の存在は、広範な地域に分散して居住しているペー族の、歌垣の歌の交流と均質化に貢献しているのであろう。
　日本でも、たとえば12月8日～1月4日に約30km圏内の9集落で行なわれる遠山の霜月祭り（長野県）や、11月下旬～1月中旬に約50km圏内のかつて21集落も行なわれていた花祭り（愛知県）でも、集落ごとの祭りを渡り歩いて踊る人たちがいる。私の遠山での聞き書き（1988年）でも、"昔はワラジを2、3足持って、遠くの集落の祭りにも出かけて行った"ということだ。
　それにしても、人々をかなりな遠距離の祭りや歌垣に出かけて行かせるものは、祭りまた踊りや歌への"熱き想い"があるからであろう。この"熱き想い"が完全に消滅しない限り、霜月祭りも花祭りも、そしてペー族の歌垣も存続しつづけることだろう。

102 丘への道の脇に腰を下ろし、2組の中年男女が歌を掛け合っていた(海灯会、9月12日)

103 建物の軒下で、左から2人目と3人目の中年男女が歌を掛け合っていた(同)

茈碧湖・海灯会1日目——9月12日(土)

104 後方左から2人目の男性と右端の女性が歌を掛け合っている(海灯会、9月12日夜)

105 歌い手の若い男性は石宝山でも常連(同) 　106 頬に手を当てて歌う仕草は女性に多い(同)

107 歌垣 I 中央に里帰りの女性。左端には歌垣を楽しみながら若い男女が戯れている(同)

108 歌垣 I 歌垣終了後に行なわれた、里帰りの女性(手前中央後ろ姿)への聞き書き(同)

茈碧湖・海灯会 1 日目――9 月 12 日(土)

夜の広場での歌垣　　歌垣 I

[日時]　　　9月12日　19：36～20：23　（約47分間）
[取材状況]　対歌台近くの木立の下に腰を下ろしていた大勢の男性の中に、紅一点という状況でピンクのセーターを着た女性が座っている。女性の傍らに三弦弾きの男性がいる。歌っているのは別の中年男性。この歌垣は、女性1人に対して3人くらいの男性が交替で歌を返すという、変則的な形で進行した。しかし男性側の歌の交替がうまく運ばず、後半からは女性の知り合いらしい男性との歌垣になった。周囲には数十人の見物人。なかには肩を抱き合って聞き入る若いカップルもいる（詳しくは「遠藤耕太郎：海灯会[㾕碧湖歌会]に関する報告と考察」を参照）。
[歌う人]　　女/D・J（32歳）。牛街（ニウジエ）出身。既婚。若いころ、だまされて山東省に連れて行かれ、そこで結婚させられた。その結婚はうまくいかず、警察に発見されて故郷に戻る。しかしそのいきさつが噂となって故郷に居づらくなり、再び山東省に戻り、今は山東省の別の人と結婚している。この海灯会の歌会のために里帰りし、歌垣を歌いに来た。石宝山の歌会には3年前に行ったことがあるという。
　　　　　　男/40～50代の男性3人ほどが交替に歌い、途中から一人がかなり長く歌った。しかしその人の喉が涸れてしまい、また別の男性に交替。
[現場での同時通訳]　ペー語⇔中国語/施珍華　　中国語⇔日本語/張正軍
　　　　　　施珍華氏（大理白族自治州文化局を1998年夏に定年退職、剣川ペー族出身、ペー族の歌垣・民歌などに関する著書もある研究者）、張正軍氏（雲南大学日語科助教授）が同時通訳したものを基にして、最終的に工藤が自然な日本語に整えた。白語⇔中国語、中国語⇔日本語とも、この二人の同時通訳は今までのペー族歌垣の取材のなかの最高水準といえる。絶え間なく進行している歌垣を同時進行で翻訳するのは曲芸的ともいえる瞬間的なわざな

ので、両者が非常に高い能力をもっていないと不可能。

なお、すでに発表した「現地調査報告・中国雲南省剣川白(ペー)族の歌垣（1）」（『大東文化大学紀要』第35号、1997.3）、「現地調査報告・中国雲南省剣川白(ペー)族の歌垣（2）」（『大東文化大学紀要』第37号、1999.3）では、録音したものをあとで施氏が聞いてまずペー語をアルファベットで表記したうえで中国語訳し、さらに日本側研究者が日本語訳を付けたので、内容は非常に正確なものになっている。

しかし今回の以下の翻訳は、現場における同時進行の二言語通訳なので、正確さの点においては劣る点がある。まず、①歌われた1句1句に正確に対応した翻訳になっていない部分がある。たとえば、2句分の歌詞が1句にまとめて翻訳されることもある。また、②翻訳が歌の進行に随(つ)いていけなくなり、1あるいは2句、ときにはそれ以上が省略されることもある。あるいは、施氏の知人が通りかかって施氏が声を掛けられ、そのあいだに1、2首が翻訳されないというようなこともあった（ペー族の歌垣の歌は8句で1首が原則）。さらに、③二言語通訳のため、たとえば男の歌の最後の部分をペー語から中国語へ翻訳しているときには、女の次の歌が始まっているのだから、施氏は、現に進行し始めている女の歌を記憶しつつ、その前に終わってしまった男の歌の最後の部分の翻訳を行なっていることになる。したがって、ときには男の歌詞と女の歌詞が微妙に混ざり合って翻訳されてしまうこともあるわけだ。そして最後に、④比喩表現がそのまま逐語訳されないで、その比喩の「真意」のほうに言い換えて翻訳されることがある。これは、比喩表現をそのまま逐語訳すると、中国語から日本語への通訳がその意味を理解できないとき、何度もその真意を聞き返すという事態になりかねないので、気を利かせて、「真意」のほうに言い換えて翻訳する場合があるからだ。

というわけで、以下の翻訳には、「現地調査報告・中国雲南省剣川白族の歌垣（1）」「同（2）」に比べれば弱点がある。しかしそれでもなお、全体としての基本的な歌詞の流れはわかるの

で、今回はこの形にした。

　少数民族語をアルファベットあるいは国際音標で表記し、そのうえで中国語、日本語へと正確に翻訳するのが理想的であることは充分にわかっているが、手間が掛かりすぎるのだ。たとえば、1995年8月に採録した約1時間20分の歌垣【A】の記録が、「現地調査報告・中国雲南省剣川白族の歌垣（1）」に掲載できたのは前半部だけであり、後半部の翻訳を入手してそれを活字化できたのは「同（2）」においてであるから、完成までに3年半を要したことになる。一方で現在、1996年9月に採録した約4時間半の歌垣の、ペー語からの完全翻訳作業が進行中であるという状態なので、正直言ってすでに手一杯なのである。

[日本語訳の最終調整]　　工藤　隆

| 歌垣　1 | 里帰りした女性と複数の男性の歌垣　　　　　　　　○映像6

〔1女〕奥さんはいますか？　一人いてもかまいません
　　　互いに歌を交換しましょう
　　　私(わたし)はあなたの奥さんの悪口は言いません
　　　歌で楽しみましょう

〔2男〕私には、小さな蜜蜂が鳴いている声が聞こえましたが
　　　どういう気持ちで鳴いているのですか？　蜂は生まれつき花が好きです
　　　ご飯を食べに行くことばかり考えずに
　　　もし本当に私を求めているのなら、一緒に歌を歌いましょう

〔3女〕蜂が花の蜜を取りに来るという歌を聞いて、私はとてもうれしいです
　　　きょうはとても人が多いです
　　　私たちも一緒に歌いましょう
　　　もし兄（あなた）にもそういう気持ちがあれば、私たちは互いに親密になれます

〔4 男〕妹よ、そんなに早く花が咲くなんて、私には信じられないほどです
　　　あなたがそんなに歳(とし)が若いので、私は喜んでいます。早く咲く花が、私は好きです
　　　いま私はお腹が空いてご飯を食べたいのですが、行きたくありません
　　　互いに愛するなら、500年でも愛し合いましょう

〔5 女〕ご飯も食べないで私と一緒に歌うということを聞いて
　　　たいへん感動しています
　　　私も食堂にだれかいい人を探しに行きましたが、あなたには出会いませんでした
　　　あちこち探して、やっとあなたに出会いました

〔6 男〕妹（あなた）も確かに私に愛情を持っていますね
　　　ご飯も食べずに私を探しに来ました
　　　きのう、あなたがきょうここに来るということを聞き
　　　私は朝ご飯も食べずにずっとここで待っていました

〔7 女〕ご飯という話題が出たので
　　　私はお腹が空いてきました
　　　二人で先に食事に行きませんか？
　　　二人でどこかに食事に行きましょうか？

　　　　　（中断。やや間(ま)があく。このあたり、男側の歌が途切れがち）

〔8 男〕歌なし

〔9 女〕私の話をあなたは信じますか？
　　　私が食事に行けば、あなたも行きますか？
　　　さっきの人は「別の所で歌いませんか」と言いましたが
　　　あの人が良い場所を見つけたら、そこへ行って歌いましょう

〔10 男〕歌なし

〔11 女〕もしあなたが歌いたくないのなら、私は帰ります
　　　あしたまた歌いに来ます
　　　あしたまた来て、真面目に歌いましょう
　　　もしあなたもそういう気持ちなら、立って一緒に帰りましょう

〔12 男〕私はここにいてあなたと一緒に歌いたいです
　　　歌い始めてしばらくしたら
　　　あなたの村に一緒に行きましょう
　　　私はあなたの家に行って、一緒にご飯を食べます

〔13 女〕歌う気持ちがあるのなら、一緒に歌いましょう
　　　兄（あなた）は素晴らしい男性だと聞いていたので、私はずっと会いたいと思っていました
　　　もしここに何泊もしていて、よく眠っていないので帰りたいのなら
　　　あなたと一緒に帰っても私はかまいません

〔14 男〕歌なし

　　　（男グループは交替で歌っているので、歌の掛け合いがうまくいかない）

〔15 女〕もし本当に歌いたければ
　　　きょうは遅いのであしたまた歌いましょう
　　　いま人が多くて私は恥ずかしくなってきました

　　　（しばらく中断する）

〔16 女〕あなたは歌いたくないようですが、私のほうはまだまだ歌いたいです。一緒に歌いませんか？
　　　きょう歌いたくないのなら、あしたまた歌いに来ることができますか？

もし本当に歌いたいのならあしたもまた来てください、あなたと歌いたいです
　　みんなでにぎやかに歌いましょう、恥ずかしがらずに歌いましょう
　　きょうはきょうで歌ったほうがいいし、あしたはまたあしたで歌いましょう
　　あなたが歌いたくなければ、ほかの人が私と歌いに来ますよ
　　あなたはとても楽器が上手だそうですが、よい伴奏を聞けば、私も歌の気持ちがもっと湧いてきてよく歌えます
　　弾きながら私と一緒に歌いませんか？
　　　（男の返歌がないので、女の歌が長くなった）

〔17 男〕ほかの人が歌えないようなら、私が一緒に歌いましょう
　　私の歌をあなたが気に入るかどうかわかりませんが、あなたはきれいな人だから、あなたと歌いたいです
　　あなたはとてもきれいです
　　私が前世に修行をして、あなたとそういう縁があるのかどうかはわかりませんが、歌いましょう
　　　〔"私たちがこのように縁があるのは、前世で修行したから"というような言い方はペー族の歌垣でよく使われる表現〕

　　　（これ以降は同じ男が歌う。そのあとの内容からわかるように、女が一緒にいる連れはこの男の姪だという。女ともともと知り合いなのか？）

〔18 女〕とても素晴らしい兄（あなた）だから、きょう会えてとてもうれしいです
　　私たちは一緒に愛を歌い合いましょう
　　（私たちのために）ほかの人も楽器を弾いてくれています
　　楽器を弾いてくれる人がいますから、一緒に歌いましょう

〔19 男〕妹（あなた）は鮮やかな花のように、きれいに咲いています
　　私はたくさんの道を歩きましたが、あなたほどきれいな人に会ったことが

ありません
　　　私はたくさんの女性を見てきましたが、あなたほどきれいな女性はいませんでした
　　　私はあなたを愛していますが、あなたが私を愛しているか、本心を言ってください

〔20 女〕私の家は大理からとても遠いです
　　　あなたの家には金の花〔妻〕がいますが、その花もとても立派だと聞いています
　　　もしあなたが私を愛しているなら私はあなたの家に行き、あなたの家の金の花に会いたいです
　　　あなたは歌がとても上手ですね

〔21 男〕あなたは服装もとても上手に着こなしていて、あなたと比べられる人は一人もいません
　　　花はきれいなほうがいい。あなたはそのきれいな花です
　　　妹よ、あなたも私に対してそういう気持ちを持っているなら
　　　花のようにきれいなあなたをとても手に入れたいです

〔22 女〕兄よ、あなたは口〔言葉〕は甘いですが、心はどうかわかりません
　　　あなたは柳の枝のように
　　　風に吹かれて気持ちがよく変わるのでしょうか？
　　　あなたが柳の枝のような人ではないかと心配しています

〔23 男〕私が柳の枝なら、あなたは風です
　　　その風に吹かれて、そよそよと揺れます
　　　あなたが来たと聞いて
　　　私はご飯も食べずにここへ来ました

〔24 女〕私もご飯も食べずに、遠いところから歩いて来ました
　　　あなたは豚肉を食べ、野菜を食べないほうがいい

（この訳は張氏が施氏に何度も聞き直していた。多少、ペー語から中国語への翻訳に困難があったのかもしれない）

〔25 男〕あなたが歌うのなら、私も歌います
　　閻魔様〔地獄の王〕は私の友人ですから怖くはないし、仙人に何か言われても怖くはないです
　　私は必ずあなたのような人を選びたいし、あなたとの結婚を決心したいのです
　　やっと二人は出会えたのですから、二人で歌いましょう

〔26 女〕あなたの歌が終わったので、私も続けて歌います
　　花と柳、風と柳、一緒になりましょう
　　花と柳をセットにしたことをあなたはどう思いますか？
　　もし私と歌いたいなら、遠くで歌わないで私のそばに来てください

〔27 男〕あなたはもっと近くで歌ったほうがいいと言いましたが
　　あなたはどこから来た人ですか？　本当の村の名前を言ってください
　　私はあなたの夫のことを心配しています
　　もしあなたに夫がいるのなら、私はあなたのそばに行きたくないです

〔28 女〕私はここの近くの村の者です
　　私はたぶんあなたの妻より年上ですが、気に入ってくれますか？
　　（ここでほかの人が）私たちの歌を録音していますから
　　もし（私たちの歌が）人に伝わって聞かれたら恥ずかしいです

〔29 男〕（あなたの歌が）そういうふうにして伝わったから、きのう夫に殴られたのですか？
　　あなたと夫が仲が悪かったら可哀相に思いますが、仕方がないです
　　私はあなたの家に入ることはできなくて、あなたの家の外で聞きました
　　今ほかの人の噂で聞きましたが、なぜ夫に殴られたのでしょうか？

〔30 女〕聞き間違ったのでしょう
　　私の家では喧嘩は全然ありません
　　私には夫はいません、私は独身です
　　私の家には私一人しかいませんから、こういう関係はまだ続けられます

〔31 男〕私もあなたの話を信じますから、本当のことを言ってください
　　私もあなたのそばに行きたいのです
　　私はあなたと結婚したいです
　　本当のことを言ってくれたら、私はあなたのそばに行きます

〔32 女〕私もあなたと一緒に歌いたいですが
　　私の友人は私にもう帰りましょうと誘います
　　もしあなたが良い枝だったら、その枝を私のところに寄せてください
　　ほかの人が帰ってしまったら、私はどうやって一人で帰ればいいのですか？

〔33 男〕花と柳、柳と花は一番良い組み合わせなのですから、心配しないでください
　　あなたという花は、いま満開になっているところです
　　あなたには連れがいて、一緒に帰りたいのは知っていますが、その連れは私の姪です
　　私の姪と一緒に帰ることができると聞いて、私は喜んでいます

〔34 女〕もし帰りたいのなら、二人で一緒に歩きながら歌いましょう
　　　　（翻訳落ち）
　　もしあなたが私のお供をしてくれるなら、私は何も要りません
　　　　（翻訳落ち）

〔35 男〕妹よ、あなたの歌い方はとても素晴らしいです
　　あなたは「白い女」〔心の清い女の意か？〕、私は「白い男」で、良いセットになると思います

百年愛し合っても長すぎるとは言えません
　　一緒に帰りましょう

〔36 女〕あなたと一緒に行ってもいいのですが、あなたの妻の性格はとても悪いです
　　あなたの妻に怒られたら、私は困ります
　　私があなたと一緒にあなたの家に行くのはまずいです
　　あなたが私と一緒に私の家に来るほうがいいです

〔37 男〕一緒に行ってもいいですが、あなたは二つの心を持っていませんか？
　　私があなたと一緒に帰ったら、あなたに良くないことが起きませんか？
　　あなたの不幸のことを私は知っていますが、とても可哀相だと思っています
　　しかし、あなたはとても可愛い人です

〔38 女〕あなたが私と一緒に来れば、私はあなたをたいせつにします
　　よく世話をしてあげます
　　私と一緒に来ればとても安全です
　　安心してください

〔39 男〕妹よ、私はあなたを思っているときは、本当に泣きたい気持ちでした
　　あなたを思い出すと、何もしたくなくなることがありました
　　一日中、食事も食べたくなくて、私は心の底からあなたを思っています
　　あなたはとても可愛いです、あなたと別れたくないです

〔40 女〕兄よ、あなたは素晴らしい人で、情(じょう)の深い男性です
　　そんな深い情があるのなら、一緒に結婚届を出しに行きましょう
　　あなたは腕のいい男性で、情の深い人ですから、私は愛しています
　　もしあなたに妻がいなければ、あなたと一緒に行きたいです

〔41 男〕花よ、あなたは牛街(ニウジェ)の人でしょうか？

苴碧湖・海灯会1日目――9月12日（土）

あなたの言ったことはわかりましたが、本当に私を愛しているのですか？
ほかの人たちが結婚しているように、私たち二人も結婚できるのでしょうか？
みんな二人ずついて、羨ましいです

〔42 女〕私は確かに牛街に住んでいます
　　私は確かにそこから来ました
　　私がここに来る目的は、心の夫を探したいからです
　　　　〔歌垣終了後に行なった遠藤耕太郎の聞き書きによると、この女性には歌会で歌を掛け合ったことのある既婚者の男友達がいるそうだ。「心の夫」とは、彼を指すのかもしれない。いずれにしても歌垣の中でのプラトニックな恋人の意味のようだ〕

〔43 男〕あなたはすらりとして、身長も私にちょうどいい女性だと思います
　　画家が描いた美人は絵だけですが、あなたのきれいな姿は絵ではありません
　　それはあなたが前世にいい修行をした結果でしょう
　　あなたはとても可愛い人ですし、互いに愛し合っているのなら私たちは結婚すべきです

　　　　（このあたりになると、男の声は別人のように涸れてしまった）

〔44 女〕「互いに気持ちがあればすぐ結婚したい」というのは、私は嫌です
　　愛するということは一生のことです
　　私の意見は正しいでしょうか？　どうか答えてください

　　　　（せっかく雰囲気が盛り上がってきたところなのに、男は声が涸れたので歌うのを休み、三弦を弾き始めた。別の男も歌わないので、三弦の伴奏だけが流れる）

〔45 女〕楽器を弾きながらも、歌うべきです

私が一人だけ歌っているのはよくありません
　　きょうもし私と歌を掛け合う人がいなければ、私はあしたまた歌いに来ます
　　私は立派な男性を探しているのです、一日中でも歌える男性を探しています

　　　　（歌を返す男がいないので、中断。暫し一休み。以下は別の男。以下、歌を交わす男が錯綜している）

〔46 男〕女の人が一休みしていますが、今度は私が続けて歌います
　　（こうして歌っている）私たち男同士はもう親密になりましたので、私たちの中のだれか一人を選んでください
　　楽器の線を繋（つな）いだらまた弾いて、また繋いで歌いましょう
　　私は今は少し愛しているだけですが、これからは深く愛するようになると思います

〔47 女〕また別の、ほかの人と続けて歌うことができて、とてもうれしいです
　　今度は長く続けることができるように、よく歌いましょう
　　あなたのことを長いあいだ思っていました
　　あなたはどこに隠れていたのですか？

〔48 男〕私はたくさんの人に出会いましたが
　　あなたは私が今までに出会った人の中で一番いい人です
　　あなたは情（じょう）が深く、ここにいる人の中で一番いい人です
　　あなたの心は雪よりも白いです。あなたの愛情は糸より長いです

〔49 女〕そういう気持ちのある、情の深い男性なら、しばらく一緒に歌いましょう
　　私はまだ独身ですから、あなたと歌いたいです
　　今度は逃げないようにしてください
　　一緒に歌いましょう

茈碧湖・海灯会1日目──9月12日（土）

〔50 男〕妹よ、私たちは遠く離れて座っていますが、心は近いです
　　あなたは牛街の人だから、私の所に来るのも便利です
　　私の兄はあなたの村の隣りに住んでいますし、あなたの所に行くのはとても近くて便利です
　　あなたの村に帰るのなら、私も一緒に行きたいです

〔51 女〕「一緒に行きたい」と言ったことをぜひ守ってください
　　嘘をつかれたら、私の気持ちはつらくなります
　　本当にあなたと帰れるなら
　　私は喜んで踊るようにして帰ります

〔52 男〕あなたと一緒に帰ってもいいですが
　　あなたは結婚しているのではないでしょうか？
　　私はなかなか村を出られないので、（あなたに夫がいたら）困ります
　　私は何日も探して、きょうやっとあなたに会えたのですから

〔53 女〕あなたは新しく編んだ立派なセーターのようです
　　あなたと比べられる人はいません
　　あなたはきれいにお化粧をしている女性が好きなようですが
　　私にはお金がないので、きれいにお化粧ができません

〔54 男〕本当にそういう気持ちがあれば、一緒にここを離れて帰りましょう
　　妹よ、愛さえあればお金がなくても心配いりません
　　私にはお金がありますし、本当の情に比べれば、お金は手の垢のように汚いものです
　　私が欲しいのは本当の愛情で、お金ではありません

〔55 女〕お金は必要なものです
　　今の生活は何でもお金がかかりますから、お金がなければ何もできない時代です
　　私は兄（あなた）を信じていますが、兄よ、私はもう帰りたいのです

あしたまた会いましょうか？

〔56 男〕妹よ、あしたまた来て
　　　　ぜひまた会いましょう
　　　　私はここで待っています
　　　　あしたまた、ゆっくり遊んでください

〔57 女〕けれど、もしあなたが歩けないのなら
　　　　私があなたの手を取って、助けながら帰ってもいいですよ
　　　　一緒に帰りましょう
　　　　私の気持ちを伝えましたよ、一緒に帰りましょう

〔58 男〕今回ここで会えたのは、ありがたいことです
　　　　しかし、あなたの夫は嫌な気分になりませんか？
　　　　あなたはなぜずっと「帰りましょう、帰りましょう」と言うのですか？
　　　　私は太陽のようにあなたを輝かせますが、昼は人が多いから、月の下で会いましょう

〔59 女〕兄よ、私はあなたを誘っています
　　　　一緒に帰りませんか？
　　　　またあしたゆっくり待ちます、私はあなたを迎えに来てもいいですよ
　　　　一人の生活は寂しいです

〔60 男〕あなたの話を聞いていると、あなたは二人の人を愛しているようです
　　　　たぶん二人だけでなく、たくさんの人を愛しているのではないかと思います
　　　　欲しいものがあれば何でも上げます。私は何も欲しくないです
　　　　遠慮しないで、心配せずにゆっくり歌いましょう

〔61 女〕あしたまたあなたと一緒にゆっくり歌ってもいいです
　　　　いま歌い始めたばかりですから

すぐに離れたりしてはいけません
　　情があれば、私を捨てたりしてはいけません

〔62 男〕妹よ、私はあなたの幸福を祈っています
　　私の話をよく聞いてください
　　友達として私の話を聞いてください
　　別に悪い意味はないですが、あなたは人に騙されないようにしてください

〔63 女〕そのように忠告してくれて、うれしく思います
　　そういう気持ちがあれば、二人でまた歌いましょう
　　　　（翻訳、落ち）

〔64 男〕妹よ、あなたの記念になる品が欲しいです
　　あなたの黒砂糖をくれませんか？　黒砂糖が欲しいです
　　黒砂糖を水に入れて飲みたいです、人がいないところで、その黒砂糖を開けて食べたいです
　　黒砂糖が欲しいというのを許してもらえませんか？
　　　　〔施氏の解説によると、「黒砂糖」は女性の乳房のたとえだという。田舎では、砂糖は粉状でなくお椀のような半球型に形成されて売られている〕

〔65 女〕あなたが欲しいというものを私は持ってきていません
　　もし私が黒砂糖を持っていれば
　　もちろん食べさせてもいいです
　　本当にそういうものが欲しいなら、あした差し上げます

　　　　（ここで対歌台のスピーカーの調整の声が聞こえ始めたので、歌垣は中断）

　21：30、舟に乗り、約15分で対岸の船着き場に渡り、そこから車でホテルへ。22：05着。

茈碧湖・海灯会 2 日目 —— 9月13日（日）

　午前中、ホテルの部屋で 10：15～11：55 まで施珍華氏から歌垣に関する聞き書き。

◆ 歌垣についての施氏からの聞き書き
　[歌垣 1 に関するコメント]
◇3 つの評価点
　①この歌垣は本物だ。伝統的な歌垣の雰囲気がある
　②比喩表現があって、言葉の使い方がとてもおもしろい
　③とても深い情を歌っていてよかった。また、臨機応変に答える能力が高かった
　　これら 3 つの点から見ると、この歌垣はレベルが高い。特に女性は、3、4 人の男性に 1 人で対応できている。この女性の歌垣は特に素晴らしい。
◇歌の能力と人生体験
　彼女の悲しい人生は、彼女の情感に影響を与えていると思う。しかしそれ以上に彼女の素晴らしいところは、歌の能力が高いことだ。ペー族は率直に「あなたが好きだ」とは言わないで、婉曲に自分の気持ちを表わす。彼女はペー族の歌を歌う能力が高い。もしそういう能力がなければ、人生がいくら苦しくてもただ泣く以外にないのではないか。人生体験と歌詞を紡ぎ出す能力は必ずしも一致しない。

◎歌垣の比喩表現例
　比喩表現には、たとえば次のように、普段はあまり使われないが素晴らしいものもある。
　①「自分はトゲがいっぱいある所にいる」＝私の周りは人間関係が冷たい

②「私の心は、油かお湯の中で煮られているようだ」＝いつも心が跳ね動いて飢えている
　③「私たちは（一人が半分ずつに切られ）4つに切られても怖くない。私の肝(きも)は土の鍋ほども大きい」＝強い心を持っている

◎茈碧湖の歌垣

Q／ 歌垣 Ⅰ の男の歌い手は別の村の人で、彼女を知らない人なのか？（遠藤）

A／男たちは茈碧湖辺りの人だ。女性は牛街の人で、茈碧湖の東の山を越えてずっと向こうに行く所だからかなり離れていて、おそらく男たちは女性のことを知らないと思う。もともとは知らない者同士だろう。
　あの女性は山東省に暮らしているのに、こうして一人で歌垣のために戻って来たということは、ペー族の歌垣に対する愛着が強い。歌垣が大変好きな人だ。また、歌から推察すると、生活に関しては前向きで明るい人だと思う。

Q／今回、張氏が35、6歳くらいの男性から聞き書きしたところによると、海灯会に集まる人は既婚者が多く、たとえ性的関係があったとしても、夫婦はそれに触れないようにするということだった。現在の石宝山の歌会のほうにはそういう雰囲気は弱いように思えるが、昔はそういうことがあったのか？
　（施氏への通訳の前に「こういうことはなかなか答えてもらえないので、まず張氏の聞き書きの事実から話して、この質問をしてください」と依頼する）

A／歌垣と夫婦の関係については、次の2つに分けられる。
　①夫婦二人ともが歌い手の場合
　　歌垣のときには二人とも山に行って楽しみたい。このように、二人が楽しみとして歌う場合、夫婦二人の愛情には影響がない。また、夫婦が山に行って、二人で歌うことはない。
　②どちらかが歌い手の場合
　　歌い手のほうがほかの人と深い愛情を持って歌垣をした場合、それに対してその配偶者が焼き餅を焼いて喧嘩になるということがある。

また、特に馬登(マードン)、弥沙(ミーシャー)、上蘭(シャンラン)辺りに多い実例だが、何年間も子供ができない夫婦の場合、妻が歌垣のときにほかの人と性的関係を持って、そのときの野宿で赤ちゃんができると、"神様がくれた赤ちゃん"として、特別に大事にする。このように、歌垣に行って跡継ぎの子供を作る例もある。

Q/石宝山の歌会でもそういうことはあるか？

A/現在ではそういうことは少なくなっているが、当然のことながら、現在もあることはある。歌垣のときに、だれとのあいだにできた子供かは、夫婦のあいだでも内緒にするくらいだから、ましてやそういう話が公になることはない。そういうときにできた子供は神様が作った赤ちゃんだということにして、夫婦は納得する。

Q/張氏の聞き書きによると、歌会から家に帰っても、歌会で何があったかは話さないということだが、そうか？

A/話さないし、相手もそれについて聞いたりしない。

Q/遠藤がきのう、歌垣をしていた男女二人ずつにアンケートをとったら、（既婚か未婚か、どこの村から来たかなど）相手のことがわかってしまったためか、それをきっかけに歌垣が終わってしまった。歌垣というのは相手のことがわかってしまうと、歌う情熱を失うものなのだろうか？

A/歌垣で歌っている自分の名前や村の名前は、ほとんどが嘘だ。歌のなかで繰り返し聞いていくうちに、本当のことかどうかがわかっていくものだ。最初のうちは自分のことは隠している。だから、事前に自分の名前や村の名前が相手にわかってしまったら、続けるのがむずかしくなる。昔は、写真を撮られるのも嫌がった。服などを顔にかぶせて隠し、写真を撮られないようにしていた〔今もこれはある。特に若い娘に多い〕。しかし、最近は写真はだいぶ平気になってきた。

Q/ということは逆に、遠藤のアンケートに彼らは正直に答えてくれたと考えていいか？

A/歌では本当のことを言わなくてもいいと思っているが、アンケートには本当のことを書かなくてはいけないと思っているのが彼らの心理だろう。だから、書いたことは正確だと思う。

Q/では、真剣に結婚相手を探しに来ている若い男女の場合も、最初は本当の

ことを言わないで嘘のことを歌っているのか？（岡部）

A／一般的な歌垣の例で言うと、最初に相手が繰り返し聞いているときに答える名前や村の名前は嘘だ。しかし歌っているうちに愛情が深くなり、互いにだんだん真剣な気持ちになっていけば本当のことを歌うようになる。

Q／歌いつづけているうちに、本当の名前がわかってくるということか？（岡部）

A／たとえば、今ぺー語から中国語に翻訳中の歌垣（工藤が、1996年に石宝山宝相寺境内で取材した4時間半に及ぶもの）に関して言ってみてもそうだが、最初に歌ったときの名前は全部嘘だった。歌垣のあとあらためて尋ねたときに答えてくれたのが本当だった。歌の中では簡単には自分のことは言わない。そうやって自分を守っているのだ。

Q／1995年に李山慶（リーシャンチン）が歌った歌垣〔石宝山の林の中で収録した歌垣。工藤「～白族（ぺー）の歌垣（1）」の歌垣【A】〕では、歌の中で自分の村のことを「南登村」だと歌い、実際にも彼女は南登村に住んでいたが……〔翌1996年、彼女の村を訪ね、実際に住んでいることを確認した〕。

A／相手が信頼できる男だと思えば、本当のことを言う。

Q／李山慶を訪ねたとき、私たちと顔見知りの村人から「李山慶の家を訪ねると、（彼女が歌垣を歌ったことがばれて）夫に殴られるから訪ねないほうがいい」と言われた。しかし、李山慶が石宝山に行っていることを夫は知っているわけだから、夫は行くことは認めても歌うことは許さないということか？　それとも、わざわざ私たちが訪ねて行くと大ごとになってしまうからよくないということか？

A／確かにそういうこともあるだろう。さきほどの歌垣の例でいえば、二番目の「夫婦のどちらか一方が歌い手の場合」に当たる。一方は歌垣が上手で、歌垣ができる。もう一方は歌垣ができないし、心も小さい。だから、焼き餅を焼いたり怒ったりして、夫婦喧嘩になる場合がある。李山慶の場合はそれだと思う。

Q／施さんに報告しておくと、昨年、石宝山で李山慶に出会ったとき、「～白族（ぺー）の歌垣（1）」の抜き刷りを「あなたの家に送ろうか」と言ったら「送らないでくれ」と言われた。しかし、数時間あとに再び会ったとき、「やはり、送ってほしい」と言われた。日本から送ったが、夫婦間で何もなければい

いのだが。

A/たぶん問題ないだろう。最初に要らないと言ったのは夫のことを考えてのことだったのだろうが、歌の内容は実際には本当の愛情の問題ではないとわかるのだから、たぶん大丈夫だと思う。

Q/同じ村の人と歌の掛け合いはするか？（遠藤）

A/村の中では歌わないが、同じ村の人でも茈碧湖歌会のような場では歌を掛け合うことはある。しかし、そういうケースは少ない。できるだけよその村の人と歌垣をするのが普通だ。やっぱり「よその村の花のほうが香りがいい」（笑）。

Q/自分の村の人と歌う場合は名前を聞くような必要はないわけだが、そういう場合はどういう歌垣になるのか？（遠藤）

A/昔のことを思い出して歌う。過去のことを思い出して歌うことが多い。

◎五音七音について

Q/日本の代表的な短歌は五七五七七で、五音と七音を組み合わせる。ペー族の歌垣では七〔三音、五音のときもあるが〕七七五・七七七五というふうに、五音と七音を組み合わせて8句にしている。日本語は母音が一つで、例えば、「かすがなる　みかさのやまに　いでしつきかも」というふうに、完全に一音一音ずつが数えられる。ペー語も一音が一語になっているようだが、このようにペー族の歌も一音一音数えられるのか？

A/一音一音が数えられる。たとえば次の例は三七七五だ。これは歌垣の歌の基本的な構造の一つだ。これから外れて歌う歌い手はあまりいない。能力が低い人はこの三七七五から外れてしまう。

  シ　ガ　ピャ（三音）

  ノ　リ　ピャ　ズ　ノ　リ　ピャ（七音）

  ノ　リ　ガ　ズ　ノ　リ　ガ（七音）

  ガ　シ　サ　サ　ズ（五音）

歌の歌詞には、三音、五音、七音はよいが、四音はメロディーに合わないから無い。

Q/この報告書（工藤「〜白族の歌垣（1）」）P79〔16男〕の歌を発音してみてください。

A／（施氏、読み上げる）

> 〔16 男〕
>   Lent cil lif lait qianl hu 〔六音になっているが、五音か七音の誤りか〕
>   這句唱得更好聴　　この（これらの）歌詞はいっそうきれいに聞こえます
>   Yit sal gout lait kuail lel pou 〔七音〕
>   相愛緊挨低的身　　愛し合っているので、あなたのからだにぴったり寄り添い
>   Wan tel ded bud kuail jit nuot 〔七音〕
>   湾下身子頭靠頭　　からだを曲げて、頭と頭をくっつけます
>   Lel xil zal at hu 〔五音〕
>   低不必焦心　　あなたはいらだつ必要はありません
>   Sant don zou hul yon menl svp 〔七音〕
>   世上茶花要不完　　世の中の椿は絶えてしまうことはありません
>   Det dangl yont zait nou lif mou 〔七音〕
>   没有陳陳朶独自生　　一人で咲く花はありません
>   Zout nat kaif kavf zap mip xif 〔七音〕
>   両朶花芯面対面　　二つの花芯は向かい合っているので
>   Sent de za mit de 〔五音〕
>   免得常掛心　　いつも心配する必要はありません

Q／なぜこういうことをやっているかというと、日本の短歌や俳句が全部五音と七音に統一されていったのはなぜかが、日本の研究者のあいだで議論されているからだ。こういうことを掘り起こすことが、その解明のための有力な視点になる可能性がある。

A／ペー族は漢の時代から漢族文化の影響が強い。漢族はずっと前の時代から五音、七音〔実は五文字、七文字のこと〕の詩歌が多い。ペー族の有名な『山花碑』という詩の場合は、ほとんどが七音と五音、たまに三音の句から成っている。その時代から「山花体」という様式の歌が多く、唐の詩歌（唐詩）と宋の詩歌（宋詩）の影響が強い。その影響から三音五音七音が多いと理解している。

Q/漢族のそういう影響を受ける前は、どうだったか？
A/西山(シーシャン)というところに「打歌」という古い歌がある。歌詞は五音七音が多いがそれだけではなく、三音、四音などもある。要するに音の数は決まっていない。漢文化の影響を受ける前は、音数は自由だった。

　この辺り（大理州）の古い歌には次のようなものがある。

①博南古道（南シルクロード）を作るときに、南シルクロードを作った内容を歌った労働者たちの歌、「行人歌」がある。漢字で記録しているが、漢字は三つの文字だ。

②高黎貢山(ガオリーゴンシャン)にある民歌で、「旅人歌」というのがある。これは漢字五文字だ。

③もう一つは西山に行くと、「創世記」とか、山羊を放牧する「放羊歌」がある。これらも音の数は決まっていなくて、とても自由だ。

　つまり、漢族の文化の影響を受ける前は音数は決まっていない。

（この部分については、P 217〜220も参照のこと）

Q/この報告書（工藤「〜白(ペー)族の歌垣（1）」）のように、少数民族の言葉をそのまま記載することによって初めて、国際的に比較研究ができるようになった。

A/こういうやり方は初めて見た。これまでだれもやっていない。

Q/壮(チュアン)族の研究者の手塚恵子氏が、この方法をとっている。それによると、チュアン族の歌垣も五音と七音でできている。これで二つ、歌垣の盛んな民族が五音七音の組み合わせでやっていることがわかった。

A/南詔国は大理を中心として、東は広西チュアン族自治区から貴州省の全部、四川省の一部までが領域だった。南詔国も唐の文化を導入していたから、漢族の五七文字の影響があったのではないか。〔南詔国＝唐の時代（618〜907年）前期からペー族がイ族とともに形成していた国〕

Q/日本側では、中国漢字の発音は必ずしも五文字が五音にはならない。たとえば、「壮族」という二文字は、「チュ・ア・ン・ズ・ウ」と分けられて、五音になる。ペー語の、漢語の影響を受けている部分は漢語の文字数とペー語の音数が一致する場合があるのかもしれないが、もともとの日本語（漢語の影響以前のヤマト語）ではそうならない。現在のペー語も日本語も漢語の影響を受けているので、それ以前のことを考えるには、もっと別の

茈碧湖・海灯会2日目——9月13日（日）

分析をしないと説明できないだろう。

A/ペー語も日本語も漢字を導入した点は同じだ。ペー族も漢字を導入し、漢字を発音するときに（ペー語の発音に合わせて）いくつかの発音をした。本来、漢字は一つの文字で一種類の発音だったが、その漢字の発音をペー語で発音すると、一種類だけでなく、何種類かの発音を持つ場合がある〔日本語で、一つの漢字に、音読みと訓読みがあるのと同じことらしい〕。だから、すべてが唐の影響だと言ってしまうのも、確かに危険かもしれない。

Q/中国語の漢字の発音が一音の場合、ペー語の発音でも一音というケースは多いか？

A/少ない。

Q/もう一つ別の理論が必要かもしれない。

Q/五音と七音のときのメロディーと、三音、四音、六音が入ったときは、メロディーが違うのか？（岡部）

A/違う。

Q/日本語の場合は、たとえば四音でも五音のメロディーに合わせるためには、もう一つ伸ばして「ワ」を「ワアア〜〜」というふうにして五音にも七音にも合わせてしまうことができるが、そういう合わせ方はしないか？

A/本当は三音だが、それを五音になるようにするためにはこういうふうにする。
「ア・ズ・ピャ」という三音を五音にするために、「アシ・ガズ・ピャ」というふうに意味のない「シ」や「ガ」を入れる。また、ただ伸ばすだけのときもある。

A/（張氏の意見）私はこう考える。現代の歌だが、「北国の春」という日本の歌がある。日本語の歌詞をひらがなで表記したときの数に合わせて、中国語の歌詞も漢字の数をそろえている。〔後出の［参考資料3］を参照〕そこから考えると、唐の詩歌は書くのではなく（？）歌うわけで、日本人もメロディーに合わせて文字を入れている。そのあたりのことも考えてみたい。

Q/日本の俳句が「漢俳」として中国語でも行なわれるようになってきているが、中国の「漢俳」を見ると、五文字・七文字・五文字にしている。しかし、実際に発音してみると、日本の俳句のように、五音七音五音になって

いるわけではない。これらの研究はメロディーの問題も含めてやらなければならないと思う。俳句にはメロディーがない。俳句は文字のみの文学だ。ともかく、俳句と「漢俳」が交流しているのは、大変おもしろい。

【工藤隆のコメント】

　音数の問題は、実際の発音の数の問題と、文字の数の問題を整理してからでないと混乱が生じる。特に、ヤマト語と中国語では発音の体系が大きく違うので、この配慮が一段と重要である。

　上記の討論のときには、漢字の数の問題と発音の数の問題、また、「音」と「音節」と「拍(モーラ)」などの違いの問題が3人のあいだでしっかり確認されていなかったので、不充分な議論になった。鈴木康之『日本語学の常識』（海山文化研究所、2000）によれば、たとえば「がっこう（学校）」という単語は「ガッ・コー」と発音するので「2音節」だが、「ガッ」も「コー」も「音律」としては2つなのでそれぞれ「2拍(モーラ)」で計「4拍」となるから、結局「がっこう」は「2音節4拍(モーラ)」なのだという。

　今後は、各少数民族語とヤマト語（これも古代にあっては中国国家との関係では少数民族語の一つとしてよく、このヤマト語がのちに漢字と中国語体系の一部を取り込んで「日本語」になった）との直接の比較を行ないながら、日本の歌の五音・七音の発生の問題に迫っていくのがいいだろう。そのためには、言語学の専門家との共同作業が必要になる。

［参考資料1］漢俳（中国式俳句）の例

　　　　詠山茶花（山茶花を詠む）　　　　林　林

　　花紅満緑枝　　　　花の紅　緑の枝に満つ
　　　huā hóng mǎn lǜ zhī
　　不辞落地化為泥　　辞せず　地に落ちて化して泥と為るを
　　　bù cí luò dì huà wéi ní

何必多憐惜　　　何ぞ必ずしも憐惜を多とせんや
　hé bì duō lián xī
　　（中西進・厳紹璗編『文学』日中文化交流史叢書第6巻、大修館書店、1995）

［参考資料2］中国語による短歌の例

　　　　美人魚遇害（人魚の災難）　　　　林　林

　可愛美人魚　　　　かわいい人魚
　　kě ài měi rén yú
　頭像偸鋸経両次　　二度も頭部を切断された
　　tóu xiàng tōu jù jīng liǎng cì
　野蛮堪憂慮　　　　この野蛮憂慮に耐えず（ママ）
　　yě mán kān yōu lǜ
　如果安徒生有知　　アンデルセンが知れば
　　rú guǒ Ān tú shēng yǒu zhī
　豈能不苦嘆哀思　　深く嘆き悲しまずにはいられまい
　　qǐ néng bù kǔ tàn āi sī
　　　（「日中短歌シンポジウム発表作品より」『日中文化交流』No.612、1998.1）

［参考資料3］歌謡曲「北国の春」（いではく作詞、呂遠訳詩）

　　しらかば　　あおぞら　　みなみかぜ　（以下略）
　　亭亭白樺　　悠悠碧空　　微微南来風
　　tíng tíng bái huà　yōu yōu bì kōng　wēi wēi nán lái fēng
　　〔「亭亭」「悠悠」「微微」はいずれも「加訳」という手法であり、日本語の歌詞と音数を合わせるために加えられた語だという〕

《「海灯会」2日目の状況》

　施氏からの聞き書きの終了後、海灯会2日目の会場に向かう。

　15：30、車で船着き場まで行き、茈碧湖の北岸へ舟で渡る。16：16、茈碧湖会場着。

　一番上にある龍王廟へ続く小高い丘の道を歩いていると、張氏が「下のほうから歌声が聞こえる」と言う。あわてて丘を降り、湖沿いの道を歩いてしばらく行くと、湖畔沿いの道で歌が交わされていた。男女のあいだは約10ｍ離れている。歌垣の始まりの段階では離れているケースが多いが、この離れた距離のまま最後まで続けたのはめずらしい。

　以下の記録は、私たちが現場に着いた途中からなので、その前にどのくらい続いていたかは不明だが（歌詞の流れから判断するに、始まってからまもなくだったと思われる）、採録できたのは約1時間分だった。

湖畔の小道での歌垣　　歌垣 II

［日時］　　9月13日　17：11～18：16（約65分間）
［取材場所］　茈碧湖の湖畔沿いの道（船着き場から湖畔沿いに右へ）。
［取材状況］　歌が交わされた道は、近隣の村人の通り道になっている。歌垣が行なわれている間じゅう、牛や馬を牽いた人、農作物を背負った人などがつぎつぎに行き交う。思い思いに足を止め、歌垣に耳を傾ける人たちもいる。この道は会場のスピーカー音に邪魔されず、背景もすばらしい。実際、この歌の中でも「ここは山も道もきれいで山紫水明の場所です」と歌われている。

　　　　　　7、8ｍ下にある湖面には漁をする舟が一艘浮かんでいて、舟の男性が、歌垣をしている女性たちに「アーホイ、ホイ」（人に呼び掛けるときに発する、ペー族特有の呼び声）という声を掛ける場面もあった。
［歌う人］　男①が歌っていて、途中から、1頭の黒い馬を連れていた男②に交替。再び男①に戻り、"別れ"の場面は男①と女。

109 歌垣Ⅱ　歌垣の現場は、船着き場からこの左奥約 150 m の所だった(海灯会、9 月 13 日)

110 歌垣Ⅱ　歌垣の現場付近から船着き場を望む。この道は近隣の村の人の通り道(以下同)

|111| |歌垣Ⅱ| ▲最初は遠くから見守った
|112| |歌垣Ⅱ| ▶男①は前半部を歌いつづけた

|113| |歌垣Ⅱ| 男①が歌を掛け、男②は馬の世話をしている。右から2番目が女性の歌い手

茈碧湖・海灯会2日目──9月13日（日）　137

114 歌垣Ⅱ 〔18 女〕女性は立ち上がっている。鈴音を鳴らしながら牛が通る

115 歌垣Ⅱ 〔30 女〕歌垣の合間にも大勢の村人が行き交うが、歌い手はまったく気にしない

116 歌垣Ⅱ 〔37 男①〕大きな籠を背負った3人の女性が村へ帰って行く

117|118 歌垣Ⅱ 〔51 男②〕男性の歌い手は男②に交代。湖上の釣り舟からも声が掛かる

119 歌垣Ⅱ 〔55 男②〜57 男②〕腰を下ろして歌う男②。黒馬が自由に草を食べ歩いている

120 歌垣Ⅱ 連れの女性たちに囲まれて、女性の歌い手は一心に歌いつづける

121 歌垣Ⅱ 〔64 女〕2 頭の牛を連れた女性が駆け足で通り抜けて行く

122 歌垣Ⅱ 〔73 男②〕煙草を吸いながら歌う男②の肩に手を掛け、男①が成り行きを見守る

苊碧湖・海灯会2日目──9月13日（日）

123 　歌垣Ⅱ　〔82男①〕帰ろうとする女性に、男①は道中央で歌を掛ける。左は男②の黒馬

124 　歌垣Ⅱ　女性の歌い手の周囲に、通りかかった村人が立ち止まって歌を聞いている

▲125 歌垣Ⅱ 後方で一休みして見守る男②。籠を背負った民族衣装の女性は、長いあいだ熱心にこの歌垣を見物していた

▶126 歌垣Ⅱ 〔86 男②〕別れの場面で、男②が一回だけ「行かないでください」と歌う。見物人の女性も思わず身を乗り出して、歌い手の女性たちを見る

茈碧湖・海灯会２日目──９月13日（日）

127 歌垣Ⅱ 〔89女〕連れに促されて歩き始めた女性が、立ち止まって歌を返す

◀128 歌垣Ⅱ 男①は懸命に歌を掛けるが、女性の姿は小さくなっていく

▲129 歌垣Ⅱ 歌垣終了後、歌垣の講評をする施氏（ペー語→中国語の通訳）。右から、岡部、施氏、張氏（中国語→日本語の通訳）、工藤

男①/楊茂広（ヤンマオグアン）。30歳。温厚そうな好青年。茈碧郷玉衝村の人。石宝山にも行ったことがある。既婚者。妻は昆明出身の漢族なので、歌垣による結婚ではない。海灯会には12年前から来ている（以上、遠藤耕太郎のアンケートより）。

男②/40歳前後。外見は地味で物静かな既婚者ふう。歌垣の場所から10mほど離れた草むらに黒い馬を放していた。通りかかったら歌垣をしていたので、見物がてら馬をその辺りに放していたようだ。男①の歌を傍らでじっと聞いていたが、途中から交替して歌った。施珍華氏によると男②の歌い方は節回しがゆったりとしてたいへん美しく、このような歌い方をする人はめったにいないということだ。

女/22、3歳くらい。帽子を目深に被り、顔を隠し気味に歌う。連れの女性たち5、6人は10～30代で、未婚者も既婚者もいるようだ。同行の女性たちは大半の時間は熱心に聞いていたが、ときに若い女性は退屈して湖に石を投げたりして遊んでいた。

[現場での同時通訳] 　ペー語⇔中国語/施珍華　　中国語⇔日本語/張正軍
[日本語訳の最終調整] 　工藤　隆

| 歌垣　Ⅱ | 湖畔での、出会いから別れまでの典型的な歌垣　　　　○映像7 |

　この歌垣は、ビデオで録画できた部分の全体を、別添えのビデオ編にそのまま収録した。そこで、この歌垣については特に、ビデオ映像と照らし合わせて見るのに便利なように、各場面の細かい変化などをできるかぎり記述することにした。

〔1 男①〕妹（あなた）は情（じょう）の深い人なので、私は山また山を越えて会いに来ました
　　私がこんなに苦労してここに来たのは、あなたも知っているはずです
　　何か月かかっても、私は歩いて来るつもりでした
　　妹（あなた）はとても立派な人ですから、一緒に愛を成就できるようにしましょう

〔2 女〕そんな気持ちがあるのなら、どこにも行かずにここにいてください
　　　遠い所に行かないでください。私も別の所には行きません
　　　二人でずっとここにいましょう
　　　どこにも行かないようにしてください
　　　　（映像はこの歌から始まる）

〔3 男①〕どこにも行きません。私の心にはずっとあなたがいます
　　　心の中にはあなただけがいます、わかりますか？
　　　私は（あなたとのことで）何も心配することがないので、何をしてもいいですよ
　　　ここは山も道もきれいで、山紫水明の場所です。ここで一泊しましょうか
　　　　（10余名の村人が道を通ってやって来る）

〔4 女〕そう言われて、私もうれしいです
　　　私もそういう人を探しています
　　　ここにいましょう、ここにしばらく留まっていましょう
　　　一晩泊まってもいいです。（私は）うれしいです

〔5 男①〕あなたはこの中で一番きれいな花です
　　　きょう会えて、とても好きになりました
　　　きょう会えたのは、前世の修行の結果だと思います
　　　きょう会えてうれしいです。じっとあなたを見ていたいです
　　　　（取材の岡部と工藤綾子が歌垣を歌う男①のほうに近づいて行き、腰を下ろす）

〔6 女〕そう言われたので、私も今晩ここにいることにします
　　　人に呼ばれても、私は今晩帰りません
　　　あなたに会えたのですから、帰りたくないです
　　　ですから、ここで今晩泊まりましょう
　　　　（画面は茈碧湖の湖面を写す）

〔7 男①〕妹よ、あなたを待っている人が別にいますか？
　　　私は年齢が多く見えますが、恋愛はきょうが初めてです
　　　私と一緒に帰りませんか？
　　　どこかへ行ってゆっくり歌いましょう
　　　　　（画面は湖面から、歌垣の現場に戻る。小舟のモーター音が聞こえる。男①
　　　　　の歌う所から、あとで歌う男②がカメラのほうに歩いて来る。男②は黒シ
　　　　　ャツに白っぽいジャンパー）

〔8 女〕私と一緒に歌いたいと言いますけれども、（私に）心を許しています
　　　　か？
　　　私はまだ恋人がいませんから、私でどうでしょう？
　　　愛人でも、結婚でも恋愛でもいいですから、私と一緒にいてほしいです
　　　でも、あなたが家に妻を持っていれば、私は行きません

〔9 男①〕私は前世の修行の結果で、あなたに会えてうれしいです
　　　あなたが私の妻になれば、私の家族はみな喜びます
　　　私は一人で仕事をしていますので、とても淋しいです
　　　あなたと一緒に働きたいです
　　　　　（男②、歌垣の現場に戻って行く。その後ろ姿。しゃがんで歌う男①のアッ
　　　　　プ。そばで男②の黒い馬が草を食べている。男②は歌う女のほうに歩いて
　　　　　行く）

〔10 女〕たくさんの人と出会いましたが
　　　あなが一番いい人です
　　　今夜はゆっくり話しましょう
　　　きょう結婚して、あした帰ってもいいです
　　　　　（男②、煙草を吸いながら歌う女の前を通って帰って来る。しゃがんで歌っ
　　　　　ている女のアップ）

〔11 男①〕私と一緒にいて、どこか別の場所を探してまた歌いましょう
　　　（なにか仕事があるのなら）あなたは仕事も持って、私と一緒に帰って

私たちは一緒に働きましょう
　　わずかな時間ではなく、死ぬまであなたと一緒にいたいのです
　　　　（女のにこやかな顔のアップ。男の歌の後半では、次に返す歌詞を考え始めたからか、真剣な表情に変わっていく）

〔12 女〕ほんの少しも離れないように、ずっと一緒にいましょう
　　結婚して二人は一緒に家族を作り、仕事をしましょう
　　　　（句数が少ないのは、単純に翻訳落ちの場合と、何句かをまとめて1行にしている場合とがあるが、ここは後者である。以下も、特に断わらない限り後者）

〔13 男①〕あなたのそばにいることができるのも
　　私の前世の修行の結果です
　　あなただけを愛します
　　私と一緒に帰って働きましょう
　　　　（男①とそのそばにいる男②、通訳の施氏と張氏、女とそのグループの全景）

〔14 女〕私も、あなたと一緒に働くことができるならうれしいです
　　私は家に弟が一人います
　　互いにそういう気持ちがあれば、何よりです
　　あなたの妻になりたいです

〔15 男①〕あなたは何歳でしょうか？　本当の年齢を教えてくれれば十二支を調べ
　　結婚できるかどうか調べてから結婚しましょう
　　本当の年齢を教えてください。私をだまさないでください
　　今年何歳ですか？
　　　　（男①と黒い馬のアップ）

〔16 女〕私はもう23歳です
　　ちょうど、満23歳です

このくらいの年齢は（恋愛には）ちょうどいい年齢です
　　きょうあなたに会えて、私はとても心が安らいでいます
　　　　（黒い馬は、草を食べながら次第に女のほうに近づいて行く。画面フェード
　　　　アウトし、映像は一時中断）

〔17 男①〕兄である私も、譬えられないほど喜んでいます
　　二人が夫婦になれるのは
　　私が前世に修行した縁によるものです
　　一生、死ぬまであなたと一緒にいたいです
　　　　（映像なし）

〔18 女〕二人とも修行したので、夫婦になれるわけです
　　夫婦になれるのは、修行した縁だと私は思っています
　　　　（映像再開。女は立ち上がって歌っている。男②が黒い馬を連れて、カメラ
　　　　の前を通って行く。続いて「カラン、カラン」と鈴の音を鳴らしながら、
　　　　牛2頭を連れた男性が傍らを通る。これ以降〔21 男①〕まで、通訳の句数
　　　　が乱れる。写真114）

〔19 男①〕こんな立派な夫婦になれるのは何よりいいことです
　　これはもう秘密にすることはないと思います
　　　　（男性の乗った自転車2台が女グループのいる向こうからやって来て、カメ
　　　　ラの前を通り過ぎる）

〔20 女〕そう言われると
　　私も心からあなたを愛します
　　夫婦になれないなら、愛人関係でもいいです
　　ずっとあなたと愛し合うことができれば、満足です
　　　　（ひときわ甲高い歌声になる。女は立っている）

〔21 男①〕あなたは情の深い人なので、（私は）あなたに随いてここまで来た
　　のです

ほかの人なら、私は話しもしたくないです
　　　　（手前に男①、向こう側に女グループ。女たちのあいだを縫って4名の男性
　　　　がやって来る。エンジン付き小舟が去って行く）

〔22 女〕あなたと愛し合えば、ほかの人のことは全然羨ましく思わないです
　　あなたと結婚したいです
　　私は、○○（不明、土地の名前か？）の人から聞いたことがありますが
　　私たち二人が夫婦になるのが一番いいと言ってました

〔23 男①〕私たちは一番いい組み合わせだと思います
　　死ぬまで愛し合うことができます
　　一緒に働いて、よく両親の世話をしましょう
　　私たちが結婚すれば、ほかの人が見たらとても羨ましく思うでしょう
　　　　（男①の隣に男②がしゃがみ、歌を聞いている）

〔24 女〕私たちの心は、互いにとても愛し合っていると思います
　　もし愛がなければ、あなたと一緒にいたくないです
　　私はあなたのことを愛します。ほかの人は愛しません
　　もしあなたを愛していなければ、とっくに帰ったでしょう
　　　　（女、しゃがむ。歌の途中で、見物人から「アーホイ」という声が掛かる）

〔25 男①〕私はあなたを連れて家に帰って
　　あなたにご馳走します
　　二人で一緒に生活しましょう
　　受け入れてくれませんか？
　　　　（女性8名が通り過ぎて行く）

〔26 女〕あなたと一緒に帰りたいのですが、私は今、腰帯がないのです
　　あなたとぜひとも帰りたいのですが
　　こんな格好ではあなたの家に行けないと思います
　　お金もありません

　　　　（若い男性4名が通り過ぎて行く）

〔27 男①〕何か買いたいものがあれば
　　　ぜひ私に言ってください
　　　何でも買ってあげますから、遠慮なく
　　　着るものも、食べ物も全部買ってあげます
　　　　（ビデオカメラを提げた男性たち2名がやって来る。彼らは大理州文化局の人たちで、この道の奥で行なわれていた別の歌垣の取材をしていたということだった）

〔28 女〕きょうはもう遅いので、あしたあなたと一緒に買い物に行きます
　　　あなたと一緒にいれば
　　　私はすぐに裕福な生活ができるようになると思います
　　　そう言われたので、あなたに随(つ)いて行きます
　　　　（女の歌声、低音に変わる。男②が男①のために水を持って来る。歌っている者は喉が渇くので、歌垣の現場では他の者がそのような配慮をすることがしばしばある。大理州文化局の別のスタッフ2名が三脚を担いでやって来る）

〔29 男①〕よかったら、まず先に南京(ナンジン)に行き、それから北京(ペイジン)に観光に行きましょう
　　　どこへ行ってもよろしいです
　　　汽車でも飛行機でもいいです
　　　妹（あなた）と一緒なら、どこへ行ってもうれしいです
　　　　（村人5名がやって来る）

〔30 女〕あなたがそう言うのなら、今度はまだ行っていない所へ観光に行きましょう
　　　一緒にどこへでも行って、遊びましょう
　　　大理(ダーリ)や下関(シャーグアン)は行ったことがありますが
　　　北京、南京は行ったことがありません

〔大理や下関は同じ州内にあるのでバスでも行けるが、北京や南京は遠い所〕

（二つのグループの村人がやって来る。写真115）

〔31 男①〕そういう所に観光に行けるとしたら、それは私の前世の修行の結果だと思います

あなたを深く愛していますから、あなたと一緒にいられることを喜んでいます

私はあなたを愛しています

そんなに（あなたの）愛情が深いのなら、私の妻になってください

（若い男性4名、続いて自転車2台、若い女性2名がやって来る）

〔32 女〕私は観光が大好きです

そういう所はどれほど遠いでしょうか

遠くてもいいです

あなたと一緒に観光に行きたいです

〔33 男①〕（あなたが）私に随いて来ることはとてもうれしいです

私のそばに来てください

私にはいま道連れがいません。私の隣りの男たちはいま行ってしまいました

いま私は一人です

（自転車1台と、連れの女性1名がやって来る）

〔34 女〕もし（あなたが）私を捨てるのなら、私は行きたくないです

私の隣りにいる知り合いは証人となるのですから、言ったことは守ってください

私と一緒にいる女友達はみんな

私の選んだ結論を納得して許してくれると思います

（幼児を乗せた自転車がやって来る）

〔35 男①〕あなたの言った約束を守ってください
　　嘘をつかないで
　　約束を守ってください
　　私はまだあなたを怒らせたことがありません
　　　（三弦を背にした男性が通って行き、女たちに話しかけ、しばらくたたずんで歌垣を聞いている）

〔36 女〕私をよその人と見ないで、うちの人と見てください
　　私を愛してくれれば、それでいいではないですか？
　　私は自分のことは何でも決められます
　　ここにいても、私は自分のことを自分で決めます。心配していません
　　　（女の連れが何かを食べている）

〔37 男①〕ここを離れて私と一緒に行きましょうか？
　　妹よ、あなたには一緒にいる人が多いが、私は一人です
　　どんなふうにして帰りましょうか
　　本心を言いますが、ぜひ私と一緒に帰りましょう
　　　（大きな竹籠を背負った3人の女性が通り過ぎて行く。写真116）

〔38 女〕一緒に行ってもいいですが、妹（私）の手を取ってください
　　私の手を取ってくれるなら、行きたいです
　　私の手を取ってくれれば、私はあなたのあとに随いて一緒に行きます
　　そうすればとてもきれいに見えます
　　　（女の連れの中の赤い上着の少女が、湖に小石を投げて遊び始める）

〔39 男①〕あなたの手を取って帰ったら、あなたの夫に会うのじゃありませんか？
　　一緒に家に帰りましょう
　　よその所には行かないようにしましょう
　　もし一緒に行く勇気が（あなたに）あれば、あなたの手を取って、行ってもいいです

　　　　（湖面に小石による波紋が広がる。男①の側に見物人数人がいる。女の連れ
　　　　の少女二人が湖に小石を投げて遊んでいる）

〔40 女〕もし私の手を取って帰るのなら
　　　私は私の友達とここで別れます
　　　もちろん私は友達に叱られますが
　　　どうすればいいでしょうか？
　　　　（女の連れ、3人目の女性も小石を投げて遊び始める）

〔41 男①〕あなたは友達によく説明してください
　　　あるいはあなたの友達も誘って、一緒に帰りましょう
　　　友達を連れて私の家に来て、2、3日泊まって遊んでもいいです
　　　友達を捨てて一人で私の家に来るのは、確かにちょっと冷たいです

〔42 女〕あなたはこんなに多くの人を招待することができますか？
　　　あなたの家にこれほど多くの人を入れても大丈夫ですか？
　　　ほんとうにそういう気持ちがあるのなら
　　　私は私の友達にそう言って一緒に行きますよ

〔43 男①〕妹よ、私の家には食べ物（穀物）は食べきれないほどあります
　　　去年は豊作でした。まったく問題ありません
　　　友達と一緒に私の家に行きましょう、食べきれないほどの食べ物があります
　　　何も恥ずかしがらず心配せずに、安心して私の家に行きましょう
　　　　（大きな竹籠を背負った人、赤ん坊を背負った女性が通って行く。湖面には
　　　　魚をとる小舟が浮かんでいる）

〔44 女〕こんなに多い私たちを招待することができるのなら
　　　私は安心です
　　　私の友達と一緒にあなたの家に行きましょう
　　　もうしばらくここで二人で楽しんでから行きましょう

（画面は湖面の小舟と対岸を写す）

〔45 男①〕あなたが言った話を、あなたの友達は許してくれるでしょうか？
　　　もし友達が「いい」と言ったら、一緒に行きましょう
　　　友達を誘って、本当に私の家に来たいですか？
　　　もしあなたの友達も「いい」と言ったら、私の家に行きましょう
　　　　（男の声が急に低くなる）

〔46 女〕それはなかなかいいことです
　　　私は先ほど友達に聞きましたが、みんな「いい」と言ってくれました
　　　友達は皆「一緒に行ってもいい」と言いましたから、みんなで一緒に行きましょう
　　　先ほども聞きましたが、みんな「いい」と許してくれました
　　　　（女の連れは皆で分け合って、何かを食べている。ヒマワリの種か？）

〔47 男①〕妹よ、あなたの友達のなかにペー語の歌垣ができる人がほかにもいますか？
　　　彼女らは、また、何か別に求めているものがありますか？
　　　私はもう喉が痛くて歌えないです
　　　歌いたいのですが、きれいな声で歌えません
　　　　（男①の歌、精彩がなくなり、テンポも遅くなる）

〔48 女〕私たちは舞台で歌うのではないのですから、きれいに歌わなくてもかまいません
　　　兄よ、私と（歌うのではなく）話しをしてもいいのですよ
　　　私にはあなたの声がきれいでも、きれいでなくてもかまいません
　　　歌わずに話してもいいです
　　　　（女の連れたちは食べるのに夢中。見物の男性たちの掛け声「アーホイ」）

〔49 男①〕妹よ、そういうふうに言われるともっと歌いたくなりました
　　　しかし喉が痛くて耐えられなくなりました

気持ちは歌いつづけたいのですが、もう喉がだめです
　　一緒にどこかへ行って、ゆっくり話しましょう
　　　　（男①、声をふり絞って歌う。男①の歌、ここまででいったん終わる）

〔50 女〕そう（歌わないで話すこと）してもいいのですが
　　別のだれかが私の歌の相手をしてくれますか？
　　上手に歌っても歌えなくてもかまいませんから、一緒に遊べばいいです
　　もしもあなたがまだ歌を歌えるなら、私の友達も皆歌いますよ

　　　　（ここ以後、男②に交替）

〔51 男②〕私はさっきからここにいました
　　ずっとあなたの声を聞いていてうれしかったです
　　どうしてもあなたと歌いたいです
　　あなたは世界一いい人です。あなたを悪い人だと言う人はだれもいないはずです
　　　　（男②は、非常にやわらかで伸びやかな歌い方。煙草を吸いながら、立ったままで歌う。男①は脇に寄る。写真117）

〔52 女〕そんなにすばらしい歌を歌えて、羨ましいです
　　前からあなたのことを知っていましたが、まだ一緒に歌ったことはありません
　　あなたも私と歌を歌いたいようですね
　　私たちが知り合ったのは遅いほうですが、互いに愛情があれば大丈夫です

〔53 男②〕兄の私がここに来た目的は、あなたのような人と会うためです
　　二人で心を合わせて、ゆっくり歌いましょう
　　ゆっくり歌い合えば
　　だんだん私たち二人の愛情は深くなると思います

　　　　（男の歌のあと、約14秒間、間があく。このくらい長い空きはめずらしい）

〔54 女〕このことは何より大事なことですから、私は真面目に考えます
　　私はずっとあなたに会いたいと思っていましたが
　　あなたはなかなか（歌垣に）出て来ませんでした
　　口では甘く言っていますが、心の中は気乗りがしないのでしょうか？

〔55 男②〕あなたは山奥の花のような人です
　　ずっと前から、あなた（のような人）に会いたかったです
　　あなたはどこから来た人ですか？　本当のことを言ってください
　　本当のことを言ってくれれば、あなたを探しに行くことができます
　　　　（男はしゃがみ込んでいる。一段と伸びやかで、ゆったりとした歌い方に変わる。男の歌のあと、約 8 秒間、間があく。写真⑲）

〔56 女〕私の家はここから近いです
　　私の家はすぐ向こう側です
　　もし私をいとしく思ったり私を愛しているのなら、私を探しに来てください
　　家に帰ってから私と愛し合っているということを、奥さんに知らせないでください
　　　　（男②は男①よりもずっと年上に見えるので、女は彼を既婚者だと思って歌っているようだ。若い男性 2 人が通って行く）

〔57 男②〕妹よ、私の心はとても清らかです
　　空の神様も、私のことをじっと見ています
　　もし私たちが一番いい夫婦になれなければ
　　神様に済まないことです
　　　　（男②の黒馬が手綱を放たれたまま、自由に草を食べている。写真⑲）

〔58 女〕もう長いあいだ一緒に歌いましたから、私と一緒に帰りましょう
　　私と一緒に帰りませんか？
　　私と一緒に行きたいですか、行きたくないですか？
　　まもなく暗くなると見えなくなりますから、明るいうちに行きましょう

（男①が男②の隣りにしゃがんでいる。女は歌いながら、傍らの木の葉をむしったりしている）

〔59 男②〕妹よ、あなたはまだどこの人か私に教えてくれていません
　　　もし私が村の名前を知らなければ
　　　どこへ行ってあなたを探せましょうか？
　　　あなたと別れたら、どこへ行けばあなたを探すことができますか？
　　　　（若い男性2人がやって来る）

〔60 女〕妹の私は教えます、私は「牛街(ニウジェ)」に住んでいます〔牛街は洱碧湖の北北東約8km〕
　　　私は牛街に住んでいますから、私を探しに来てください
　　　牛街に来る人は多いのですが、あなたには会ったことがありません
　　　あなたを待っています。ぜひ会いに来てください
　　　　（男性3人がやって来る。男①が脇のほうに離れて行く）

〔61 男②〕牛街の人だと知ったから、1日でも2日でも歩いて会いに行きます
　　　牛街は広い所ですが
　　　あなたは牛街のどの辺りの村の人ですか？
　　　本当の村の名を教えてくれなければ、私はあなたを見つけられません
　　　　（男②の黒馬が、草を食べながらカメラのすぐ前に移動して来た。馬が鼻を鳴らす。男②の歌のあと、約11秒間の間があく）

〔62 女〕～～～で（録音テープ裏面移動につき不明）
　　　その村を降りると「牛街」です
　　　私たちの村は「北村(ペイツン)」と言います
　　　ぜひ、そこへ私を見つけに来てください
　　　　（黒い馬が画面中央を横切る。子供を乗せた若い男性の自転車が1台やって来た。子供連れの自転車は歌垣の中央で立ち止まって見物）

〔63 男②〕きれいな花よ、私はその村の名前を聞いたこともありません

嘘の村の名前を教えるのは良くないことです
　村の名前をはっきり教えてくれなければ、私は訪ねることもできないです
　本当に私を愛していれば、その住所を教えてください

〔64女〕私の名前は李桂香(リーグイシアン)と言います
　ぜひ来てください
　私の名前を（人に）尋ねたらすぐわかります
　私の名前を忘れないでくださいね
　　〔翌99年9月にペー族歌垣の5度目の訪問をした際に施珍華氏に確認したところ、「李桂香」という名前は実在の人物名ではなく、「月里桂花」（月のなかの桂の花）という、ペー族のあいだでよく知られている恋愛歌曲の中の女主人公の名前が使われたのだろうということだった。参考資料として「月里桂花」の全文訳をこの 歌垣 II の最後に掲載したが、確かにその中の〔10女〕の歌詞が「私の名は李桂香(リーグイシアン)です」となっている。
　　とすると、次の〔65男②〕が「その名前は前から聞いています」と答えたのは、彼もまたその歌曲を意識して、その中の男主人公を演じたことになるだろう〕
　（10人連れの村人が歩いて行く。反対側から牛が2頭小走りにやって来た。牛をよける通行人。連れの女性たちは、立ったまま所在なげにしている。その様子から、そろそろ帰りたがっているように見える。写真[21]）

〔65男②〕その名前は前から聞いています
　　〔同じ歌曲「月里桂花」の中で〔11男〕も「その美しい名前は前から聞いていました」と歌っている〕
　刀は鞘(さや)の中で動いています
　茶碗も籠の中で動いています
　　（施氏が「これは両方の心が愛情をもって動いているという譬(たと)えだ」という説明を加えているうちに歌が進み、このあとの部分の翻訳が省略されてしまった。竹籠を背負った中年女性2人が通って行く）

茈碧湖・海灯会2日目——9月13日（日）

〔なお、歌曲「月里桂花」の〔11 男〕は、「刀も心を動かして鞘の中で揺れ動き、お碗とお皿も心を動かして籠の中で互いにぶつかっています」と歌っているので、この男②がこの有名な歌曲の中の歌詞を意識しているのは間違いない〕

〔66 女〕（この前の歌の訳と説明に手間取り、女の歌詞の訳が大部分落ちる）
　　あなたの気持ちはわかっています。私も同感です

〔67 男②〕李桂香という名前は前から聞いて知っていたので、探していました
　　きょうやっと出会いました
　　あなたの村に行ったことがありますが、あなたを見つけることはできませんでした
　　こんなところで会うことができて……………（あと不明）
　　　　（男②のすぐそばに黒い馬。竹籠を背負った少女が１人、駆け抜けて行った）

〔68 女〕私もたくさんの歌を歌いましたが
　　いい歌の相手は見つかっていません
　　私もそういう気持ちがありますから、きょうはまだ帰りたくないです
　　本当に私を愛していますか？
　　　　（若い男性の自転車が２台通って行った。中年女性が５名通って行った。彼女たちは女グループのそばで歌垣を聞き始める）

〔69 男②〕もし私があなたを本当に愛していないのなら、あなたに会いに来ることはありませんでした
　　私は「東山ドンシャン」から「西山シーシャン」までやって来ました
　　　　〔「西山」はここから南西30 kmの所にもある。この「西山」はそれとは別の場所のようだ〕
　　西山の湖の畔たもとでお会いすることができました
　　妹よ、（しかし）私は今はお別れしたいのです（馬を連れていたからか？）、許してください

〔70 女〕もし私を街で探してくれれば
　　また会うことはできるはずです
　　私の名前を覚えていてくれれば、満足です
　　私を忘れないでいてくれれば、とてもうれしいです
　　　（若い男性2人が通って行った。女の連れは歌に集中せず、一人は傘を畳み、ほかはおしゃべりなどをしている）

〔71 男②〕そのまま帰るとすれば
　　私には残酷です
　　どこに行けばまたあなたに会うことができますか？
　　あちこち回って探すのはたいへんです
　　　（男女3人連れがやって来た）

〔72 女〕くつろいでゆっくりしてください、焦らないでください
　　悲しく思わないようにしてください
　　からだを大事にしてください
　　からだを大事にしなければ夫婦になれませんよ
　　　（女の連れは全員立って、気もそぞろという風情で、帰りたがっているようだ。男性2人がやって来た）

〔73 男②〕あなたはあなたの村に、私は私の村に帰ります
　　別々に別れるのはとてもつらいです
　　　（女の連れは口々に何か話し、帰ろうとしている様子。そのうちの1人が、歌っている女に傘を手渡す。男①は、歌っている男②の肩に手を回して一緒に立つ。3人の女性が通って行き、続いて自転車を牽いた2人連れがやって来る。写真22）

〔74 女〕兄よ、また私に会いに来てください
　　私に会いに来る前に、前もって私に知らせてください
　　もし時間があれば、私もあなたに会いに行きます
　　これからは行ったり来たりできますから、きょうはこれで失礼いたします

〔75 男②〕どうか帰らないでください。私と一緒に帰りましょう
　　　　会うことができて、とてもうれしく思います
　　　　あなたと愛し合えるなら、私は死ぬほどうれしいです
　　　　それとも、私があなたと一緒に行くというのはどうでしょうか？

　　　　　（ここまで男②）

〔76 女〕（答えない。連れの女たちは声高にしゃべり、帰ろうと促しているようだ。
　　　　歌っている女は迷っている様子。男②の黒い馬が女たちと男たちとのあい
　　　　だにいる）

　　　　　（以後、男②に替わり男①が歌う）

〔77 男①〕今晩はどうか、帰らないでください
　　　　ここで一晩過ごしましょう
　　　　今は喉が痛いですが、あなたが帰って私が一人残されるのはとてもつらい
　　　　です
　　　　とても残酷です
　　　　　（男②は馬のほうに行き、手綱を取って馬を道の脇に連れてくる。女たちは
　　　　　互いに何か話していて、女も歌を返してこない。女が連れの女性たちから
　　　　　盛んに帰ろうと促されている）

〔78 男①〕（男①が歌うが、ここは翻訳なし。男の歌を聞いて、女たちが笑ってい
　　　　る）

〔79 女〕私は狂うほどにあなたを思っています
　　　　私もあなたと別れたくないです
　　　　私は2歩、帰ろうとして歩きましたが、また戻りました
　　　　私はどうしても帰りたくありません

〔80 男①〕あなたが帰ると私は独りぽっちになってしまいます、どうしたらいでしょう
　　　　私に連れがいないことをあなたはわかっています
　　　　そういう私を一人残して行くのは、あなたもつらいでしょう？
　　　　あなたの友達が（あなたと帰ろうとして）待っているのを知っていますが、それでも歌を続けてください

〔81 女〕私はあなたを誘っています。ぜひここにいてください
　　　　あなたとここにいれば、私の家の人が……（以下、翻訳が聞き取れない）
　　　　私は迷っています
　　　　行こうか行くまいか迷っています
　　　　　（男性2人が通って行く）

〔82 男①〕だったら、ここで一晩過ごして、あした帰っても遅くはありません
　　　　妹よ、もしいま帰ったら、これからは会うことはもうできないのでしょうか？
　　　　茈碧湖の歌垣は一年に一回しかないので、あしたまた来てください
　　　　今晩ここに泊まって、あした帰ったらどうでしょう？
　　　　　（男①は女のほうに少し歩いて行き、道中央にいる黒い馬と並んで歌っている。自転車、椅子、テーブルなどを運ぶ5名が歩いて行く。写真⃞23）

〔83 女〕それもいいですね、陽がまもなく沈みますからここにいましょう
　　　　「ここに一緒にいて」と誘われましたが、どこで眠りましょうか？
　　　　私たちの心は近いのですから、互いに心のなかに相手がいるだけでいいのじゃないでしょうか
　　　　「ここにずっといよう」と言われても、どこで眠りましょう？
　　　　　（フェードアウトして、この〔83 女〕の映像なし。このあとすぐ、女たちは村のほうに帰り始める。一緒にいた見物人も一緒に歩いて行く）

〔84 男①〕（映像なし。呼び戻そうとして歌いつづけるが、翻訳なし）

〔85 女〕（映像再開。歌うが翻訳なし。女は歩き始めたが、いったん立ち止まってこの歌を返した）

　　　　（この次は、男②が交代して1回だけ歌う）

〔86 男②〕私は上着を脱いで、あなたに着させたいです
　　　私を思っているなら、私の服を着てください
　　　行かないでください
　　　このまま別れたら、これから私はどういうふうに暮らしたらいいでしょうか（写真126）

〔87 女〕あなたに上げられるものはないので、私の心をあなたに上げます
　　　あなたに記念として上げるので、私の心を忘れないようにしてください
　　　家に帰っても心がつらくて
　　　たぶんきょうの夕ご飯は、食欲がなくて食べられないと思います
　　　　（女はかなり遠ざかったが、しっかりと歌を返してきた。歌いながら歩き始める）

　　　　（男①に戻る）

〔88 男①〕私はこのまま別れると独りぼっちです
　　　私は今とても歌いたいですが、あなたは帰りたがっています
　　　とても残念です
　　　もう少し、私と歌いませんか？
　　　　（約7秒間、間があく）

〔89 女〕（連れの女性たちと共にだいぶ離れて行ってしまったので、女の声はかなり小さい）
　　　一緒に私と歩いて歌いませんか？
　　　私には友達がたくさんいるから、二人だけで歩くのは都合が悪いのです
　　　私はあなたと一緒に行けませんから

あなた、私と一緒に来てください

　　　（女は道に立ち止まって歌を返す。写真127）

〔90 男①〕 どの村に行くのでしょうか？
　　私にあなたの村の名前をはっきり教えてください
　　あなたが本当はどこに住んでいるのか、私は知らないのです
　　あなたの村の名前を教えてください。あとで探しに行きます

〔91 女〕 牛街に来てくれれば
　　会うことができます
　　一緒に行きましょう
　　歩きながら歌いましょうか？

〔92 男①〕 あなが教えてくれた村の名前は、本当の名前ではないと思います
　　これから会うことはもうできないと思います
　　本当の村の名前を教えてくれないと、これから会うチャンスはないと思います
　　手紙を送っても、届かないと思います

〔93 女〕 村の名前は聞かないで、私と一緒に行きましょう
　　私の家に来たら、よく世話をしてあげます
　　私はとてもいいベッドを用意してあげます
　　よくあなたの世話をしてあげます

〔94 男①〕 ぜひ戻って一緒に歌ってください
　　私の隣りに録音している人もいますから
　　　〔この歌詞は、自分が見物人の存在を意識しているということを見物人に向かって示す、最もわかりやすい表現である〕
　　ぜひここへ来て歌いましょう
　　　（男のそばに見物人が集まって来て、いろいろ言っている）

〔95女〕（ほとんど消えてしまうほど、声が小さくなった）
　　私と一緒に帰りましょう……
　　私の家で豊かな生活ができます
　　　　（見物人の声ばかりが大きい。男立ち上がる）

〔96男①〕妹よ、あなたは心がない人じゃないだろうか（見物人の女性が笑う）
　　このまま帰ったら、本当に愛情がないというものです

　　　　（このあと男①は女たちと反対方向へ去って行く。施氏と張氏が見物人と会話を交わす）

〔97男①〕（声はかなり小さく消えそうなほどになっていく。以下の歌は去ってしまった女には聞こえない、独り言ふうに歌っている）
　　別れはとてもつらいが、仕方がないのでこのまま帰ります
　　またいつか、あなたと会うことができるでしょうか
　　（あなたと離れて）前に進みたくないし、家に戻りたくもないのですが、仕方がないです
　　妹よ、私の言ったことを覚えていてください、また来年会いましょう
　　　　（女たちと反対方向に去って行く男①の後ろ姿）

　女たちは湖の北側の山を越え、村に戻って行くようだ。引きとめられないと諦めた男①は、別れのつらさを歌いながら逆の方向（船着き場のほう）へと去って行き、声は次第に小さくなり、姿もとうとう見えなくなった。あとには、立ち去りがたい想いの見物人だけが残された。背景といい通行人といい、別れの情景といい、まるで舞台を見ているのではないかという錯覚に陥るほどだった。

[歌垣 II に関する施氏のコメント]
　同時通訳を終えた施氏に、この歌垣について尋ねた。以下、答えるのは施氏。
Q／どうして女たちは去って行ったのか？

A／きょうは茈碧湖の歌垣の最後の日だから、ここに泊まって最後までいることはできないからだろう。
Q／この歌垣の水準は？
A／男は2人歌ったが、2番目に歌った男②の歌い方（節回しなど）はとてもよかった。ああいう歌い方を私は今まで2人だけしか聞いたことがない。1人は剣川のサンナイという村の人だ。もう1人はヤンツェン林業局の労働者だった。まるで静かな波のように聞こえる歌い方がとてもきれいだ。あのように歌うと情がより深く聞こえるから、相手の女は離れがたくなるものだ。しかし一緒にいる大勢の知り合いが帰ろうと誘うので、仕方なく帰ったようだ。

　このあと、船着き場のほうに引き上げた私たちは、広場の辺りで先ほどの男①に出会った。その際に遠藤耕太郎がとったアンケートによってわかったことが、歌垣冒頭部にある男①のプロフィールである。
　「あの歌垣が終わってしまって残念に思ったか？」と尋ねると、"当然じゃないか"という表情でにこやかに笑いながら「残念だよ！」と答えた。
　このあと、船着き場の食堂の近くで、黄四代と中年の女性の歌垣があった（写真130）。
　21：00、会場の船着き場から茈碧湖南岸の船着き場に渡る。
　21：40、ホテル着。

▲130 船着き場付近の路上で行なわれた歌垣。男性(右から2番目)は石宝山でも有名な歌い手(海灯会、9月13日)

▶131 連れの人に抱きつくようにして歌う。この仕草は女性の歌い手に多い(同)

132 茈碧湖で灯籠流しが行なわれた(同)

「月里桂花」(月の中の桂の花)

段伶・楊応新『白曲精選』(雲南民族出版社、1994、所収)
日本語訳:張正軍・工藤　隆
　＊翻訳にあたって、一首ごとに通し番号を付けた。

:::
【工藤隆のコメント】
　『白曲精選』の「序」によれば、この「月の中の桂の花」は、ペー族の伝統的な「本子曲(ペンズー)」の一種である。「本子曲(ペンズー)」はペー族の民間で長いあいだ人々に愛されてきた長詩である。龍の頭の飾りの付いた三弦を弾きながら１人で歌ったり、三弦の伴奏つきで２人あるいは３人で交互に歌うこともあるという。一首が七七七五・七七七五の計８句から成っている点など、ペー族の歌垣の際の歌の形式とも一致しているし、旋律も基本的に同じもののようである。
　ところで、以下の歌詞を読めばわかるように、蔣介石の国民党軍との戦いや、台湾問題などが姿を見せているのは、「本子曲(ペンズー)」も歌垣の一般的な様式に入っているからだとしていい。つまり、歌を掛け合っているその時点での時事問題や生活状況などが歌詞のなかに盛り込まれるのは、即興の歌詞を歌いつづける現在進行形の歌垣の現場では、当たり前のことだからである。したがって、以下の「月の中の桂の花」は、大筋ではペー族の伝統的な歌曲である「本子曲(ペンズー)」の様式をふまえながらも、時事問題などを取り込んでその時代なりの変化を与えたものが、だれでもが歌える歌曲として固定化されたのであろう。
　ところで、歌詞の流れからだけ見れば、現場の歌垣のものと区別がつかないほどに両者は似通っている。すなわちこの「月の中の桂の花」は、歌垣の歌が、配偶者や恋人を求める実用的な歌垣の現場から離脱して芸能者的存在に近づいた「民間芸人」「歌手」(いずれも同書の用語だが、基本的にはムラ段階の社会の内側でのベテランの歌い手と考えるべきである)の、持ち芸に
:::

なったものである。したがって基本的に歌詞は固定していて（前述のように、その時代なりの変化はあるだろうが）、多くの人に記憶されるようになったものであるから、独立の歌曲としてこの『白曲精選』にも収録されることになったのである。当然のことながら、この歌は、歌垣に参加するほどの人ならだれでも知っている有名なものになっており、したがって歌垣の現場で歌を掛け合っている二人、またそれを聞いている見物の人たちは、この「月のなかの桂の花」を心のどこかで意識していることになる。つまり、現場の歌垣の掛け合いの歌と芸能者的存在に近づいた人の持ち芸としての歌とが、相互交流していることになる。

　なお、この種の「本子曲（ペンズー）」として有名なものとして『白曲精選』には「放鷹趕雀」（鷹を放って雀を追わせる）も収録されており、これも男女が交互に歌を掛け合う形式を取っている（本調査記録への翻訳掲載は省略した）。

〔1男〕うららかな春の三月にホトトギスが鳴き
　　豆の花が盆地にいっぱいで本当にすばらしい景色です
　　蜜蜂が花の香りを嗅ぎにやって来て
　　ぶんぶんと鳴きつづけています
　　前のほうには黄色の梅の花が咲いていて
　　（苗代から）苗を抜く妹（あなた）の影が動いています
　　横目でこっそり彼女を見たら
　　心を奪われてしまいました

〔2女〕春の時、春の日に春風が吹き
　　蜜蜂がぶんぶんと飛び立ちます
　　金色（きんいろ）の魚が浅い所にいるのがわからなくて
　　深い所に探しに行きました
　　もしかすると目が、高い所に付いているのでしょうか
　　それとも一番美しい花がわからないのでしょうか
　　（蜜蜂は）人の目の前を飛び回っていますが
　　だれに心を寄せればいいのかはわかっていないのです

〔3男〕清らかな小川の水がゆったりと流れていますが
　　　人が言うには、金色の魚は海を泳いでいます
　　　谷川にいるのは皆小さな青い魚で
　　　水田の中へ泳いで行きます
　　　私(わたし)はズボンの裾を高く巻き上げて
　　　水に入って魚を捕って退屈しのぎをします
　　　青い魚を捕って家に持って帰り
　　　花の庭(の中の池)で育てたい

〔4女〕川でいい気持ちで泳いでいましたが
　　　はっと私は驚きました
　　　向こうに釣り人が見えたので
　　　心が針に刺されたようになりました
　　　あなたが東へ釣りに行けば、私は西へ行き
　　　あなたが上へ釣りに行けば、私は下に沈みます
　　　魚を釣る男のあなたに
　　　けっして釣られることがないように！

〔5男〕いま小魚がびっくりして
　　　上へ下へとあわてて身を隠しています
　　　まさか私が虎か豹で
　　　あなたを呑んで食ってしまうわけでもあるまいに
　　　清い水の下であてどなく泳ぎ
　　　胸をどきどきさせながら我慢して、時のたつのを待っています
　　　孤独で、独りぽっちで寂しげに
　　　浮き草の下に身を隠しています

　　　きょう私と一緒に家に来れば
　　　良い井戸があなたを待っています
　　　冷たい水と温かいご飯をご馳走するので
　　　あなたは一生を楽しく過ごすことができます

「月里桂花」(月の中の桂の花)

〔ここのみ12句構成になっているのは変則だが、ここから以後は本格的な歌の掛け合いになっているので、この最後の4句がその転換の役割を果たしているのであろう〕

〔6 女〕一生を楽しく過ごせると聞いて
　　もう少しで笑い出すところでした
　　そちらの男性はどこの人でしょう
　　声が漏れないように口を結びなさい！
　　私がどんな人物か、あなた言ってみてください
　　あなた、まじめに丁寧に質問してみてください
　　もしも私が悪口を言ったとしても
　　私の心が冷たいと思わないでください

〔7 男〕話しているだけなら
　　（私が）腹を立てて人に悪口を言う必要はありません
　　（それどころか）棒で何回か私を叩いても
　　我慢できるほど心が大きい
　　柴刈りに、高い山の頂上に着き
　　草刈りに、田の畦の下に着きました
　　あなたに悪口を言われても私は笑顔で答えるし
　　動揺せずに受け止めます

〔8 女〕笑ってしまうわ
　　鉄鍋のくせに英雄豪傑のふりをしている
　　だれかがあなたを見たら
　　足で蹴って、豚の尿の泡みたいにされてしまいますよ
　　花を採るには花の美しい名前を知っているべきだし
　　牡丹は孔雀の顔つきを知っているべきです
　　いったいあなたはどこの人なのでしょう？
　　名前はなんというのですか

〔9 男〕愛しい宝貝よ
　　私たちを隔てている道のりは少しです
　　あいだにはわずか一盆地の田しかなく
　　私たちが会うのにとても便利です
　　家の南の庭園には棕櫚の木があり
　　家の北には小川が長々と流れています
　　兄（私）の名は張月斎と言います
　　失礼しました、妹よ

〔10 女〕（あなたの）誠意に（私の）心が動いたので、口を開きます
　　私の名は李桂香です
　　　　〔 歌垣 II の「〔64 女〕私の名前は李桂香と言います」は、この〔10 女〕の歌詞に対応している〕
　　隔てている道のりはわずか一盆地の田というわけではなく
　　真ん中に広い盆地があるのです
　　家の南にはコノテガシワの木があり
　　家の後ろにはよく実った柿の木があります
　　門の外側には石の瓶を一つ置いてあるから
　　　　（原注：昔、宿駅の道沿いの家々はいつも門の外側に石の瓶を置いて水を入れておき、旅人は自分でそこから水を汲んで飲んだ）
　　妹（私）の家はすぐ見つかります

〔11 男〕妹（あなた）が李桂香だとは思いませんでしたが
　　その美しい名前は前から聞いていました
　　　　〔 歌垣 II の「〔65 男②〕その名前は前から聞いています」と対応している〕
　　夢の中でもいつもあなたを思っていたし
　　心にかかり、気にかかっていました
　　刀も心を動かして鞘の中で揺れ動き
　　お碗とお皿も心を動かして籠の中で互いにぶつかっています

「月里桂花」（月の中の桂の花）　173

〔 歌垣 Ⅱ の「〔65 男②〕刀は刀の鞘の中で動いています、茶碗も籠
　　の中で動いています」と対応している〕
　　きょう幸いにもあなたに会えましたので
　　縁が結ばれる望みが出てきました

〔12 女〕兄（あなた）は張月斎だったのですね
　　あなたが言わなかったら、私はわかりませんでした
　　一昨年兄（あなた）のことを聞きました
　　兵役に服して、気概のある人だということですね
　　きょうはどうして帰郷したのですか？
　　色町に足を運んではいけません
　　革命軍の兵士が花を採りに行ったら
　　三代前の祖先まで恥だと思いますよ

〔13 男〕ずいぶん何年ぶりかで
　　休暇を取って親戚訪問に来たのです
　　花のにおいに誘われて蜜蜂が飛んで来て
　　ちょっと遊びに来たのです
　　一対の蝶が空を飛び
　　水の中の金色の魚も一対ずつ楽しく泳いでいる
　　（私より地位の高いあなたと）結婚したいので話をしたいのですが
　　あなたがからりと態度を変えるのではないかと心配しています

〔14 女〕話をしたいが態度が変わるのを心配しているということですが
　　私は心から兄（あなた）にお勧めします
　　国の仕事を第一にすること
　　これが筋道というものです
　　アメリカ帝国主義の野望はまだ生きているし
　　蒋介石軍は滅びかかってもまだ危険な行為をしている
　　国が安定して平和になってから

また会っても遅くはありません

〔15 男〕金色の牡丹よ
　　妹（あなた）に会うと胸がどきどきしてきます
　　目の前を蜜蜂が一対になって飛ぶと
　　胸がますますどきどきします
　　心の中で鈴が揺れ動いているみたいで
　　ちりんちりんと心を刺します
　　どきどきした気持ちをどうしても静められず
　　ただ花のために走り回っているだけです

〔16 女〕兄（あなた）に細かいことを教えましょう
　　おなかが空いたら腰帯で腹をしっかり締めなさい
　　こういうことはゆっくり進むものなので
　　忙しくあわててはいけません
　　慈しみ合っている夫婦は長く一緒に暮らし
　　（その日数は）まるで木の葉みたいに数えきれません
　　台湾が中国に帰ってくる時まで待てば
　　愛は日増しに深くなります

〔17 男〕（あなたの言っていることは）道理に合っているようにみえて
　　からだを（勝手に）抜け出した口先だけの言葉です
　　待たねばならないとしてもいつまで待つのかと
　　だれだって疑います
　　妹（あなた）に会うのは難しいから
　　おなかの空いた男は生米でも気にしません
　　胡椒と豆蔲を一つの臼でついて
　　　　（原注：胡椒と豆蔲の味（を言い表わす語）はペー語で「親しい」（という意味の語）と同音なので、さらに親しくなるという意味）
　　あなたと珍しい味を味わいましょう

「月里桂花」（月の中の桂の花）

〔18 女〕（あなたは）お腹のなかで密かに笑っている
　　鸚鵡（おうむ）は口が奢って梨を食べたがる
　　山猿は粗暴な振る舞いをして木に登りたがり
　　口からよだれを垂らす
　　彼の心の中では確かに鈴が鳴っているようだし
　　彼は心が突き刺されて痛くてたまらないようだ
　　これからの日々は木の葉ほど多いのに
　　（実は）痴情に発しているものなので礼儀も気にしない

〔19 男〕よく熟れた桃は人を惹きつける
　　妹（あなた）に出会ったら心が我慢できなくなりました
　　熟れた果物は酸っぱいと言われるが
　　食べたくて待っていられません
　　金色の魚は水を見ると泳ぎたくなり
　　牛や馬は草を見ると口を開けて食べたくなる
　　きょう桃を食べられなければ
　　災いを祓うために魂（たま）送りをしなければなりません

〔20 女〕あなたに、口をきく許しを与えたせいで
　　どうしてもそのことを相談しなければならなくなりました
　　妹（私）は今まだ若いので
　　（あなたと）つり合わないのではないかと心配しています
　　本心をあなたに知らせますが
　　しばらくは実を結ばない愛に時間を費やします
　　兄（あなた）が除隊したら
　　ゆっくり相談しましょう

〔21 男〕村はずれに月の光がきらきら輝いている
　　妹（あなた）の話を信じたからには
　　祖国をしっかり防衛するために
　　直ちに兵営に戻ることにします

左手に鋤を一本しっかり握り
　　右手に銃を一丁しっかり握る
　　妹（あなた）にその時まで待ってくれる気があるなら
　　私への婚約のしるしの品をしまっておきなさい

〔22 女〕もう（あなたの）願いを許したのですから
　　このお下げ髪をあなたに切らせてあげます
　　　　（原注：むかし一人の咎めを受けた女性が、髪の毛を愛情のしるしにしたことに発する風習）
　　小さいお下げ髪をあなたのためにしまっておいて
　　人に見られないようにします
　　私は三十歳になってもあなたを待っている
　　四十歳になっても心変わりはしません
　　いつか新婚の部屋でまた会うときには
　　このお下げ髪は（私が逃げられない）しるしになります

〔23 男〕あなたの愛情は深いが
　　それでも少し心配しています
　　玉製のお碗を手に載せて
　　割れるのを心配しているようなものです
　　兄（私）は兵営に戻ったあと
　　自分のことは自分で決めます
　　どろどろの重湯を飲むのが心配で
　　あなたの心を迷わせてしまったのでしょうか

〔24 女〕どろどろの重湯のことが心配だそうですが
　　愚かな頭で愚かなことを考えてはいけません
　　心は菜種油よりも澄んでいるから
　　熱い心は変わりはしません
　　兄（あなた）が私と別れて兵営に戻ったあと
　　（私は）頭を下げ、目を挙げずに道を歩きます

「月里桂花」（月の中の桂の花）

一心に生産を挙げて
　　前線にいるあなたを支援します

〔25 男〕しばらくは心が痛むが
　　瞬く間に休暇がやってきます
　　二人は名残り惜しくて別れられないので
　　せめて二人の写真を撮っておくくらいのことしかできません
　　妹（あなた）が兄（私）を思うときは私も共にし
　　兄（私）が妹（あなた）を思うときはあなたの写真を見ます
　　手に餅と饅頭があれば
　　おなかが空く心配はなくなります

〔26 女〕おなかが空く心配はなくなるということですが
　　あす二人の写真を撮りに行きましょう
　　手を肩に置いて二人で座って撮れば
　　別れたあとの恋しさを慰めることができます
　　花の咲く庭園に入って写真を撮りましょう
　　牡丹も芍薬も咲き乱れています
　　二人は優しく恋し合っているが
　　惜しいことに言葉は交わしません

〔27 男〕花は木を離れ、枝は木の股から離れ
　　悲しさのあまり心には、血のかさぶたが凝固する
　　あなたに別れを告げて私はこれで帰りますが
　　私のことばかりを思っていてはいけません
　　心にかかり、気にかかるのも時の限りがあるし
　　郵便局に行けば電話をかけることができます
　　あるいは手紙を一通くれれば
　　花が花に会ったことになります

〔28 女〕手紙で心と心をつなぐことができるのは知っていますが

残念ながら文字が読めないのです
　　小さいときから田畑にはよく行きましたが
　　学校に入ったことがありません
　　やむなく急いで知識を得る勉強をするしかなく
　　手紙が書けませんと言って、別の人にお願いするのです
　　知識がなければ何事も難しくなるので
　　妹（私）の心は悲しみでいっぱいです

〔29 男〕妹のあなた
　　おなかが空いてからやっと米をつきに行き
　　喉が渇いてからやっと井戸を掘りに行こうと考えるのは
　　この際愚かなことです
　　大事なのは夜更けまででも勉強することで
　　やる気があればまだ間に合います
　　少なくとも手紙くらいは書けるよう
　　名前の書き方を勉強しなさい

〔30 女〕そのとおりです
　　注意されて目が覚めました
　　人間として文字がわからないと
　　目がつぶれたのと同じようなものです
　　昼間は一心に農作物を運び
　　夜は少し勉強します
　　勉強にはどんな本を買ったらいいでしょう？
　　兄よ、妹（私）を導いてください

〔31 男〕本を買うには県都まで行く必要はないし
　　お金を使う必要もありません
　　兄（私）がインクとペンをあなたに送ってあげるし
　　またノートも送ってあげます
　　文字練習用の紙も持っていきなさい

「月里桂花」（月の中の桂の花）　179

これは『文字練習教科書』です
　　大事なのは恥ずかしがらずに
　　人に会ったらよく聞くことです

〔32 女〕これから決心を固めます
　　文字がわからない人は目が見えないのと同じです
　　いま夜中だとしても遅いとは思わないし
　　明け方でもまだ元気に勉強します
　　小さいときから文字がわからなかったために
　　骨の髄まで悩んでいました
　　私は「十」という文字を蒸籠（せいろう）を架ける台だと思ってきたし
　　また二本の棒だと思ってきました

〔33 男〕月が出て明るくなり
　　妹（あなた）の話も明るい
　　顔はきれいでも文字がわからないと
　　目が見えないのと同じだし、また恥ずかしい
　　これからは機械化が進むので
　　知識がなければ担当できない
　　妹（あなた）がただ真面目に勉強すれば
　　必ず追いつけます

〔34 女〕愛情あふれる兄よ
　　栄養剤を買って飲ませてくれたみたいです
　　もしも二人が早く出会っていたら
　　私はもう字が書けるようになっていたでしょう
　　兄のあなたはこれから兵営に戻ります
　　いつ出発するか私に知らせてくださ。
　　妹（私）はいいおみやげを買ってあげたいし
　　（私の）心を兄（あなた）に贈りたい

〔35 男〕心のなかではもう計画を立てました
　　　たぶん明日か明後日になるでしょう
　　　妹（あなた）はそんなことをしてはいけません
　　　お金を無駄に使ってはいけません
　　　国はいま建設を進めているところだから
　　　一銭でも節約すべきです
　　　節約の道に沿って
　　　前へ進みましょう

〔36 女〕そのとおりです
　　　ではあなたに、花模様のハンカチを贈りましょう
　　　一碗の水でも渇きをいやすのですから
　　　わずかな贈り物だと不満に思わないでください
　　　一羽の雀を刺繡します
　　　また雀の供として牡丹も刺繡します
　　　私を懐かしく思ったら見てください
　　　ハンカチの柄は花模様です

〔37 男〕妹（あなた）が花模様のハンカチをくれるということなので
　　　ハンカチをもらったら、前線に行きます
　　　もしも兄（私）がもらわないと
　　　妹（あなた）の心を傷つけるでしょう
　　　妹（あなた）を思うときにそれを見るということは
　　　魚を食べても肉を食べたことになる〔ハンカチを見れば妹に会ったことになるという意味〕ようなものです
　　　それを枕元の傍らに掛けて
　　　目を楽しませることにします

〔38 女〕太陽が西の山の頂上に沈むと
　　　瞬く間にその影が見えなくなる
　　　兄（あなた）は軍隊に戻って国境を守り

「月里桂花」（月の中の桂の花）

妹（私）は兄（あなた）を送って行きます
　　　遠くても温泉の向こうまで送って行き
　　　近くてもダムの所まで送って行きます
　　　あなたと手に手を取って出発する
　　　その情景をたいせつにしましょう

〔39 男〕その情景をたいせつにすると聞いたので
　　　そんなに情(じょう)の深い妹（あなた）とは別れかねます
　　　（しかし）祖国を守るのが第一だということを
　　　心にしっかりとどめなければならない
　　　毎日会っていても何の意味もない
　　　何年ぶりかに会うほうが愛情はさらに深まります
　　　妹（あなた）よ、悲しまないでください
　　　大事なのは心を鬼にすることです

〔40 女〕憂えまた憂え
　　　二羽の雁は別々に飛んで行く
　　　一膳の箸は一本しか残らず
　　　山と川に隔てられて心悲しむ
　　　南の雁は南の山の頂上へ飛んで行き
　　　北の雁は北の村のはずれに残る
　　　南の雁は北の雁を顧みるが
　　　いつまた会えることか？

〔41 男〕いつまた会えることかと聞くと
　　　足を前へ運べなくなります
　　　金色の魚が海水と別れるような気持ちだし
　　　蜜蜂が花の溝を離れるような気持ちです
　　　振り返って妹（あなた）を見ると
　　　妹（あなた）はそこにじっと立っている
　　　心はうつろで胸がどきどきしていて

龍と馬が胸の中で踊っているみたいです
　　　　　（原注：龍と馬の舞、あるいは馬の舞、あるいは龍遊びの舞、馬跳ねの
　　　　　舞は、すべて旧正月の娯楽の演目）

〔42 女〕兄（あなた）が振り返って妹（私）を見ると
　　　心は刀で刺されたように痛い
　　　熱い手を互いに取ったあと
　　　独りぼっちで漂い揺れる
　　　からだから何かが落ちてしまったみたいで
　　　一歩歩いて一回見る
　　　兄よ、ゆっくり歩いてねと叫ぶ
　　　あなた、安心してね

〔43 男〕安心していいということだが
　　　それより兄（私）の希望をひとこと言います
　　　先頭に立って生産をよく挙げて
　　　模範になれるように頑張ってください
　　　昼間は生産に気を抜いてはいけない
　　　夜は勉強に遅れないように頑張りなさい
　　　栄光の賞状が手に入ったら
　　　持ってきて兄（私）に見せてください

〔44 女〕いいかげんにはしませんから
　　　兄（あなた）に妹（私）を導いてもらいたい
　　　生産を挙げるのに一生懸命働けば
　　　必ず何か実績が挙がるでしょう
　　　妹（私）も兄（あなた）に願いたいことがあります
　　　たとえ反動派の頭蓋骨であっても
　　　もしも妹（私）に持って来てくれれば
　　　妹（私）の玉（ぎょく）の壺にしたい
　　　　　（原注：「玉（ぎょく）の壺」は小便壺の雅称）

「月里桂花」（月の中の桂の花）

白族「海灯会」における歌掛けの持続の論理

岡部隆志

1 歌の掛け合いの持続の論理とは何か

　少数民族の歌垣において、主に男女によって交互に掛け合う形で行われる歌（以下歌掛けと呼ぶ）は、かなり長時間持続することが様々な資料によって窺うことができる。実際、白族の歌垣においても、歌掛けは数時間に及ぶことはざらであった。工藤隆が、現在、翻訳し活字化の作業をしている「石宝山」での歌垣の実例では、歌の掛け合いは4時間半に及ぶという。
　今回の調査においても、ジンポー族のおばあさんから、7日間歌を掛け合ったという話を聞いている（本調査記録 P 59）。
　歌の掛け合いが何故長時間に及ぶのか、あるいは、どうして長時間にわたる掛け合いが可能なのか、今回実際に調査した白族「海灯会」での歌垣の実例を通して、歌掛けの持続の論理を考察してみたい。むろん、この考察によって、歌掛けの持続の論理が全て明らかになるとは思わない。中国の少数民族の歌垣は、それぞれの少数民族によっても違うし、同じ少数民族の歌垣であっても、場所によって、あるいはその状況によって差異はあるであろう。したがって、今の段階では、様々な歌垣の具体的な実例を集め、その実例の分析を積み上げていくしかない。この分析もそういう積み重ねの一つとして理解していただきたい。このささやかな分析を通して、少しでも、中国少数民族の歌垣もしくはアジアにおける歌の文化そのものを解き明かす手がかりになればと思う。

　歌の掛け合いが何故持続するのか、ということを問題にする理由は、その持続そのものに、歌垣の本質があらわれるのではないか、と考えるからである。
　例えば、歌掛けは、男女の歌による問答によって展開する、というのが一般的な理解であろう。少数民族の歌垣の多くの調査報告書でも、勝ち負けを競うということは報告されており（本調査記録ではP58～61）、奄美大島の「島唄」の歌掛けでもやはり勝ち負けを競う。つまり、問答によって相手に勝つことを目的として歌を掛け合う、というのは、歌掛けの持つ一つの重要な論理といってもいいであろう。
　が、そう考えた場合、それは果たして歌掛けの持続の論理になるのであろうか。勝ち負けを競えば、当然勝ち負けの結果がでてしまい、その歌掛けはそこで

終息してしまうのではないか。これは、当然の疑問であろう。仮に、歌を掛け合う互いの実力が均衡している場合、勝ち負けのつかない状態が続くことがあり、それが持続の理由であるとも考えられるが、確かにそういうことはあるとしても、そのような拮抗の状態が一晩も続くなどということはとても考えられない。あるいは、双方が決着のつかないように手加減をしながら、その拮抗した状態を持続させるということも当然あり得よう。が、そうである場合、その場面では、持続そのものが歌掛けの主要な目的となってしまう。そういう展開は、おそらくは、その持続を互いに楽しむ遊びの要素が強いと見るべきだろう。

いずれにしろ、勝ち負けを競うことが目的意識化されれば、歌掛けの持続は、その目的に縛られる。当然、歌掛けは、そのような目的に縛られないところでも持続しているはずだ。

例えば、問答であっても、そこに結婚相手を捜すという個別的な課題が入り込んでいれば、その問答は、勝ち負けというゲーム性や、歌の掛け合いの持続を楽しむ遊びよりも、お互いの素性を知ろうとするような駆け引きに満ちた問答になるとも考えられる。あるいは、逆に、お互いの愛情を確かめ合い、盛り上げていくように、問答をしていくということも当然考えられる。むろん、問答といった掛け合い以外で、掛け合いを持続させていく論理もあるだろう。つまり、こう考えただけで、持続の論理は、一つの論理では説明できない、複雑なものであることが理解される。

この複雑さは、たぶんに歌垣というものの持つ複雑さを理解する手がかりになるのではないか。従って、その複雑な論理を少しでも照らし出すことが出来れば、歌垣文化というものの様相が少しはわかるのではないかと思うのである。

2 「歌路」について

最近、辰巳正明が「歌路」という概念を使って、中国少数民族の歌垣の論理を説明しようとしている。この「歌路」は、壮（チュアン）族の歌垣における、歌の決まった流れによる展開の論理を指す言葉なのであるが、辰巳は、それを、他の少数民族の歌垣ひいては、日本の歌垣にもあてはまる歌垣の普遍的な論理として用いようとしているのである（注1）。

それは、歌垣における歌の展開を、恋愛から結婚もしくは離別に至るプロセスに沿っていくつかの段階にわけ、その段階ごとに決まった歌い方があり、その決まった歌い方に沿って実際の歌掛けは進行していくということである。その決まった歌い方の展開を「歌路」というわけである。

この「歌路」については、内田るり子が早くに紹介している（注2）。それによれば、歌の流れは、1沿路歌（みちぞいうた）、2見面歌（であいのうた）、3情歌（こいうた）、4盤歌（といただしうた）5、搶歌・闘歌（うばいとるうた・たたかううた）、6初交歌（ちぎりそめのうた）、7離別歌・相送歌（わかれのうた・おくるうた）、という順序で歌の掛け合いは進行するという。まずグループ同士の出会いがあり、歌の掛け合いがつづき、やがて相思の関係が成立し、愛情を交わす歌が交わされ、そして別れには別れの歌が続くというように展開する。
　ただし、ここで紹介されている歌の展開では、まずグループ同士が相思のグループを見いだすプロセスと、個人が相思の相手を見いだし歌を掛け合うプロセスとが交じっている。集団同士の歌掛けが、集団同士の唱和という形なのか、集団の中の誰か一人と他の集団の誰か一人との歌掛けなのかはっきりしないのだが、たぶん、代表者一人による歌掛けと見てよいであろう。
　つまり、まずグループ同士で知り合うという歌の掛け合いがあり、相思の相手を見いだせば、一対一の歌の掛け合いになっていくということであろう。
　辰巳正明は、壯〔チュアン〕族に関する文献資料から、初会、探情、賛美、離別、相思、重逢、責備、熱恋、定情という一定の順序で歌路が進行していくことを紹介している（注1論文）。ただ辰巳は、この歌路は全行程を歌うと数日を要するとし、全行程が歌われるのは稀であり、たいていは途中で終わってしまうという。
　とすれば、内田るり子と辰巳正明の報告から見えてくる歌路とは、一時間や二時間で展開するような掛け合いではなく、一つの行程だけで数時間かかり、儀礼が次の儀礼に展開していくような具合に、次の歌の掛け合いの行程に進んでいくというようなものであろう。
　一定の道筋に従って歌掛けが進行していくこの歌路について、星野紘もトン族の「蓮花坪」と呼ばれる歌垣のまつりでやはり歌路と同じように一定の様式に沿って歌掛けが進行していくことを報告している（注3）。その報告によれば、蓮花坪の歌垣は三日間行われ、初日は出会って相手と知り合う段階で、二日目は歌でお互いの情を深め、三日目にアツアツのカップルが誕生するのだという。やはり、歌路の全行程は三日かかるということである。
　さて、この歌路という考え方は、歌掛けの持続の論理の説明にとってかなり有効だと思われる。というのも、歌路とは、歌の方向付けだからであり、歌路という共通理解があれば、男女は、次に何を歌えばいいか、あるいは相手の歌にどう返したらいいか、ということがおのずとわかるからである。歌の掛け合いは、当意即妙であるとしても、その流れの道筋に沿って言葉は繰り出されるのであるから、大きく見れば、一定の様式（歌い方のきまった方式）に従って歌っていると

いう見方ができる。

　辰巳は万葉の東歌も歌路という考え方で分析できると述べ、東歌を歌路のそれぞれの段階に沿って並べている（『万葉集東歌と歌垣の世界』飯能市万葉の歌碑を守る会発行　1999年4月）。そのようなことが可能なのは、万葉の恋愛歌は、個々の歌自体にはそれぞれ違いがあるのだとしても、大きくとらえれば、ほとんどが、恋愛のある段階、例えば、通う男や待つ女の心情、相思の愛情を交わしたり、通ってこない男を恨む歌と、そして朝の別れの歌、というようにだいたいパターン化されているからである。これまでは、そのような恋愛歌を、むしろ、古代の恋愛そのものが一定の様式のもとに行われる問題として理解されきたが、辰巳は、それをむしろ歌路に沿った歌い方であると考えるわけである。その是非はともかくとして、歌路という考え方は、万葉の恋愛歌に何故あれほど類似の歌が多いのか、という理解に一つの見方を与えたのは確かであろう。

　歌路に沿う歌は、その都度当意即妙に思いついたものであるにしても、一定の様式に従っているという意味では、パターン化されたものであり、だからこそ、歌掛けは持続するのだといえる。

　だが、そのことは、その歌掛けに勝ち負けを競うような歌の競い合いがないということではないはずだ。仮に、競い合いという要素が少なく、男女が歌路に沿ってただ歌うだけだとするなら、その歌掛けは、少しもスリリングではないし、歌掛けが本質的に持つ歌の興奮というものがなくなってしまう。例えば、芸能大会で、歌のうまい男女が観客の前で、歌を掛け合いながら、男女の愛の物語を演じるというのとほとんど変わりのないことになってしまうであろう。現に、白族の歌垣でも、芸能大会のような催しは必ずあり、そこでは「対歌」つまり歌掛けが演じられている。

　歌掛けの持続の論理には、ある意味では、男女の相思の関係をより強め、その歌のやりとりそのものをハイテンションに持っていくという要素もあるはずだ。例えば、奄美の島唄での「七月踊り」における歌の掛け合いについて、酒井正子は、歌のやり取りのテンポが段々と加速するに従って、その場が興奮状態になっていき、そのことが性的な意味を持ち始めると述べている（注4）。このような歌のエロス性が時々発揮されるからこそ、歌掛けは面白くスリリングなものになるのに違いない。だから、互いに歌のやり取りは持続するのだし持続させようとするのだともいえるのである。

　と考えるならば、やはり歌路という論理だけで歌掛けの持続の論理を説明することはできない。勝ち負けを競うような問答の要素もあるかもしれないし、ある

いは、一定の決まった歌い方にもとづいているのかもしれない。持続の論理が単純でないことだけは了解されよう。

　ただ、ここで歌路という概念をもう少し明確にしておきたいのだが、辰巳の言う歌路は、個々の場面の歌の掛け合いの持続を説明するような狭い範囲だけではなく、歌掛けの全行程が三日かかるとした場合、一日目なら一日目の歌の掛け合いが、全行程の中でどういう位置にあるのかを説明する広い意味においても用いられている。広い意味で用いられる場合、個々の場面で歌路を意識しない、あるいは歌路からはずれる展開があったとしても、一日目の歌の掛け合い全体が、最初の出会いというような役割を果たしていれば、歌路は貫かれていると見ることができる。従って、個々の場面で歌路が機能しているかどうかと問うても、貫かれているという答えしか成立しないだろう。言い換えれば、辰巳の言う歌路は歌垣で歌われる歌全体を整理し秩序づける概念として機能している面がある。が、ここで考えたいことは、全体の歌の構成から個々の歌を判断し位置づけることではなく、個々の歌い手が、個別的な場面で次ぎに何を歌ったらいいのか、そのような指標として機能している歌の方向付け、といったようなものである。

　その意味で、辰巳の考える歌路という概念を尊重するなら、歌路は二重の意味においてとらえられる必要がある。一つは、三日間なら三日間という長いスパンでの、歌のまつりの全体を一つのストーリーに構成する概念として。もう一つは、個々の歌の掛け合いを束縛しながら一定の歌い方のもとに、歌の掛け合いを促す作用として。ここでは、後者として、すなわち、個々の歌の掛け合いの場面において、歌をどのように構成し方向付けていくのか、といった指針を与えるもの、といった定義において用いようと思う。

　このように歌路をとらえた場合、個々の歌の展開の場面で、歌路から逸脱するかどうかということがより具体的に明らかになり、歌路の逸脱という言い方も可能になろう。（辰巳の言う歌路では、歌は何らかの歌路に整理されることになり、原則的に歌路からの逸脱という考え方が成立しないように思われる）

　歌のまつり全体を構成するような、あるいは、男女の出会いからその恋愛の成就や別れを一つのストーリーに当てはめてしまうような歌路が本当にあるのかどうかは、そのような歌掛けの現場を見たわけでもないのでここでは何ともいえない。いくつかの報告から、可能性としてあるとしかいえない。

　ただ、どんな歌の掛け合いにしても、個々の歌の掛け合いそれ自体にはある方向性があり、その方向性を取り出すことはできる。それは、その歌掛けの場の性格に深く関わるものであろうが、その歌掛けが男女の出会いの場であり、その恋

愛の成就を目的としているなら、基本的に、出会った男女が、愛情を深めていこうという目的を共通了解にして、歌を持続させていくということになろうか。ただし、それだけでは、次ぎに何を歌ったらいいのかということへの指標とはならない。たとえ、個別的な男女の現実の恋愛がそこに期待されていたとしても、恋愛は歌の上でまず展開されなければならないからだ。とすれば、そこには、歌の上でどう相手と対話すればいいのか、そういう歌い方の技術や伝統が一定の歌い方として必ずあるはずだ。そういう伝統や技術を含んだ一定の歌い方と、恋愛の成就という現実の期待を織り込みながら、次の歌を促していく作用、そういう作用を機能させる歌の路が、個々の歌の場面場面できっとあるに違いない。ここでは、歌路を、そういった個々の歌が生成するその場面で常にはたらいている一定の歌い方としてとらえてみたい。

　むろん、問題は、そのような個々の場面での指標が、果たして、辰巳の述べるような、「初会、探情、賛美、離別、相思、重逢、責備、熱恋、定情」といった、一定の歌の道筋にしたがうものなのかどうかなのだが、それについては、よくわからない。そうかも知れないし、そうでないかも知れない。ここで言えることは、恋愛の相手や結婚相手をさがす目的の歌掛けでは、恋愛の成就に向かって歌は歌われているに違いなく、そういう方向に向かうことは確かだということだけだ。個々の場面にあるに違いないある一定の歌い方が、果たして、辰巳の指摘するような決まったストーリーを最初から含んだものなのかどうかは、今の段階では、実際の歌掛けの現場を通して分析してみないとわからないことである。

　さて、歌の持続の論理は、この歌路という概念だけでもやはり説明できない。個々の歌の掛け合いには、競い合いといった、歌路を進行させるのではないお互いの興奮を高めていくような場合もあるであろうし、あるいは、勝敗を競って、その歌路そのものをストップさせてしまうような場合だってあるだろう。歌路は、歌の持続の論理ではあるが、やはり、それだけでは歌掛けの持続の説明はできない。そのことを確認しておく。

　奄美の島唄は、歌の勝ち負けを競う歌掛けで知られているが、小川学夫はそればかりではないことを報告している（注5）。それによれば、問答の形の他に、同傾向の事物を歌い継いでいく形、ある事件や物語を歌で継いでいく形、前に歌われた事柄に対する批評、または感想を歌う形、意味上無関係に前の歌詞の一部をとるか、形式を真似る形等のあることを伝えている。この指摘は重要であると思われる。少なくも、歌をやり取りすることは、勝敗を競う問答や、一定の様式に沿って歌う歌路だけではないということが知られるからである。

以上、歌掛けの持続の論理を論理的に追ってきたが、このように論じても、持続の論理はそう単純でないという結論に突き当たるだけである。
　実際に、茈碧湖の湖畔で取材した白族の歌垣では、歌掛けの持続の論理はどうだったのだろうか。歌掛けの持続の論理の具体的な場面に立ち会ってみたい。

3　白族「海灯会」において、茈碧湖の湖畔での歌垣

　白族のまつり「海灯会」会場から少しはずれた茈碧湖(ツーピー)の湖畔で演じられた歌垣（ 歌垣 Ⅱ 本調査記録Ｐ145～166）は、歌垣の持続の論理を考える上で参考になると思われる。というのは、その歌のやり取りが、真剣なものであると考えられることと、女達の一行が帰る途中であり、男の方がそれを引き留めようというシチュエーションの上に成り立った歌垣のせいか、短い時間にお互いの駆け引きが見られたこと、そして、最後に別れ（つまり不成立）の場面があり、そこでの歌のやりとりがほぼ解読できたこと、また、男の方の歌い手が途中で交代したことで、歌い合う同士がお互いをどのように認識しているかなどがわかったことなどがあげられようか。
　この歌垣については本調査記録に詳しく説明があるので、詳しくは繰り返さないが、概要を述べておけば、「海灯会」の二日目つまり祭りの最後の日の夕方、張氏が湖畔で歌の掛け合いがあることを知らせ、急いで駆けつけた。歌の掛け合いはすでに始まっていたので、最初の場面は記録できていない。五、六名の女性のグループと男二人が湖畔の道に少し距離をとってしゃがみ込み、女性グループの一人（22、3歳くらいか）と男とが歌を掛け合っていた。男二人は交替しながら歌を歌ったが、中心的なのは、最初に歌っていた若い男の方（30歳）であり、途中で喉を痛めたらしく、もう一人の男（40歳ぐらい）に交替してもらい、別れの近くになってまた歌い出した。途中で交替した男はどうも先に歌っていた男の知り合いらしいのだが、「海灯会」に一緒に来たのではなく、たまたまここを通りかかったらしい。馬を連れていたのがそのことを物語っている。
　女性グループは村に帰るところらしく、そのグループに男が歌いかけたということであるようだ。女の方は、歌の内容からすれば、ここにとどまって歌を歌いたいのだが、連れがあるのでそうもできないという様子である。
　最初に歌っていた若い男は既婚者であり（彼のことは遠藤耕太郎のアンケートで調査済み）、歌垣に歌の上での恋愛の相手を捜しに来たということであるようだ（むろん、実際の恋愛を目的に来ているということも考えられる）。女性が、結婚しているのかどうかはわからない。

施氏によると、歌垣にくる人たちには、以下のような三つのタイプがいるという（工藤隆「現地調査報告・中国雲南省剣川白族の歌垣（１）」『大東文化大学紀要第』第35号、1997.3)。
1 結婚相手をさがしにくる人
2 歌垣で歌を交わすのが目的の歌友達（あるいは歌恋人）に会いにくる人
3 自分の持ち歌や歌のワザを見物人に聞かせたくて来る人
　この湖畔での歌の掛け合いは、たぶんに１に近い２になろうか。男が既婚であることはわかっている。女の方が結婚しているのか独身なのかはわからない。ただ、女は愛人でもいいと歌っているので男が結婚しているのはわかっているようだ。むろん、歌の中では夫婦になろうと歌っている。この３つの分類にもう一つ付け加えるなら、必ずしも結婚に結びつくわけではない恋愛の相手をさがしに来る人、ということになろうか。このもう一つの分類にあてはまる可能性は十分にある。

4　歌路はあるのか

　この歌垣の具体的な内容であるが、取材を始めてから約一時間十分ほど歌の掛け合いが続いて、二人は別れた。内容は、他の歌垣と同じように、そこに劇的な展開が歌われているというようなものではない。われわれが取材を始めた時点では、すでに最初から、二人は相思相愛の関係を歌いはじめており、後は、男が一緒にこないかと誘い、女がそれを受け入れる様子を見せるのだが、なかなか話しはすすまないというように展開していく。途中、中年の男に歌い手が交替する。男は歌い手としてはすばらしいのだが、どうもこの歌の上での恋愛に積極的ではなく、むしろ、女の方が積極的に男を誘うという展開になる。男は、もう行かなくてはと切り出し、別れの場面になっていくところで、最初の男に交替し、男は積極的に女を引き留めるのだが、結局別れてしまう、というのが、だいたいの展開である。
　さて、問題は、一時間ほど続いたこの歌の掛け合いに歌路と呼べるような、一定の歌い方が認められるのかどうか、ということである。
　まず、この 歌垣 Ⅱ は、結局、男女が深い愛情を持つに至るというようにまでいかなかった、不首尾の歌掛けということになろう。最初の出会いからわれわれが取材を始めるまでたぶん、30分は経っていないと思われる。とすれば、全体で２時間は越えない歌の掛け合いである。
　歌路を辰巳の述べるような概念でとらえるなら、この歌掛けは、歌路の途中で

中断してしまった歌掛けということになろうか。最初の出会いのところですぐ終わったという解釈がなされそうだ。

　が、今まで、白族の歌垣を実際に調査したり、あるいは聞いた範囲では、白族の歌垣では、全行程が数日かかるような歌路というものはないようである。「石宝山」の歌垣や、この「海灯会」の歌垣でも、平均的な歌の掛け合いはせいぜい1〜2時間というところであろう。一晩歌い合ったという例もあるようだが、少なくとも、数日かけて、ある一定の様式に沿って歌掛けをしたということは今のところ聞いていない。

　白族の歌垣においても、実際は、数日かかるような歌の掛け合いがかつてあったとも考えられる。辰巳の言うように、全行程が演じられるのは稀であろうから、歌路の中の短い一場面だけがいつも演じられているのだとも言えないことはない。が、実際は、調べて見ないとわからないことだ。

　繰り返すが、ここで問題にしたいことは、数日もかかるような歌の道筋としての歌路の有無ではなく、出会いから別れまでの一時間半程度の歌掛けの中に、歌路と呼んでもいいような歌の道筋があるかどうかである。この短い歌掛けが、大きな意味での歌路の一部なのか、そうでないのかは、現段階では判断できないので、そこのところの判断は留保しておきたい。

　歌の内容の展開を具体的に分析してみよう。最初の出会いでどのように歌い合ったのかは、本調査記録の 歌垣 I から推測できる。まず、歌の交換を呼びかける。たぶんに、お互い、歌をうまく継いでいける相手なのかどうかを探る、ということでもあるようだ。

　それから、かなり早い段階で、歌の上で相思相愛の関係を作ってしまう。 歌垣 I でも歌い出した時点ですでに相手への熱烈なラブコールになっている。 歌垣 II では取材した時点ですでにそういう状態だったが、これは、かなり時間が経ったからではなく、かなり早い段階であると言ってもいい（歌の番号1男①〜5男①）。これを、実際に最初から深い関係になるととる必要はない。あくまで、歌の上でそういうようにふるまうのだと言うことであろう。あるいは、歌垣の中では、とりあえず相思相愛という理想的な関係を先に作り上げてしまうルールがあるとも考えられる。むろん、現実はそうでないから、歌の掛け合いのなかでそのような理想的な関係が持続するのかどうか絶えず試されるのだと思われる。あるいは、これが、歌の上での挨拶なのだととってもおかしくはない。相手への情愛を早くから表明することは、相手を誉めることであり、信頼を現すことであるから、これが挨拶なのだとも言えようか（注6）。

以下、二人が相思相愛であることを強調するようなやりとりが時々展開される。そういう場合、二人の歌の掛け合いが、問答のようなものではなく、二人がいかに理想のカップルであるか強調するように互いに歌を掛け合うことに注意したい（17男①〜24女）。
　それから、相手の年齢をたずねる（15男①）。最初に知り合ってまず相手の名前や年齢を聞くのは当然である。これを歌路というなら、ごく自然な歌路ということになろうか。
　実質的に歌の掛け合いを持続させている内容は、実は、「一緒に帰らないか」（7男①・13男①・37男①・41男①・49男①）、という男の誘いに対して女が応じながら、巧みにはぐらかしていくところにある。
　この、「一緒に帰らないか」という誘いは、歌垣Ⅰにもある。歌垣Ⅰでは女の方が男に「二人でどこかに食事に行きましょうか」と誘っている。いずれも、積極的な方が誘うという展開になっている。前出の工藤隆「現地調査報告・中国雲南省剣川白族の歌垣（１）」の「石宝山」での歌垣【A】でも、女の方が積極的で、やはり、女の方が男に「私と一緒に南登（女の住む村がある）に帰りましょう」と呼びかけている（注7）。
　この湖畔の歌垣Ⅱでは、男の歌い手が途中で交替するが、今度は女の方が積極的になり、女が「あなた、私と一緒に来てください」（89女）と歌う。
　別れの場面では、馬を連れた中年の男が別れを切り出し（69男①）、女がそれを受け入れる（74女）と、今度は別れたくないと切り出す（75男①）。心情が揺れ動く様を歌っているのかもしれないが、駆け引きともとれる。最後の、男①と女の別れの場面では、実際に二人の距離は次第に離れつつあるのに、二人の歌はテンションを高め、お互いに別れたくないと歌い出し、女の方は、自分の家に来ないかとまで歌う（93女）。つまり、実際の行程と歌とが逆なのである。
　さて、ざっと展開を見たところでは、歌路は、あると言ってもいいように思われる。

　　歌を歌い合おうという意思の確認
　　お互いが相手に愛情を抱いていることを強調
　　二人が理想のカップルであることを強調
　　相手の年齢、名前、住所をたずねる
　　積極的な方が自分の家に一緒にこないかと誘う
　　相手はその誘いに応じながら巧みにその誘いを回避していく
　　別れを切り出す

別れたくないと互いに確認しながら別れていく

　とりあえず、以上のように展開を整理してみた。これ全部が歌路であると言い切る自信はないが、少なくとも、歌の上でまず相思相愛の関係を作り上げ（一種の挨拶ととってもいい）、相手の名前や、住所を聞き出し、そして、一緒に来ないかと誘う、というように展開している。これは、「石宝山」の歌垣における工藤報告書（前出）でも確認できることであるから、一定の歌い方であると判断できる。ある一定の歌い方に従うように歌の掛け合いを促す作用、というここでの歌路の定義からすれば、展開に一定の歌い方が認められる以上、この茈碧湖での歌掛けは歌路に従っていると言えるだろう。ただ、この湖畔での二人は実際には別れてしまう。この別れは、あらかじめ決められた展開ではなく、深く結ばれるはずの歌の道筋が途中で切れてしまった、つまり成就しなかったと考えるべきか。従って、この別れの場面は歌路ではないとも言えるが、恋愛には別れはつきもので、別れが生じた場合このように歌うという一定の歌い方が見いだせれば、やはり歌路と言える。が、現在までの調査では、このような別れの場面には出会っていない。従って、今のところ、恋愛が不首尾に終わる別れの場面での一定の歌い方を見いだすことはできていない。

　さて、この茈碧湖の歌掛けにおいて、個々の歌の掛け合いに見られる一定の歌い方は、それほど壮大な歌のストーリーが含まれているとは思われない。ただ、男女が知り合って、嫌いな相手ではないことを確認し、お互いの素性を確かめ合っていく、というプロセス以上のものが見いだせない。どうやらここでの歌路は、基本的に二人の恋愛の進展（行き着く先は結婚か愛人関係なのだろう）を促すものでしかないようだ。この湖畔での歌の掛け合いでは、早くから相思相愛の関係が歌の上で作られるのだから、当然、その恋愛を押し進めるはたらきとして歌路は機能している。

　従って、歌路をより積極的に進めようとするのは、歌のやりとりにおいて、恋愛に積極的な方であるということができる。「一緒にこないか」と歌うのが、この歌掛けに積極的な方であるのはそのためであろう。むろん、時に二人して歌路を進めていくように展開する掛け合いも見られる。

　そのような展開を見ていると、このまま二人は、すぐに歌を掛け合う理由などなくなって、そのままどこかへ行ってしまうのではないかと思わせるほどだ。だが、実際は違う。歌路はすんなりと進んではいかないのだ。この進んではいかないというところがどうやら、持続の論理として重要であると思われる。

5　駆け引きの論理

　ここでの歌路を、歌の上での恋愛をより強固なものにしていくように、歌を方向付けていく作用と理解したが、しかし、実際の場面では、歌はその作用に常に従うわけではない。
　例えば、相手の住所や名前を聞くという歌がある。ところが、実際は、最初から本当の住所や名前を教えない。このことは、本調査記録でも施氏が解説している（P 127, 8）。例えば、歌番号〔15 男①〕では、男は女に年齢を聞くが「私をだまさないでください」とつけ加える。また、途中歌を交替した中年の男②も女に村の名前を聞くが「嘘の村の名前を教えるのは良くないことです」と歌っている（63 男②）。「石宝山」の歌垣の工藤報告書（前出）にも同じように、「あなたは本当の住所を話すべきです」という歌がある（注7）。確かに、最初から本当の住所や名前を教えないのは理解できる。
　が、問題は、そのことをこのように最初から言葉にしてしまうことだ。むろん、このような疑いの言葉は、恋愛を進行させようとする歌路にとって折り込み済みのことだとしても、歌の流れに、ある緊張を与えるのは確かであろう。言い換えれば、これは相手を試す一種の問いかけになり得る。当然相手は、その疑いに正直には答えない。答えないからこそ、駆け引きという緊張をかかえて歌の掛け合いはテンションを高め、それによって持続するのだと言えよう。（例えば 63 男②・64 女、92 男①・93 女）
　疑いの言葉を含めて歌路なのだというよりは、歌路は、そのような抵抗にあうものなのだと理解した方がいいだろう。出会ったら、まず相手の名前と住所を聞く。そういう一定の歌い方がある。とりあえずそれは恋愛を進展させる重要なプロセスである。が、実際は抵抗にあう（本当のことをなかなか言わない）。歌路はスムーズには進展しないのだ。

　歌の勝敗を決めるような問答というものは、この歌垣では見受けられなかった。実際はあったのかも知れないが、見つけることはできなかった。施氏は「歌垣の勝負は、言葉がなくなった方が負け」と言っている（P 281）。また、橋後(チャオホウ)での聞き書きでも、村人は「言葉を返せなくなったら負け」と言っていた（P 294）。このような勝ち負けの決まる場面は、本当は随所にあるのかも知れない。しかし、それを見いだすことはできない。ただ、長い時間、相手に合わせて言葉を繰り出すということはとても大変なことだろう。相当な歌の技術がいる。従って、いつでも言葉が出なくなる可能性はある。その意味では、この歌の掛け

合いの全体が常に勝ち負けを決する機会になっていると言えないことはない。

　ただ、歌のやりとりの中で、相手を試すような展開になっているところは随所に見られた。そういう場面は、翻訳された言葉を読んでいても少し緊張する。

　例えば、〔25男①〕で、男が、一緒に家に行って暮らそうと誘う。それに対して、女は、腰帯がない、お金がないとやんわりと断る。これは、答えであると同時に、さあどうすると、男を試している言い方でもあろう。つまり、男の誘いに応えながら、男に難題をつきつける。それに今度は男が「着るものも、食べものも全部買ってあげます」と切り抜けていく（27男①）。〔37男①〕でも、男は一緒に帰ろうと誘う。女は手を取ってくれるなら一緒に行くと答える（38女）。おそらく、手を取るということは男にとって簡単にはできないことなのだろう。男の誘いを受けながら難題を突きつけるという展開である。それに対して、男は、今度は、「あなたの手を取って帰ったら、あなたの夫に会うのじゃありませんか？」と応ずる。男の側の切り返しである（39男①）。それに対して、女は、一緒に行ってもいいが私には女友達がいる、とまた難題をつきつける（40女）。それに対して、男は女友達も誘って一緒に帰りましょう、と切り抜けていく（41男①）。それに対して、女はあなたはたくさんの人を招待できますかとまた切り返せば（42女）、男は去年は豊作だったから家には食べ物はたくさんある、と答える（43男①）。

　この応酬はなかなか見事である。男の、一緒にこないかという誘いを、女は巧みにはぐらかし、はぐらかすたびに男に難題をつきつけ、男は、それを切り抜けながら、再び一緒にこないかと誘い続けるのである。この歌垣の持続の論理が一番に現れているところと見ていいのではないか。

　このやりとりは、歌路を進行させようとする男と、それに抗する女の側との駆け引きと言ってもいいだろう。むろん、だから女は、男に靡いていないのだと言うことはできない。むしろ、女は歌路に抗していると考えるべきか。ここでの問答は、歌路の不首尾なのではなくて、真剣な歌の競い合いなのだ。この競い合いは歌路を停滞させる。が、停滞させることで、掛け合いのエネルギーが生まれていると考えられないか。停滞によって生じるこのエネルギーが同時に持続を促すエネルギーになるのだ。歌路を簡単に進行させないことが、逆に、歌掛けの持続の論理になっているのである。

　歌路は進んだり停滞したりする。歌路の流れを作り出すような歌掛けと、歌路の流れに抗するような歌掛けが混じり合いながら、歌掛けは持続しているのだと考えられる。

次に、別れの場面であるが、この別れの場面の歌掛けも、別れというストーリーに逆らうように進行していることに注目すべきだろう。

すでに述べたように、途中交替の中年男は、別れたいと切り出したのに、女がそれを受け入れると、今度は別れたくはないと言い出す（69男②〜75男②）。別れを切り出しても、その別れを決定的にするような歌い方をしてはいけないというルールがあるのか、それとも、男が自分で別れを切り出したのにそれを翻しただけなのか、未練を歌うことがこの場合の女への愛情表現なのか、いろいろなことが考えられる。

中年男から再び最初の男に交替する。が、すでに、場は別れのモードに入っていて、女は連れに促されて次第に距離を開きながら、男に歌を歌いかける。男の方も、追っていくことはせず、女の姿がよく見える位置に歩み、その場で声を振り絞って歌う。この掛け合いがまたおもしろい。というのは、男と女とは決定的に距離が離れもう別れは確実なのに、女はここぞとばかりに、「私は狂うほどにあなたを思っています」（79女）とか、私と一緒に自分の家に行こう、あなたの世話をしてあげる（93女）と歌うのである。実は、女は別れの場面でもっとも情熱的な歌を歌っているのである。別れに際して、本当の気持ちを現したとはとりにくい。おそらくは、再び男と一緒に歌うことはもうないからこそ、あるいは、男が自分の誘いに乗らないことがわかっているからこそこのような歌い方をしていると考えるべきだ。別の考え方をすれば、女は、別れというストーリーの進行に逆らう歌い方をしているのだとも言える。つまり、あたかも別れに逆らうような歌い方をすることは、それだけ相手に心惹かれたことの表明であるから、歌の上で相手を誉めていることにもなり、ある意味では、別れにおける一種の挨拶のようなものだという理解もできようか。

この別れの場面の歌掛けが歌路というようなものにもとづくものなのかどうかはわからない。確かなのは、熱烈な愛情表現が、実際は別れの表現であり得る実例がここにあるということである。むしろ、このことを確認する方が重要かもしれない。

6　おわりに

歌掛けの早い段階に、相思相愛の関係を作り上げてしまうのは、歌を歌い合うという関係自体が理想の恋愛を演じていくことだという了解があるからであろう。むろん、このような関係に入る前には、少なくともこの相手と恋愛関係に入ってもかまわないという現実的な判断がはたらいているはずだ。それは、相手の

歌を聴いたり、あるいは、一目での判断であろうが、とりあえず、お互い相手を気に入ったという了解のもとに歌の掛け合いは始まる（むろん、途中で、相手が嫌いになったりしたら掛け合いは当然うち切られる）。

　そこで、重要なのは、歌の上での恋愛は、両者の、実際の恋愛を意味するものではないということだ。が、それは全くの無関係でもないだろう。歌の上での恋愛は、実は、第三者に公開されているものである。従って、どんなに熱烈であっても、それは、たぶんに第三者に楽しまれているという性格を持つ。だから、それは遊びの要素、演技の要素を多分に含む。ただし、だから、全部演技とも言えない。うまくいけば相手と結ばれたいという相互の思惑も、その歌の掛け合いの中には織り込まれているはずなのだ。いずれにしろ、歌の上での恋愛は、個々の、歌の上だけではない現実の恋愛に先行して進展していく。このことをまず確認するならば、一定の歌い方のもとでの歌の上での恋愛を先行させていくはたらきを歌路としてとらえられるのである。

　ただし、その歌の上での恋愛（歌路に従う恋愛）はそのままスムーズに進行するわけではない。その進行に抗する動きを絶えず抱え込んでいる。だからこそ、歌の掛け合いは持続する。

　その歌路の、停滞を抱え込んだ進行具合を、とりあえずは確認できたのではないか。

〈注〉

1　辰巳正明「かけおちの歌―中国広西・雲南地区少数民族の歌唱文化」『創造のアジア1号』（勉誠出版、1998.11）

　　例えばチワン（壮）族について見ると、

　　　壮族の歌には一定の方式がある。民間ではこれを《歌路》と呼んでいる。歌路は分類して、初会、探情、賛美、離別、相思、重逢、責備、熱恋、定情などとなる。ただし、毎回の対唱において歌の全行程を歌い切ることは一定しない〔この「一定しない」という訳は中国語「不一定（プーイーディン）」の訳で、「必ずしも～とはかぎらない」の意であろう――工藤〕。対唱にあって迂回をすることが多いのは、時間の関係であったり、早々に男女が別れてしまったり、上手く興に乗れず投げ出してしまったりするからである。時間に余裕があって、男女が意気投合するのは極めて少なく、最初の対歌においてはなかなか困難であり、生死不離の熱恋と定情の段階へは二人の相当な理解がなければならない。（『中国歌謡集成　広西巻上』「壮族」中国社会科

学出版社)
という。ここに極めて重要なことが指摘されている。すなわち、恋愛は一定の方式のもとに進行するということであり、その方式とは、恋愛が初めての出会いから相手の心の内を探り、気に入れば相手を褒め、問題が生じれば離別を持ち出し、次第にお互いの事情が理解されると相手を思い始め、互いに逢うことの出来た喜びを歌い、しかし、また相手に愛する人がいるのではないかと疑い、その疑いも晴れると熱烈な内容の心を歌い、そして、ついに結婚の約束に至りつくというのがそれである。恋愛は、この《歌路》に沿って進行し展開するということなのである。

　これがチワン族における恋愛の全過程であるというのであり、これを踏まえながら恋愛は初めて成立するということになる。ただ、この全過程が行われるのは稀であるともいう。その理由は、一つには時間がかかり過ぎるという問題があるというように、全過程を進行するのに数日必要とするのであろう。歌会はそれぞれの民族で日程に異なりはあるが、三日程度が標準で一週間前後のものも見られる（高占祥主編『中国民族節日大全』知識出版社）。

2　内田るり子「照葉樹林文化圏における歌垣と歌掛け」『文学』(1984.12) より
　　壮族は歌垣をブポと云う。歌垣では男女がそれぞれ別の数人の歌唱グループをつくり混合することなく歌掛けを行う。プロセスは次の如くである。（以下の引用は一部略したところがある―岡部）
1、沿路歌（みちぞいうた）
　三三五五着飾った青年男女が歌垣の場に集まって来る時の即興歌。情景につれて思いを歌い、比喩を用いて心を歌う。
2、見面歌（であいのうた）
　ねり歩きつつふさわしい相手のグループを見つけて歌う。謙遜に相手の来意をさぐる。
3、情歌（こいうた）
　求めるグループであるとみると、男から女に情歌を歌う。幾グループもの男性が一グループの女性に対して情歌を歌うがこの時各グループの持つ脚韻は異なる。女のグループは即座には答えを出さず、歌いながら聴いてふさわしい相手に同じ脚韻で答えを出す。
4、盤歌（といただしうた）
　女の方がどの脚韻をふんだかで求めるグループがどれであるかわかる。はずれた男性のグループは退き、相思の男女のグループは同じ脚韻で「盤歌」を歌

う。このような相思のグループが即興的に熱烈に恋歌を歌掛けする時はいつも多くの聴衆が耳をそばだてて歌を頌する。

5、搶歌・闘歌（うばいとるうた・たたかううた）

歌掛けの途中で他の男性グループが相思の男女のグループに対し別の脚韻で「搶歌」を歌いかける。女性グループがもしその方に心を動かされるとその脚韻をふむように自分達の歌を変えてしまいこの新しいグループと歌掛けを行う。すると敗者はまた新しい脚韻でこの女性グループをうばいかえす。このようにして何時間も「闘歌」がつづき歌合戦は白熱する。

6、初交歌（ちぎりそめのうた）

この闘歌が続いているうちに、男女のグループの中から互に見染めあうものが出来ると二人は歌合戦の場を離れ、人目につかない所で初交歌を歌掛けして思慕の情を吐露する。

7、深交歌（ふかいちぎりのうた）

二人がすっかり意気投合すると、夜明けまで深交歌を歌掛けして誓いのしるしに「信物」を交わす。男はタオル、菓子、女は赤い卵や布靴などを贈り、二人は「定情」する。その後、しばしば逢瀬をもって、愛情を育て、両親の同意もえて「定婚」する。

8、離別歌・相送歌（わかれのうた・おくるうた）

歌垣の集いが終わり解散の時になると歌合戦の人達は次の祭の日の再会を約し、うしろ髪をひかれる思いで離別歌・相送歌を歌う。

壮族の他に歌垣を行う中国の少数民族達にも右記に準じたプロセスがあり、母語でこれを分類している。1～5及び8は「集団の歌掛け」6、7は「個人の歌掛け」である。

3　星野紘『歌垣と反閇の民族誌』（創樹社、1996、P 39）より

旧暦7月20日にあたる8月17日、湖南省との省境いにある天柱県渡馬という所の趕歌会（一種の歌垣のまつり。ここでは蓮花坪と称しており、トン族の人々が多く集まっていた）を参観した時は筑波山などの歌垣はかくやと思うばかりの光景であった。山の上の道路から見下ろすと下方に多数の人々が群れており（昔は山頂で行っていたのを近年山麓で行う形に変更したとのこと）耳を澄ましてみると蚊がうなっているような歌声が聞こえてきた。あちらでもこちらでも歌っているのだ。

（略）

録音機のマイクを差し出すと、最初は恥ずかしがっていたものの段々と積極

的に協力してくれることが多くなった。

　これには次のことが考えられる。一つには周囲でも皆同じように歌を掛け合っているようにこれが習慣になっているからなんともないということと、もう一つは、情歌のやりとりには、初めて会った時の歌（初識歌）から、情が深まってきた時のもの（成双歌）までそれぞれ段階があって、私達が接したものはごく初期の段階のもので、多少遊戯性をもったものではなかったかと思う。ちなみに、気の合ったもの同志のカップルが誕生すると、二人だけで密会し綿々と情愛のこめられた歌が交換されるとのことである。本当に切迫した気持ちの二人の交流からは歌が消えてしまい、対話になるのだと説明してある。（『節日風情與伝説』貴州人民出版社）

　この蓮花坪の三日間の行事のうち一日目は男女互いに相手を知り合う程度のところまで進み、二日目は最初の日に約束した時間、場所で互いに歌を掛け合うといい、三日目にはアツアツのカップルが誕生し、そのような相手の見つからなかった連中はただ指を啣えて眺めるだけの日だという。

4　酒井正子『奄美歌掛けのディアローグ』（第一書房1996、P 30）
　歌の途中でも相手はかまわず入ってくる。しばらくはお互いゆずらず、男女の声が重なり合って緊迫する。よく通る地声の発声は透明でつやがあり、テンポの加速が競り合いにはずみをつける。まるで集団で恋のさやあてをしているような生々しさと迫力。気の合った者同士そのまま恋愛に陥ることも恐らくはあったのではないか。相手が歌っている内に次の歌を思いつかなければならない。限られた歌詞の中から選ぶとはいえ、相手がいつ、どこでどんな歌詞で入ってくるか予測できないスリルが優れた即興効果をもたらし、音楽を面白くしているのである。

(略)

　ところでテンポの加速と結びついて徳之島全域でよく歌われる歌詞に、次のようなものがある。
　　○早らせらせ早らせ、ななりちょむ早らせ/大道端やむな、ななり早らせ
　　　　　　フェ　　　　　　フェ　　　　　フェ　　ふみちばた　　　　　　　　　フェ
　これはテンポを速めていくきっかけとなる歌詞であるが、また、男女関係（セックス）のことらしいことも聞いた。―略―こうしてテンポの加速とセックスは隠喩的に結び付いている。かつては踊りの輪から好きな娘を担ぎ出しても許されたと聞く。

5　小川学夫『歌謡（うた）の民俗　奄美の歌掛け』（雄山閣、1989、P 176）

奄美大島の「あさばな節」での歌掛けと、沖永良部の恋の掛け合いの例を見てきたが、ここで、歌掛けにおける歌詞の継ぎ方の原則を整理しておくこととしよう。
　今まであげた例は、ほとんどが甲が歌えば乙がそれに返事するという、いわゆる「問答の形」を取るものであったが、そのほかにも、
・同傾向の事物を歌い継いでいく形
・ある事件や物語を歌で継いでいく形
・前に歌われた事柄に対する批評、または感想を歌う形
・意味上無関係に前の歌詞の一部をとるか、形式を真似る形
等がある。このことは、「遊び歌」に限らず、総ての歌掛けに用いられるテクニックであるが、それぞれの実例をあげておきたい。

6　歌掛けの初めの部分が、相思相愛でかなりハイテンションで歌われることに対して、それは「挨拶」ではないかと、少数民族文化研究会の第1回公開研究発表会（1999年5月8日、共立女子短期大学にて）での発表の後に小島美子氏から指摘して頂いたことを記しておきたい。

7　工藤隆「現地調査報告・中国雲南省剣川白族の歌垣（1）」『大東文化大学紀要』第35号、1997.3）の歌垣【A】より（傍線は岡部、数字は歌番号）
　〔30男〕　聞けば聞くほど妹（あなた）の愛情の深さを感じます。
　　　　　妹（あなた）の家はどこの村にあるのですか？
　　　　　恋しい妹（あなた）の家はどこにあるのですか？
　　　　　私に一言答えてください。
　　　　　あなたは本当の住所を話すべきです。
　　　　　あなたの兄（私）は新北村に住んでいます。
　　　　　私たち二人が住所をはっきりと覚えていれば、
　　　　　恋人を訪ねるのが楽になります。
　〔31女〕　兄（あなた）は、私がどこの村にいるのか聞くのですね。
　　　　　答えがはっきり出れば、ついて行きます。
　　　　　妹の私の家族は南登に住んでいます。
　　　　　遠くはありません、この近くです。
　　　　　南山を回って西へ行きます。
　　　　　話がついたら私と一緒に南登に帰りましょう。
　　　　　私は本当のことをあなたに打ち明けました。

あなたはしっかりと覚えていなければなりません。

《付記》
　本稿は、1999年5月に行われた少数民族文化研究会による第一回公開研究発表会での発表を基にしたものである。従って、同年9月のペー族の歌垣に関する調査を踏まえてはいない。同年9月の調査で、本稿で分析した歌掛けの内容、特に女と男②との掛け合いが、ペー族の間でよく知られている歌曲「月里桂花」を踏まえていることがわかった。本来なら、このことを踏まえてさらに分析するべきなのだが、本稿の趣旨を大きく変えるものではないと判断し、本稿ではその分析は割愛した。歌曲を踏まえている問題については別の機会に論じたいと考えている。

海灯会［茈碧湖歌会］に関する報告と考察
ハイドンホイ　ツービー

遠藤　耕太郎

1　海灯会［茈碧湖歌会］の様子

9月12日（農暦7月22日）

　12：30ころ、先に、歌会の行われる龍王廟に向かった工藤・岡部一行を追って、九気台賓館を出発する。茈碧湖岸の船着き場から小船に乗って茈碧湖を15分程かけてわたり、歌会の行われる龍王廟へ到着し、船着き場で入場料を支払う。龍王廟には既に多くの人々が集まっていたが、そのほとんどは中老年の婦人であった。今日は龍王廟の祭祀日にあたり、彼女らは3つある祀堂・廟それぞれに線香をたいて拝んだり、また境内の一角に設けられたステージで行われる民族舞踊芸能大会を見たりしている。（この龍王廟祭祀を主目的として集まっていた中老年の婦人のほとんどは、18：00ころ帰りはじめた。そのほとんどが船を利用した。）舞踊芸能大会の一段落した合間などには、三弦を持った老人が自らそれを弾きつつ、老婦人の団体に近寄り、歌を掛け合っているが、長く続くものはなかった。

　最も上にある祀堂は、丘の頂上の見晴らしのよい場所にある。その祀堂へ向けて少数の中年の男女それぞれのグループが登っていく。道の両側には鉄線が張られ、中に入れないようになっている。ただの雑木林なのだが、おそらく現在中国政府は自然環境保護の宣伝活動を行っており（99年5月から雲南省の省都昆明で行われた世界万国園芸博覧会のテーマも環境保護であった）、その影響なのかもしれない。あるいは、歌会の健全化（97年の石宝山の歌会の調査の際に聞いた話では、石宝山歌会で夜に泊り込む若者たちに対して、健全化の行政指導が行われているとのことだ）をも目的とした行政指導があるのでは、とも思うが不明である。

　その祀堂へは途中まではわりあいなだらかな林のある斜面が続き、途中から急峻な岩場となる。そのなだらかな斜面の一角で、中年の男女5人が歌を掛け合っていたが、周りに観客はついていなかった。今回の調査には、歌会に集う人々がどこから来ているのか、未婚者か既婚者かなどという歌会の社会的背景を個別に聞き取るという目的があったので、彼らの歌が一旦とまった時に聞き取りを行った。5人のうち、2人の男性と2人の女性が歌を掛け合っており、一人の男性はそれを聞いているという構図である。男性3人は共に官営村（茈碧湖のほとり

に位置する）在住であり、歌を歌っていた二人は47歳と39歳、見ていた一人は46歳である。共に既婚者であるが、聞き取り調査によれば、同村人と結婚したが、それは歌会（歌の掛け合い）を経て結婚したのではないという。一方女性は、共に新龍村（莇碧郷の北に位置する三営郷に属するが、ほぼ二郷の境界にあり、莇碧湖の北10km程度に位置する）在住で、41歳と30歳である。こちらも共に既婚者であり、歌会を経てではなく、同村人と結婚している。聞き取り調査を終え、再度歌の掛け合いが始まることを期待したのだが、彼らはそそくさとその場を離れて降りていってしまった。工藤隆「現地調査報告・中国雲南省剣川白族の歌垣（１）」（『大東文化大学紀要』第35号1997.3)の歌垣【A】9〜12句、30・31句にもよく現れているが、掛け合いの大きな主題の一つに、相手の名前や居所を尋ねるというものがあり、互いになかなか本当のことを言わず、それが歌の掛け合いを続けさせる要因ともなっている。だから相手の名や居所を尋ねることが求婚になり得、本当のことを言うことは虚構の恋愛の中での結婚の受入という意味をもつ。

　また、同様に、相手が既婚者か否かを互いに尋ねるというのも、様式である（前掲工藤報告書・歌垣【A】47・48句）。ところが、今回の場合、その大きな主題（多くの歌詞を即興で創作させ、歌の掛け合いを続けさせる主要因）を、わたしが調査という形で端的に聞いてしまったため、歌は続けられなくなった可能性もある。聞き取り調査もタイミングが難しい。

　次に、彼らが他村の者同士であったことについてしばらく考察しておきたい。彼らは実際には同村内で結婚している。ただし、この点は聞き方にも問題があったと思われ、また戸籍調査を行っていないため、確かなことはわからない。施氏によれば、同村内で結婚する割合は20％程度とのことであった。

　では、歌会において同村の者同士で歌の掛け合いをするのかどうか。今回、実際歌を掛け合っていた男女で、同村のものはいなかった。これは既に述べたような歌を成り立たせる要因、つまり相手の名・居所・結婚の有無などを、同村人は当然知っているのだから、様式に則った歌の掛け合いにはならないだろうとの推測が成り立つ。

　この点について、翌日（9月13日）の午前中、施氏を交えた勉強会で、同村の者同士は歌の掛け合いをしないのかという質問を、施氏にしてみた。施氏は同村の者同士でも歌を掛け合うことはあるが、それは「叙旧」であると答えた。「叙旧」とは、その翌日（9月14日）、大理へ向かう車内での施氏の話によれば、掛け合いの相手が昔の恋人ならば、今の生活の様子、自分のために夫婦生活が悪くなっていないか、現在の配偶者があなたによくしてくれるかどうかといった内

容を掛け合うことを指すそうだ。掛け合いの相手は、かつて恋愛関係にあった者のほか、同性の友人でもあり得、互いの友情や思い出、別れた後の生活状況などを歌で掛け合う場合もあるという。同じ村の人で、今、別の土地に行っている人と歌会で行き会った時に歌うのが「叙旧」であるとのことだった。「叙旧」もまた、恋人を探す様式とは異なる一つの様式をもっており、この場合にはかつての同村人との間で歌の掛け合いがなされるということだろう。しかしまだ、実際に目にしてはいない。

　なお、13日午後5：00ころ、同じくなだらかな斜面を少し登ったあたりの林の中で仲良さそうに語り合っていた中年の男女に聞き取り調査を行った。男性（40歳）は漢族であるが、既に白族の女性と結婚しており、九気台（洱源県の県役所所在地に隣接。茈碧湖からは10kmほど南に位置する）に在住している。女性も40歳で既に結婚しており、中煉（洱源県の県役所所在地から5kmほど南。茈碧湖からは15kmほど南に位置する）に在住。彼らは互いに既婚者同士であり、現在は別の地域に在住しているが、昔の恋人同士なのだと答えてくれ、肩を組んだりしていた。男性が漢族であり、白族の歌は歌えないとのことから、彼らは静かに話をしていたのであるが、白族同士で互いに歌が得意であれば、ここに「叙旧」歌が現れたのだろうか。

　こうした取材の延長で、若者にも調査をした。彼らは同じ村の数人のグループで来ている。白族の歌の掛け合いはできないと答えた者が多かった。彼ら（男性）の中には、石宝山歌会の際よく耳にした「アーヘィ」というような奇声を発する者もいた。

　18：30に湖畔のレストラン（普段は開いていないだろう）で夕食を取り始めると、すぐ上の保安室のわきで掛け合い歌が始まった。ここはコンクリートづくりの崖のようになった上にあり、下の道路から見るとちょうど舞台のようになっている。男女一組と三弦弾きのペアで掛け合いをしており、まさに人々に聞かせるといった風情である。男性は有名な歌い手である黄四代（前掲工藤報告書・歌垣【B】の歌い手でもある）、女性は時間が無く調査できなかったが、やはりベテランであろう。19：00頃この歌の掛け合いを見ると女性は別の人に変わっていた。

　19：00ころ、対歌台のある広場に向かった。これは二番目の龍王廟付近に特に設けられたステージである。大音響のマイクとスピーカーを備えたもので、掛け合い歌に自信のある者がかわるがわる台上に上がって、その喉を競っている。それを聞く観衆も、昼間は100人以上いた。夕食の時刻だったのだろうが、19：00ころにはこの行事が休憩になっており、数人が座っているだけだった。

その時、三弦弾きが三弦を弾きだすと、すでに準備ができていたかのようにスムーズに男女の掛け合い（本調査記録 歌垣 Ⅰ ）が始まった。この掛け合いは1時間程続いた。以下、歌を歌っていた女性に行った聞き取り調査の結果をあげておく。

　年齢32歳、洱源県牛街出身。牛街の一部住民はダム建設により三営郷に移住させられ、彼女の実家も現在は三営郷である。三営郷の彼女の実家は茈碧湖から山を越えて20 kmほど北北東に位置する。現在は夫とともに山東省に在住。今日はこの歌会のために里帰りし、そこから山を越え歩いてきた。

　既に山東省の人と結婚しているが、歌の掛け合いを通して結婚したのではない。彼女の結婚は波乱に富んでいる。彼女は若い頃無理に（だまされて）山東省に連れて行かれ、そこで売られた。山東省の田舎では嫁の来手が無いのでこういう悲惨なことが行われるという。当然ながら一回目の結婚はうまくいかず、警察に発見されて故郷牛街に戻ることができた。しかし、故郷では彼女の境遇のうわさが流れ、結婚相手は見つからず、彼女は自ら再び山東省へ戻り、そこで現在の配偶者と知り合い結婚した。また、以前歌会で歌の掛け合いを通して知り合った男友達がいるが、彼は既に結婚しており彼らの夫婦仲はとても良い（これはおそらく噂話などで耳に入ったのだろう）。今回彼はまだ来ていないと答えてくれた。今回恋人を探す目的があるかという点に関しては、山東省の主人はとても良くしてくれるので、そういうつもりはないとの答えである。また、今回の海灯会で恋歌を掛け合う意味に関しては、「非常に熱気に溢れ楽しい、それで私は歩いてきたのだ」との答えであり、それに続けて、「今晩どこで寝るか今のところはわからない、しかし私は他の人々とは異なり、現在の夫に失礼なことをしてはいけないから、山で寝ようとは思わない」と語っている。

　さて、今回の掛け合いでは、数人の男性が交代で歌っていたのに対し、彼女（牛街出身の）は一人で歌っており、施氏によれば、情感がこもっており非常に良いとのことだった（歌詞の日本語訳は本調査記録の 歌垣 Ⅰ 「海灯会のために里帰りした女性と複数の男性の歌垣」を参照して欲しい）。また、施氏はそのうまさを、「確かに彼女の実人生が歌に深みを与えているが、すばらしいのは歌の能力があることだ。歌の能力があるから逆にその人生の苦しみも現れて来るのだ」と評した。この歌の掛け合いは、対歌台での大音響の対歌が再開され終わってしまった。なお 歌垣 Ⅰ については、「4 歌垣 Ⅰ に関する考察」で再考する。

　この歌の掛け合いの終わった20：00ころ、湖のほとりの道に行ってみると、そこから少し湖に入った脇道の草むらの中で、老婆が5、6人、別の調子で斉唱

で歌を歌っていた。真っ暗な中、輪になって歌っているようだ。海灯（灯籠）が既に流された後で、御詠歌のように聞こえたが、確かめることはできなかった。

　21：30ころ、対歌台の掛け合い歌は既に終わり、人影も少なくなった。山上の方へしばらく登ってみたが、歌声はなかった。保安室の裏はディスコの会場になっており、繁盛している。我々はここで引き返すのだが、若い男女（圧倒的に男が多く、ネクタイを締めておしゃれをしている者もいる。やはりグループでやってくる）が、舟でぞくぞく集まってきた。その後彼らが、歌の掛け合いをしたかディスコに興じたかは残念ながらわからない。しかし舟はもうなくなるとのこと、彼らは泊り込みできているのだ。

9月13日

　14：00ころ、昨日同様、舟で湖を渡り龍王廟に到着。昨日の3倍程の人々で賑わっていた。湖のほとりには龍船（とても小さい、小舟に頭と尾を付けてある）が2艘つないである。今日は龍船競走があるのだ。人込みの中を、山の上の廟を目指して登っていく。第一の廟付近では、昨日同様ステージでの民族舞踊が行われ、また廟に参詣する中老年の婦人の姿も昨日より多い。対歌台ではスピーカーを使っての歌の掛け合いが行われていた。観客も多い。

　今日は昨日に比べ若者の姿が断然多い。山の方へもちらほら人が登っていく。昨日歌の掛け合いのあった少し上で、聞き取り調査を行うことにした。何人目かに聞き取りを行った女性グループ（20歳中心の5人組、漢族、洱源県の県役所所在地での仕事仲間）は、丘の上の祀堂の裏で昼食を作って食べるとのことであった。誘われるまま共に昼食を食べた。むろん炊事場など無く石を寄せて臨時の竈を造り、ご飯と肉の煮込みなどを作って食べた。トランプなどしたり、また一方で廟に参拝したりしていた。この日昼食でごはんを作ったのは彼女たちだけであるが、近くには別の竈の跡もあり、昨日の夜あるいは今日の朝、煮炊きをした人たちも居るのだろう。彼女らは廟に参拝に来た中年の女性にも食事を勧めていた。また彼女たちの一人が「とても楽しかった（開心了）」と言ったが、こんなところにも呪的共食の意味があるのだろうか。彼女たちは毎年ここに来て昼食を作って食べるのだそうだ。

　17：00ころ、先ほどのなだらかな斜面の辺りの、鉄線を乗り越えた草地で若者20人ほどが、一人の吹く笛の音に合わせて、踊りのステップの練習をしていた。聞くと13人は白族で5人は彝族とのこと、笛は彝族のメロディーで、彝族の若者が白族の若者に、彝族の民間舞踊のステップを教えているのだということであった。この辺りには彝族も住んでおり、晩に彝族特有の大きな帽子を被って

簡易食堂にいる数人の女性を見かけた。

　18：00ころ、湖畔の道で、男女と三弦弾きの組みで行われる歌の掛け合いが始まった。男性は昨日も歌を歌っていた有名な歌手黄四代、そのすぐ脇には三弦弾きが付いている。こちらは非常に慣れたベテランだ。少し離れて女性楊海秀（25歳）が、その女の友人に隠れるようにして、いかにも恥ずかしげな様子で歌を歌っている。1時間ほど歌を掛け合った後、女性がもう帰るという素振りで、船着き場の方へ歌いながら離れていく。男性側は、慌てるでもなく悠々と歌を歌いながら、しかしじわじわと女性に近づいていく。その様子を大勢の観客が見つめている。途中なぜか近くのスピーカーから大音響で民謡が流れ、だめになりかけたがそれがやむと再開。日も暮れる頃には、とうとう船着き場まで移動して掛け合いは続けられた。ここで一旦中止となる。それは女性がご飯をまだ食べていないというようなことを歌ったらしく、では上の簡易食堂で済ませてから再開すればよいという意見が、周りの見物客から起こり、結局女性は食堂に上がっていった。しばらくして食堂に行くと男女がその取り巻きを含めて、食事をしていた。その後また掛け合いを再開するらしい。

　さて、男性黄四代は45歳。もともと剣川県上蘭郷（ジエンチュアン シャンラン）の生まれであるが現在は石宝山に近い剣川県沙渓（シャーシー）に婿入りし在住している。石宝山歌会にも毎年出かける有名な歌い手である。彼の妻は沙渓の人で、歌の掛け合いを通して知り合ったという。女性楊海秀は25歳。吉菜（ジーツァイ）（洱源県の剣川県よりの村）出身で現在は永豊（ヨンフォン）（位置不明）に在住。既に永豊の男性と結婚しているが、夫が歌えないため歌の掛け合いを通して知り合ったのではないとのこと。石宝山歌会にも4、5回行ったことがあるという。まだ若く恐らくベテランの黄四代には及ばないものの、こういうベテランと掛け合いをすることで歌の技量を磨いていくのであろう。この女性が船着き場まで離れていき、帰ろうという素振りを見せていたことに関して、翌日施氏は、その行為は、1、相手の自分への気持ちが本心かどうかを探る一つの様式、或いは2、これ以上歌を続けるのは止めようとの意思表示かのいずれかの意味だろうと述べた。

　21：00ころ、対歌台のスピーカーを使った掛け合いは既に終わっており、残っている人もほとんどいない。昨日はこの時刻に多くの若者がやって来たが、今日は誰一人やって来るものはいない。考えてみれば昨日は土曜日で今日は日曜日、明日からは仕事があるから泊り込むことはできないのだろう。黄四代と楊海秀の歌の掛け合いが再開されないまま、船で龍王廟を後にした。湖には海灯（流し灯籠）が今日も流れていた。

2 聞き取り調査の結果と問題点

　聞き取り調査は合計51人に行った。歌を掛け合っていた人々や特徴的な人々については既に記したので、その他全体的にまとめておく。聞き取りの可能な母体数が少ないためばらつきがあるが、大凡の見当は付けられると思う。

　参加者の在住地で地名の判明したものは以下の通り。茈碧郷官営村（茈碧湖のほとり）15人、茈碧郷の郷庁所在地五充街（ウーチョンジェ）（茈碧湖から5km……以下km数は茈碧湖からのおよその直線距離）2人、洱源県県庁所在地玉湖鎮（ユイフー）（10km）11人、三営郷新龍村（10km）2人、三営郷永聯村（ヨンリエン）（10km）1人、茈碧郷中煉（デョンリエン）（15km）2人、三営郷牛街付近（20km）1人、茈碧郷哨横村（シャオホン）（20km）13人［これは彝族の踊りを習っていた白族の若者だが、すべて友人同士であり、サンプルとしては偏りがある］、鳳羽郷中和充（フォンユイ・デョンフーチョン）（40km）1人、剣川県沙渓（30km）1人［その他剣川県から1人が来ているが、地名不明］、大理市（75km）1人。なお、この聞き取りは主に歌の掛け合いのありそうな山のなだらかな斜面で行ったものである。従って龍王廟祭祀を目的としてきた中老年の婦人には1、2人の例外を除いて聞いていない。

　既婚者28人のうち、茈碧湖や剣川石宝山などでの歌会の場で知り合って結婚した人は5人。その中には有名な歌い手である黄四代氏（45歳）を含む。その他の4人の年齢は、85、43、36、29歳であった。

　既婚者28人のうち、妻が同村と答えたものは8人であった。今回の調査では、「同村」の概念や範囲をあいまいにしたまま質問してしまったので、「同村」を現在の行政村として答えている場合もあると思われる。その場合には同村（自然村）の人との結婚の数字は更に減る。施氏によれば、現在同村（自然村）内で結婚するものは20％程度だとのことである。白族は、その諺に「作物に沢山の肥料を撒くよりも、その種を改良した方がよい」というものがあり、それは人間の婚姻についてもいえると考えているそうだ。以前は同村（自然村）の人同士の結婚はさらに少なかったが、一方で「好い娘は村を出て行かない（好娘不去村）」との諺もあり、立派な娘は早いうちに村の若者と結婚したという。

　今回の聞き取り調査の中に、現在の結婚の範囲（同一村内で結婚可能か。氏族・同姓内で結婚可能かなど）を尋ねるものがあったが、村の範囲や、氏族の概念をあいまいにしたままの質問であったので、結果は出せなかった。特に白族の場合「社」単位での質問が必要であった。いくつかの自然村が合併して行政村を作っている場合、それぞれの旧自然村を「社」とよぶ。それぞれの「社」は、独自の神［本主］（ベンヂュ）を信仰している。

未婚者14人のうち、今回の歌会で恋人や結婚相手を見つけようと思うかとの質問に対して（この質問は直截すぎた）、「そうだ」と答えたものは2人、「違う」と答えたものは10人、「どちらともいえない」が2人であった。
　歌会における歌の掛け合いの意義についての質問の答えは、ほとんどが「楽しい」、或いは「民族の伝統である」というものでったが、「歌会で知り合って結婚した方がよい」（18歳）、「青年男女が恋人を見つける良い機会」（73歳、40歳）、「歌の掛け合いは恋愛の一つの方法」（62歳、35歳）といった答えがあった。施氏は、「他村の人と知り合いになり、結婚する好い機会である」と考えている。
　また、この歌会に豊饒祈願の意味があるかとの質問については、龍王廟祭祀にその意味があるため、歌の掛け合いやそれに伴う男女の性的関係自体にそうした意味があるのかを聞き出すことはできなかった。これは剣川の石宝山の歌会でも同じことだ。ちなみに豊饒祈願や祈雨の意味があると答えたものは18人、ないと答えたものは5人であった。こうなると、歌会と龍王廟祭祀のどちらが先かといった議論になり結論は出そうにない。（以下の海灯会［茈碧湖歌会］の起源神話の項を参照）

3　海灯会［茈碧湖歌会］の起源神話

　次に、海灯会（茈碧湖歌会）の起源神話についてなど、9月14日（早朝、大理への車内）に施氏が述べた内容を記しておく。（この部分は張氏に通訳を依頼した）
　【海灯会（茈碧湖歌会）の起源神話1】
　　大理下関に蛇骨塔という仏塔があり、それにまつわる伝説がある。［段赤城（白族民間信仰中の一人の英雄）がうわばみ（蟒蛇）を退治し、その骨が塔の下に埋めてある。］うわばみ退治の後、段赤城は、五百天（白族の信仰する神）によって龍王の称を授けられた。洱海の源は茈碧湖であるので、人々は茈碧湖に龍王廟を造って祭ってきた。段赤城の子は7人いるが、それぞれが龍王として茈碧湖から洱海にかけて住んでおり、その地の「本主（ベンヂュ）」となっている。この段赤城を記念するために人々は茈碧湖に集まり、歌を掛け合ったり踊ったりする。
　この【起源神話1】は、歌の掛け合いの由来を、龍王廟祭祀に結び付けて語ったものである。聞き取り調査の結果、18人が歌会には豊饒祈願の意図があると答えたが、龍王廟祭祀と豊饒祈願はいかに結びついているのだろうか。それに関して施氏は以下の解釈を示した。

白族の人々は洱海付近に移住してからは稲作文化を受け入れた。農暦8月にこの地方は雹に見舞われることがある。雹を管理しているのが龍王であるので、龍王を祭ることが豊饒祈願となる。これは、石宝山歌会も同じである。
　茈碧湖歌会は農暦7月22・23日に、石宝山歌会は農暦7月末に行われる。段赤城のうわばみ退治の伝説はそれ自体独立した伝説であり、後世での付加が考えられる。【起源神話1】は、豊饒を司る龍（或いは蛇）を祭るために人々が歌の掛け合いや踊りをしたという核を中心に肥大化したものだろう。この点は白族で特に盛んな龍信仰を踏まえて考察する必要があろう。以上は龍王廟祭祀を中心とした歌会の起源神話であるが、施氏は、さらに龍王廟祭祀とは無関係に語られる歌会の起源神話を2つ示した。

【海灯会（茈碧湖歌会）の起源神話2】
　　白語で「茈碧」とは「自由に伸びる花」という意味である。ここで歌会を行うことは「愛情がその花のように自由に伸びるように」との意味がある。

【海灯会（茈碧湖歌会）の起源神話3】
　　白潔婦人は鄧(ドンチュアン)川付近の王の婦人であった。その王が南詔国によって殺された際、白潔婦人もまた洱海に身を投げて死んだ。白潔婦人が茈碧湖のほとりの官営村出身であることから、茈碧湖で婦人を記念して歌会が行われるようになった。

　【起源神話3】に登場する官営村は今回の調査で最も多くの人が参加していた村である。また、官営村の本主は白潔婦人である。この伝説を特に青年男女が知っているかとの問いには、1986年に龍王廟の壁の石碑が建て直され、そこに【起源神話3】が記されており、多くの人々が知っているとのことである。この白潔婦人の伝説も、松明祭の起源神話となるなど有名な伝説である。

4　歌垣Ⅰに関する考察

【虚構性について】
　この掛け合いの〔30女〕〔49女〕〔59女〕（本調査記録　歌垣Ⅰ　の番号）で、女は自分が独身であると歌っている。しかし彼女は前述のアンケート結果から分かるように、夫と山東省に居住しているのであるから、それは虚構である。しかも歌を掛け合っている相手の男は、〔37男〕〔41男〕〔50男〕〔52男〕〔62男〕というように、彼女の実人生をある程度知っている。うわさなどを介して知っているのであろう。私のアンケートはこの歌掛け終了後に行ったものであり、それを聞いて知っているのではない。掛け合いの初めの方では両者は虚構に則って恋愛

を歌いあっている。例えば〔6男〕〔13女〕は男女がそれぞれ昔から相手を思っており今日逢えてうれしいことを歌うし、〔27男〕で男は女の名前や村を聞いている。これらは前掲工藤報告書でも確認できるが一般的な歌の掛け合いの様式に則った表現だ。ここには相手が人妻であることを知っていつつも、虚構の恋愛を現出するという意識が働いていることが見える。しかしその後、男は〔37男〕〔41男〕〔50男〕〔52男〕〔62男〕と歌うことによって、虚構を現実に引き戻そうともしている。女は基本的には最後まで虚構の恋愛を続けようとしているが、〔42女〕では"心の夫"を探すのだというように現実に引き戻されてもいる。男が現実を歌った時点（我々に分かるのは〔37男〕）で、この男女の虚構レベルでの恋愛は完成しない。それは〔64男〕〔65女〕の現実の性交渉を暗示する掛け合いへと連なる。

　歌の掛け合いは確かに虚構の恋愛を現出しようとする。しかしそれは全くの虚構ではない場合もある。そもそも本当に相手が嫌いならば、相手を貶す歌を歌ってもいいし、掛け合いなどしなければいいのだから、虚構の恋愛といえどもある程度は現実の感情に支えられている。そうした感情が表現に顔を出し、最終的に両者の関係は現実レベルでの恋愛或いは性交渉へ移行する場合もあることを、この 歌垣 Ⅰ は示しているように思う。

【脚韻について】

　歌垣 Ⅰ で歌われている歌の調子は、一般に「白族調」と呼ばれる最も流布した調子である。前掲工藤報告書のローマ字表記の部分を見れば明らかなように（解説もされている）、一首は8句からなっており、3（或いは5、或いは7）775・7775音を基本とする。また初句末に韻を決定し、以後偶数句末に脚韻を踏むという原則がある。『雲南少数民族文学資料』第1輯（中国社会科学院雲南少数民族文学研究所等編1980・10）によれば、白族調の掛け合いにおいては、内容上の対応が求められるだけでなく、脚韻が踏めなかったりすると、歌い負けたと評されるとのことである。こういう歌の掛け合いが白族に現在もあることは本調査記録の 歌垣 Ⅴ の施氏のコメントから知られる。しかし工藤報告書・歌垣【A】をみると、返しに詰まったり、歌うのを止めてしまったり、韻が踏まれていなかったり、初めのうちは句数も定まらない。今回の 歌垣 Ⅰ は白族語表記の資料を作成していないので句数や押韻については不明だが、男が歌うのを止めてしまったり別の男に変わったりしている。従って、工藤報告書・歌垣【A】や今回の 歌垣 Ⅰ は、歌の勝負ではなく、歌を続ける（工藤報告書・歌垣【A】では男が、 歌垣 Ⅰ では女が続けようとしている）楽しみに主眼を置いたもの

である。

　押韻という点から見た場合、歌掛けは押韻よりも掛け合いを続ける楽しみを志向するものと、押韻を一つの基準として勝負を決めるものとの二種類がある。両者ともその歌掛けをひとつのきっかけとして現実の愛情関係を作り出すことはあるだろう。前者については【虚構性について】で述べた。後者については、白族の例はまだ調査していないが、本調査記録の景頗族の歌垣に関する聞き書き（P58〜63）に、景頗族の例では、歌掛けに負けたら嫌いな相手でも結婚しなければいけないという決まりのあることが報告されている。日本では沖縄のモーアシビなどにそうした例が報告されている。

　ところで、古代日本の歌垣でも、押韻を基準として歌の勝敗を決する歌垣は行われていたと思われる。古事記、日本書紀には共に、シビ臣とヲケ（古事記、日本書紀では武烈）が海石榴市（つばきち）での歌垣で交わしたという物語を付された一連の掛け合い歌が記載されている。ここでは内容ではなく音の類似によって並べてみた。

A 　オホ　ミヤノ　ヲ　トツハタデ　スミカタブケリ　（記105）
B 　オホ　ダクミ　ヲ　ヂナミコソ　スミカタブケレ　（記106）
C 　オ　ミノコノ　ヤ　ヘヤカラカキ　ユルセトヤミコ　（紀88）
D 　オ　ホキミノ　ヤ　ヘノクミカキ　カカメドモ　ナ　ヲアマシジミ　カカヌクミカキ　（紀90）
E 　オ　ミノコノ　ヤ　フノシバカキ　シタトヨミ　ナ　ヰガヨリコバ　ヤ　レムシバカキ　（紀91）
F 　オホキミノ　ココロヲユラミ　オ　ミノコノ　ヤ　ヘノシバカキ　イリタタズアリ　（記107）
G 　オ　ホキミノ　ミコノシバカキ　ヤフジマリ　シマリモトホシ　キレムシバカキ　ヤ　ケムシバカキ　（記109）

A 　大宮のをとつ端手隅傾けり　（記105）
B 　大匠拙劣みこそ隅傾けれ　（記106）
C 　臣の子の八重や韓垣許せとや御子　（紀88）
D 　大君の八重の組垣懸かめども、汝をあましじみ懸かぬ組垣　（紀90）
E 　臣の子の八節の柴垣。下響み地震が寄り来ば破れむ柴垣　（紀91）
F 　大君の心を緩み、臣の子の八重の柴垣入り立たずあり　（記107）
G 　大君の御子の柴垣、八節結り結り廻し、切れむ柴垣。焼けむ柴垣　（記109）

探せばまだ見つかるかもしれないが、目につくところを指摘してみる。Aと Bは「オホ」・「ヲ」・「ス」の頭韻が一致する。特に「ヲトツ（向こうの）」と 「ヲヂナミ（へたくそなので）」の韻の合わせ方がおもしろい。CDEFG 全て に、オーヤ～カキの頭韻と脚韻のセットが使用される。特にヤ～カキの部分 は、CDF では八重～垣、E では八節～垣、破れむ～垣、G では焼けむ～垣と優 れている。また DE はオ・ヤ・ナの頭韻を踏んでいるが、特に「ナ（汝）」 と「ナヰ（地震）」の合わせ方がおもしろい。

　この一連の歌謡は宮廷の何らかの儀式で歌われていたものだろうが、物語の中 では歌垣が場面として与えられている。こうした点と、如上の白族の歌会におけ る競技性を志向する歌のあり方とを勘案すれば、古代日本の歌垣においても、そ の一部においては白族の歌会と同様に、技術に立脚した掛け合い歌が行われてい たことが理解できる。そこでは歌に長けたベテラン歌手が歌をきそい合い、ある いは村で評判になった若手歌手が集い腕を磨き、多くの見物人がその腕を批評し あっているといった光景が見られたのだろう。そしてそうした歌垣の場で培われ た技術は宮廷に何等かの形で（天武紀の、諸国のよく歌うものを召したという記 事もその一つの形だろう）定着していったと考えられる。思いつきにすぎない が、「歌垣」という名称は、この宮廷での儀式における一連の「垣」を脚韻とし て用いる歌謡やその歌の掛け合い方を指す宮廷内の名称なのではないか。そして 貴族が地方の歌会、特にそこで行われる掛け合いの方法を理解するための例とし て、この「垣問答」の名称「歌垣」が使用されたのではなかろうか。

〈附記〉
　海灯会［此碧湖歌会］の様子、12日18：30黄四代の掛け合い（部分）、12日 19：00牛街出身の女性の掛け合い（部分）、13日18：00黄四代と楊海秀の掛け 合い（部分）を録画したビデオ資料を、遠藤が保管している。

【工藤隆のコメント】
　この遠藤「報告と考察」は、工藤「現地調査報告・中国雲南省剣川白族の歌 垣（Ⅰ）」の歌垣【A】と歌垣【B】を参照資料として用いた論文の、初めて のものであろう。このように歌垣【A】と歌垣【B】が参照資料の役割を果た せたのは、歌垣【A】資料と歌垣【B】資料が、歌垣の進行に忠実に添って歌 詞を記録し、しかもぺー語の発音をそのままアルファベット表記しているから であろう。それによって、七（あるいは三、あるいは五）七七五・七七七五音

の8句一首が基本になっていて、しかも一・二・四・六・八句の最後に韻を踏むことがわかった。歌垣の歌のこのような記述方法は、すでに手塚恵子が壮(チュアン)族の歌垣の記述で行なっており、その結果、そこにはペー族の歌垣よりもさらに複雑な韻の踏み方のあることがわかっている。

　この遠藤「報告と考察」のように、これら少数民族の現実の歌垣の歌の音数や韻の踏み方を手がかりにして、記紀歌謡や万葉歌の原型に迫ろうとする試みは、今後成果を上げていく分野だと思われる。そのためにも、少数民族語に忠実な歌垣や歌掛けの資料を増やしていかなければならない。そのうえで、土俗の歌掛け段階から、国家の宮廷文学としての万葉歌までの変遷の過程をモデル化し、より精密な論理構成を目指さなければならない。その意味で、遠藤「報告と考察」の「4　歌垣Ⅰ　に関する考察」における分析は、その第一歩を踏み出したものといえる。

［ペー語、創世神話、打歌に関する聞き書き ── 9月15日（火）］

　前日の9月14日（月）は、休憩日。この日、通訳の張氏は早朝の航空便で昆明に帰り、交替の通訳として李莉さん（大東文化大学日本文学科に留学中。このとき一時帰国）が大理に来る。
　14：30、施氏の家を訪ね、ペー語の学習と聞き書き。

◆ペー語等に関する施氏からの聞き書き

［日時］　　　9月15日　14：30〜17：20
［取材場所］　大理州下関市にある施氏の自宅。
［話す人］　　施珍華。1998年6月、大理州白族自治州文化局を定年退職。特にペー族の歌垣に関する造詣が深く、彼自身も若いころには歌垣を歌った。ペー族歌垣の振興の面でも中心的役割を果たしている。編集委員を務めた書籍は、『白族神話伝説集成』（雲南省民間文学集成弁公室編、中国民間文芸出版社、1986）、『白族諺語』（大理師範学校白族諺語編委会、雲南民族出版社、1992）、『白族民間童謡』（大理師範学校白族民間童謡編委会、雲南大学出版社、1993）、『白族民間歌謡集成』（大理白族自治州文化局編、雲南民族出版社、1997）ほか。また、創作歌集『大理旅遊歌』（雲南民族出版社、1996）もある。
［通訳］　　　中国語⇔日本語／李莉（リーリー）

◎ペー語の表記と発音

◇『河賧賈客謡』（唐の時代、樊綽（ファンチュオ）という人によって書かれた『蛮書』に記載されている）をもとに解説してもらう。
　（この「河賧賈客謡」がメロディー付きで歌われていたものかどうかは不

明。「河賧(フーダン)」は、ペー語では「西洱河(シーアル)」という意味で、つまりは現在の洱(アル)海(ハイ)を指す)

　『河賧賈客謡』(俗称:「旅人歌」、P 131 も参照)の一部
　　　冬時欲帰来、　　　Dvl zaip xiangl beix beix
　　　高黎共(貢)上雪。　Gaox lip gongl sanx suix qiax qiax
　　　秋夏欲帰来、　　　Qienl zaip wut zaip xiangt beix yax
　　　無那窮賧熱。　　　Vt nal qionl dap hail qux hax
　　　春時欲帰来、　　　Cvl zaip xiangp beix yax
　　　嚢中絡賂絶。　　　Nont het mox yip biax

この本では、ペー語の歌を漢字で表記している。それは文字数としてはすべて五言句(五五五五五五)だが、ペー語で発音すると五七七七五五に変わっている。

◇「行人歌」(『華陽国志・南中志』に、「孝武時通博南山、渡蘭倉水……行人歌之曰」として、以下の歌が記載されている。南シルクロードの工事をしているときの労働者たちの歌で、俗称「旅人歌」。『南中志』は今の雲南省についての記述の部分)

　　　漢徳広、
　　　開不賓。　　不賓＝bout bil(辺境)
　　　渡博南、　　博南＝bout(大きな坂)langt(南)
　　　越蘭津。　　蘭津＝nangd(南)jianl(突き当たり)
　　　渡蘭倉、　　蘭倉＝laot(虎)congl(前に進む)
　　　為他人。

たとえば「開不賓」(不賓を開く)という表現でいえば、「開」は漢語だが、「不賓」は「bout bil」(ブビ)というペー語の発音を漢字に当てたものだから、<u>「開不賓」は、漢語「開」＋ペー語「bout bil」のあて字「不賓(現代中国語の発音では bù bīn ブービン)」</u>、という構造になっている。ペー語「ブビ」は辺境という意味。博南・蘭津・蘭倉もペー語。

【工藤隆のコメント】

　「行人歌」の「開不賓」の例は、文字を持っていなかった民族が漢字に出会ったときに行なう、当然のくふうであったろう。古代のヤマト族も文字を持っていなかったので、漢字を取り入れるにあたってペー族と同じようなくふうをしたものと思われる。

　ペー族は唐の時代に彝族と共に南詔国（738年ころ成立）を形成し、のちには大理国（937〜1253年）を建国した。特に南詔国の時代は、日本でも本格的な大和国家が形成されていた時代にあたり、ほぼ同じ時期に、同じ唐という大国家に対して独立国の位置を保ち、しかもどちらももともとは無文字社会であった"少数民族"が漢字を取り込んだという意味で、多くの共通点を持っている。したがって、ペー族の漢字表記資料は、『古事記』や『万葉集』の漢字表記の成立を考えるうえで、重要な比較研究の対象となるだろう。

◎ペー語の文法（語順）を活かして漢語訳された本の例
　◇『白国因由』　大理白族自治州図書館発行の活字本のほかに、『白族神話伝説集成』（中国民間文芸出版社、1986）にも収録されている。
　　ペー語の語順と漢語の語順は、同じものもあるし、違うものもある。たとえば、先ほどの「開不賓」（不賓を開く）は漢語と語順が同じだが、「食べていない」は、漢語では「没喫過」だが、ペー語では「喫過没」というふうに、「没méi」（……していない）という副詞の位置が逆になる。『白国因由』は、ペー語の語順を活かして漢語に翻訳している。
　◇『南詔図伝的文字巻』（別名：南詔中興二年画巻）
　◇『観音七化』
　　李霖燦『南詔大理国新資料的綜合研究』（中華民国七十一年、1982年出版）に記載されている。

◎ペー族関係の古い漢語資料の中の、漢語とペー語を分類した書物
　趙式銘『白文考』（『雲南通志』）

◎漢族文化の影響が少ない歌の中の、現在も歌われているもの

「打歌」「創世記」「放羊歌」

これらを歌える人は60～70代の人で、(洱源県西山の)立坪村公所と団結村公所にしかいない。

[　苗族の女性から歌垣について聞き書き ―― 9月16日（水）　]

　大理での休憩日。大理古城内に「古夜郎服飾店」という、貴州省の少数民族の衣装を売る店がある。刺繡布を買ったついでに、店番をしている若い女性に何族かと尋ねると、雲南省では出会わない仏佬族ということだった。ムーラオ族は主に貴州省にいる少数民族で、人口はそれほど多くない。貴州省には歌垣を歌う少数民族が多いので歌垣について尋ねてみると、「私は歌わないが、姑はミャオ族で歌垣を歌える。姑は本店にいるから、歌垣の話を聞きたいなら、夜、店が終わる9時ごろに行けば話が聞ける」ということだった。そこで夜、再び店に出向き、ミャオ族の歌垣についての聞き書きをした。

◆ミャオ族の歌垣に関する聞き書き

[日時]　　　9月16日　21：10〜22：40
[取材場所]　大理の「古夜郎服飾店」本店で
[取材状況]　昼間会った仏佬族の女性の案内で本店に行き、ミャオ族の姑に聞き書き。店内には、貴州省のミャオ族、侗族、水族などの衣装が所狭しと積み上げてある。ミャオ族の女店主（姑）は、つい最近まで貴州省の田舎に住んでいてミャオ語だけを話していたため、中国語はあまりうまくない。話しが通じないことが多いので、ムーラオ族の嫁が通訳の李莉さんとのあいだに入り、二段階通訳の形で聞き書きが行なわれた。姑は物静かな人だが、嫁は非常に闊達で明るい。話題は姑の歌垣や結婚の話に及ぶので、姑と嫁はすっかり話に興じ、大変にぎやかな聞き書きとなった。
[話す人]　　呉通珍（56歳）、ミャオ族。育ったところは貴州省凱里市革東高午寨。現住所は凱里市剣河県温泉郷。夫は今もそこにいて、彼女は最近大理に来て、本店の店番をしている。

石萍(シーピン)(25歳くらい)、ムーラオ族で呉通珍の息子の嫁。終始、話を補ったり、調整してくれた。ムーラオ族にも歌垣はあるが、彼女は歌えない。

[通訳]　中国語⇔日本語/李莉

Q/現在、貴州省のあなたの村では歌垣はあるか？
A/ある。祭りのとき（ミャオ族の年越し、そのほか）などに、こういう衣装（ある支系のミャオ族の正装の写真を示す）を着て歌う。
Q/私たちは香炉山に3年前に行ったが、歌垣はもうなくなっていたが。
A/あるはずだ。
Q/3年前は山の上のほうでは無かった。農暦6月19日だったが。
A/日にちが違う。3年前にも香炉山の麓で歌垣があった。昨年も山の麓で、あった。

【工藤隆のコメント】
　一般に貴州省凱里の香炉山の歌垣といえば、農暦6月19日の爬坡節(パーポージェ)のときのを指す。私が1995年（彼女の言う「3年前」にあたる）の爬坡節(パーポージェ)のときに現地を訪問して実際に調査した限りでは、自然な歌垣はすでに消滅していた。文化大革命（1966～76年）期間中に禁止されたことが響いて、解禁後も本格的な復活はできないうちに徐々に衰微し、消滅した。そこで私は、あるミャオ族の村に前もって依頼して（つまり報酬を支払って）、祭りの当日に山の中腹や麓で"芸能的な歌垣"を演じてもらった。そのときに、それを見物していた老女が、私が依頼したグループの中の老人に歌を掛け始め、短い時間ながら自然な歌垣が続いた。つまり、この地域の歌垣の伝統は完全に根絶やしになったのではなく、最後の根はまだ微かに生き残っていることを実感できた（詳しくは、工藤『歌垣と神話をさかのぼる——少数民族文化としての日本古代文学』新典社、1999、参照）。
　というわけで、「3年前にも香炉山の麓で歌垣があった」と聞いたときには、驚いた。ただし、彼女は「日にちが違う」と言っているので、爬坡節(パーポージェ)とは別のときにも香炉山でなにかの催しがあり、その際に麓で歌垣が行なわれ

たのかもしれない。あるいは、爬坡節(パーポージェ)のときのだったとすれば、私が依頼して麓の辺りで演じてもらった"芸能的な歌垣"を目撃して、それを自然な歌垣だと誤認した可能性もある。

しかし、「昨年も山の麓で、あった」とも言っているので、もしかすると、わずかながらも復活の機運が出始めたのかもしれない。そうであるなら、実に喜ばしいことだ。いずれにしても、これに関しては再確認する必要があるだろう。

雲南省剣川石宝山でのペー族の3日間にわたる歌垣の場合、1995年、96年には山じゅう至る所で見られた自然な歌垣は、行政の主導による歌競べ台での"芸能的な歌垣"の催しが強化され、歌会自体が一段と観光化を強めた1997年には、いったん消滅したように見えた。しかし、翌98年に4度目の訪問をしてみると、部分的に（2日目のみ、歌競べ台からの大音量のスピーカーの影響を受けない場所で）だが、再び活発に行なわれた（詳しくは、「第Ⅲ章　剣川石宝山歌会（ペー族の歌垣）」参照）。また、1999年9月に5度目の訪問をしたところ、行政当局が深く関与したイベント中心の"政治的行事"への傾斜がいっそう強まり、自然な歌垣は昨98年より減っていた。しかし、数は少ないながらも、林の側の斜面での自然な歌垣が3年ぶりに復活した。というわけで、簡単に「消滅した」とか「復活した」とか、結論を下してはならないということを思い知らされた。つまり、生活に密着した少数民族の歌掛け文化は、われわれ近代社会に住む人間の判断の及ばない根強さを持っている。一方で、時代の趨勢に押され、一気に姿を消してしまう危うさもある。一概にこうだとは言えないところに、少数民族文化の根強さと危うさが同居しているということであろうか。

いずれにしても、私を含めてこの分野の研究者には、継続的な観察に基づく報告が求められていることになる。

Q/春節のときは、どういうふうに歌垣をするのか。家の中か、村の外か、山の中か？
A/家の中で客とお酒を飲みながら歌垣をする。
Q/客は男か？

● 1955年貴州省香炉山ミャオ族の調査より

133 歌垣は衰えたが、今でもこの日はミャオ族の人々で賑わう（1995年）

134 依頼して香炉山で演じてもらったミャオ族の歌垣。楽器は蘆笙。民族衣装が美しい（同）

224　第II章　茈碧湖・海灯会（ペー族の歌垣）

135 案内に立ってくれたミャオ族の老人に地元の老女が歌を掛け、老人もそれに歌を返してしばらく歌の掛け合いが続いた。あとで老女に聞いたところでは、彼女が若かったころ、香炉山での爬坡節は歌垣で一杯だったという(同)

● 1998年大理での聞き書き

136 大理古城内の、貴州省ミャオ族の衣装を売る民族衣装店の店内で行なわれた聞き書き。右からムーラオ族の石萍さん、ミャオ族の呉通珍さん、通訳の李さん(9月16日)

苗族の女性から歌垣について聞き書き——9月16日(水)

A/男も女もいる。最初に歌い掛けるのは男でも女でもいい。男同士でも女同士でもいい。ただし男女は問わないといっても、両方のグループの人数は同じにする。

Q/おばさんはどういうふうに知り合って結婚したのか？

A/歌垣で知り合って結婚した。

　　歌垣は主に、年越しやそのほかの祭りのとき、外に出かけて林の中で歌った。このときの歌垣は、昼間でもいいし夜でもいいが、あまり遅くならないようにしていた。

Q/そのとき歌った歌を思い出して歌ってみてくれないか？

A/恥ずかしい。

　　（嫁と何やら話して大騒ぎ。私たちも「恥ずかしがらないで、歌ってほしい」などと口々に言って、店内はますますにぎやかになった。そんな騒ぎの中でも本人はいつのまにか意を決していたらしく、思いがけなく突然に歌が始まった。ゆったりとしたテンポで、もの静かで哀愁を帯びたメロディーだ。ペー族の歌垣の明るいメロディーを聞き慣れた耳には、物悲しく、寂しくさえ感じられる。歌は約17秒。まもなく、「歳をとっているので、うまく歌えない」と言ってやめる）

　　〔『中国民間情歌』上海文芸出版社、1989、によると、凱里地域のミャオ族の歌垣の概要は、「五言〔五音のことか？〕を主として七言もある。何句にするかは長短自由。特別に韻を踏む決まりはない」とある〕

Q/全体の長さを知りたいのだが、これは実際の歌垣の中の、どのくらいの部分になるか？

A/これが一つの段落だ。

Q/今のはどういう意味か？

A/歌の内容は恥ずかしくて言えない。

　　（姑と嫁はさらに内容について話しているらしく、にぎやかに笑っている）

Q/私たちはペー族の歌垣をよく知っているが、彼らの歌はとても熱烈な内容だ。かまわないから聞かせて欲しい。（工藤綾）

A/いま歌った部分のだいたいの意味は、「私はやっとあなたに会えて、心がドキドキしています」だ。このあとまだ続く。

　　（「農村にいてミャオ語ばかりを話していたので、中国語でうまく言い

表わせない」と盛んに姑が言う。嫁のほうも、ミャオ語を完全にわかるわけではないらしい。実際に歌ってくれたのは女のほうの歌だけだが、内容のほうは男女の歌両方について話してくれた。以下は、李莉さんが中国語に書き取り、それをあとで李莉さんと工藤で日本語に訳したもの）

◆愛し合っている二人が、親に反対されているとき歌う歌
〔女〕私はやっとあなたに会えて
　心がドキドキしています
　あなたのことを想いすぎて
　話すことさえできません
　あなたのことをじっくりと想います
　あなたを私の伴侶にしたいほど想っています
　今夜、あなたが来て、私たちはやっと二人になれました
　今夜、あなたは家に帰って、（そのことを）あなたのお母さんに言うでしょう
　あなたのお母さんは「おまえの知り合ったあの人は、おまえには似合わない」と、言うでしょう
　私の家はとても貧しくて茅葺きの家に住むくらいだから、あなたにはふさわしくありません
　あなたの家は豊かで煉瓦造りの家ですから、私はあなたに及びません
　私が死ぬのを待って、私を木の下に埋めてください
　（私は）あなたが馬に乗って来るのを待ち
　馬を木につなぎます
　私は一匹の蝶になって、飛んで来ます
　あなたを見れば、私は満足です
　　　　　（2分40秒、実際に歌ったのはここまで）

〔男〕私の心もドキドキしています
　あなたのことを想いすぎて
　話すことさえできません

> あなたのことをじっくりと想います
> あなたを私の伴侶にしたいほど想っています
> たとえ私の母が反対しても
> 私はあなたの貧しいことは気にしません
> 私が欲しいのはあなたの心だけです
> あなたは袋を持ち、私はそれに米を乞いましょう
> 私は布団を持ちあなたは服を持ちます
> 私たちは二人でどこまでも遠く行きます
> 私たち二人は、お米やお金を乞うて
> 私たちは一緒に茅葺きの家を建てて住みましょう

Q／実際にはどう歌うのか？
A／女の側がだいたいこの長さくらいを全部歌ってから、男がそれに対して歌を返す場合もあるが、途中で一つ一つの句にすぐ（返事の）歌を返すことのほうが多い。だから、短い歌のほうが多い。それは、あまり長すぎると覚えられないからだ。
Q／一塊りの歌の長さは一定ではなく、自由ということか？
A／そうだ。
Q／一句ごとの音数はいくつか？
A／決まっていない。
Q／韻はあるか？
A／ない。代々伝わってきたものだから、あるのかもしれないが……
Q／ペー族の歌垣では似た音を使って韻を踏むが、そういうことはないか？
A／ない。（「韻を踏む」という言葉自体、意味がわからないらしい）
Q／どうしても親が許さなかったら、（二人は）どうするのか？
A／反対されても、一緒になることはできる。逃げてしまう。
Q／二人はもう帰って来ないのか？
A／帰って来る人もいるし、来ない人もいる。親が理解してくれれば、帰って来ることがある。
Q／一般に反対される理由は？
A／貧困という理由が多い。

Q/歌垣で勝ち負けを競うことはあるか？（岡部）
A/ない。
Q/同じ村の中でも結婚できるか？　同じ姓はどうか？
A/同じ村の人でも、同じ姓の人でも結婚できる。たとえば私の村の温泉郷（村名）では、「欧陽(オウヤン)」という名字がほとんどだから、その同じ姓同士で結婚する人もいる。
Q/複数同士で歌うというが、歌うのは代表者だけか？
A/歌う人は決まっている。だれか一人が代表して歌う。
Q/そのグループの中に既婚者が混ざることはあるか？
A/未婚者は情歌（歌垣の恋歌）を歌い、既婚者は酒を飲みながら歌を掛け合う。
Q/若い人が酒を飲みながら歌うということはないのか？
A/ない。
Q/集団の中で気に入った者同士ができた場合、その二人は二人だけでどこかへ行っていいのか？
A/二人で気が合ったら、二人でどこかへ行ってしまっていい。
Q/おばさんが若いころ、歌垣で結婚する人の割合はどのくらいだったか？（岡部）
A/ほとんどは歌垣で知り合って結婚を決めた。しかし結婚を決意したら、親の意見を聞いて相談することが多い。
Q/2、3歳で親が結婚相手を決めてしまうことはないのか？（工藤綾）
A/普通はない。あったとしても、少ない。
Q/年に何回くらい歌垣をやるのか？（岡部）
A/昼間に歌えるのは年越しと祭りのときだ。若い人は、夜は一年中歌垣をしていた。
Q/おばさんが結婚したときの歌垣は、旦那さんがおばさんの村に訪ねて来て歌うことになったのか？
A/男の人が女の人の村に来るのが当たり前だ。だから、主人が私の村にやって来た。

第 III 章

石宝山歌会

ペー族の歌垣

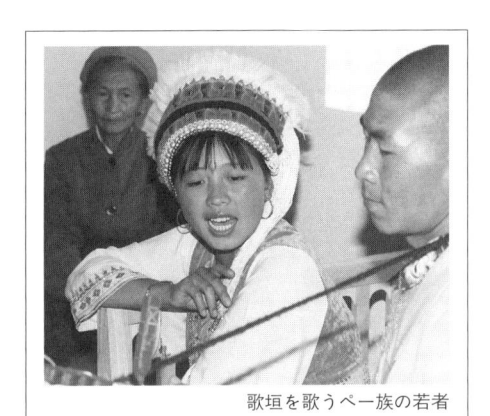

歌垣を歌うペー族の若者

石宝山歌会1日目 ── 9月17日（木）

　10：30、大理を出発。12：11、毎年のことながら牛街(ニウジエ)の自由市場で大渋滞。この４年間でここを通るのは10数回になるが、渋滞なしに通れたことは一度もない。主要幹線道路なのに道の両側が自由市場になっているので、小さな店や露店がひしめき合っている。露店の出し方や交通整理のし方などに少しはくふうがあってもいいし、周辺は空き地だらけなのだから迂回路を設けるなどしてもいいはずだが、何回通っても何の変化もなく、今回もここの道路は、農耕用トラクター、自転車、トラック、乗用車、バス、馬、牛、豚、鶏、そしてもちろん通行人も含め、ありとあらゆるもので溢れ返っている。これだけの大混乱に対して何も改善策を講じないことに、呆れるのを通り越して感心する。日本でも正月やお盆の大渋滞はひどいものだが、あれは整然とした行列だ。ここでは、対向車、追い越し車、農耕車が無秩序に入り組み、ちょっとでも隙間が空くとそこに別の車が突っ込んで隙間を埋めてしまう。そして、絡んだ糸のように動けなくなってしまうのだ。
　見ていると、人々はそういった無秩序が生み出す混乱状態に対して、実に忍耐強い。渋滞に業を煮やした運転手が、ときには車を降りてどこかへ行ってしまうことがあり、その車がまた新たな障害物となる。無秩序が作る中国流秩序だが、もしかすると中国人は、この混沌を心の奥底では楽しんでいるのではないだろうか。
　日本の近代都市の生活空間では、道路事情そのほかの点で、整然とした秩序を見ることができる。それはそれで近代化の高度な到達点なのだが、しかし、人間という存在自体がどこかに、すべてを秩序に任せきれない部分つまりは"混沌"を抱え込んでいるはずだから、あまりに整然とした秩序が支配するのも、いわば自然の摂理に反することになる。したがって、無秩序が作る中国流秩序の混沌もなかなか捨てがたい部分を持っている。と、理屈ではわかるのだ

137 主要道路沿いで開かれる牛街の市で大渋滞に巻き込まれる

が、やはり東京のようにそれなりに近代化された都市での暮らしに慣れてしまった者にはそう達観もできず、ましてやそれを楽しむという境地にまではなかなか辿りつけない。

　13：24、新しくできたばかりの剣林賓館に到着。昨年までこの地域の一番良いホテルといえば、古くて陰気な剣川賓館（翌1999年、もう少しきれいな新館がオープンしたが）しかなかったからありがたい。しかし新築というのに、もうすでに部屋のドアが不調で開閉がしにくい。

　外国人がめったに入らない石宝山で、私たちが4年連続で石宝山の歌会を取材しているということを施氏から聞いたのであろう、大理州剣川県の副県長が挨拶に来て、歓迎の計らいをしてくれた。

　16：40、ホテルを出発。17：25、石宝山に到着。途中、霰(あられ)、大雨、雷に見舞われる。ようやく雨が止み、道路脇の山の傾斜地に所在なくいると、道路に立ち並ぶ露店の辺りから、喧噪を突き破るように甲高い女性の歌声が聞こえてきた。大雨が止んだ直後で、露店食堂は雨除けのビニールクロスを取り外したり畳んだりで大忙しだ。硬くごわついたビニールクロスがバリバリと大きな音を

石宝山歌会1日目——9月17日（木）　233

立てる。大雨で片付けてあった露店を開く人、夕食準備に立ち働く食堂の人、大勢の人で道路は埋め尽くされ、通行もままならないほどだ。その人混みを縫って、けたたましく警笛を鳴らしながら車が通って行く。人も車も店も大混乱だ。

　途切れ途切れに聞こえてくる歌声を辿って行くと、確かに露店前の雑踏の中から歌が聞こえて来る。これほどの雑踏の中でも歌垣が交わされる（写真154、P247 歌垣 Ⅲ）とは、さすがに予想していなかった。これこそが、市の喧噪のなかでの歌垣のイメージに近いものなのではないか。

【工藤隆のコメント】
　「市(いち)」を、異民族の接触する場所であり、村や町のはずれの、普段は寂しい場所だとだけ考えている人がいるが、これは再検討したほうがいい。特に、市と歌垣を密接な関係にあると考える場合には特にその必要がある。
　歌垣における歌の掛け合いが成立するための条件は、第一に言語が共通であること、第二にメロディーが固定されていることである。とすると、言語が共通だという点を強調すれば、歌の掛け合いができるということは"同民族"であることの証しだということになる。つまり、市は、（異なる言語を持った）異民族が接触する場所である場合もあるし、普段は離れて暮らしている（同言語の）同民族が集まる場所でもあるわけだ。後者の場合の市は、「境界」というよりも、むしろ同民族が結集してくる「中心（センター）」である。
　この点については、手塚恵子が、広西省の壮(チュアン)族の場合、歌垣で交流する村々の範囲と市で人々が交流する村々の範囲とが重なり合っているようだと述べている（少数民族文化研究会の第2回公開研究発表会1999.9.25の発表において）のが参考になるだろう。手塚の、詳細な報告の公刊が待たれる。

《石宝山(シーバオシャン)と歌会の概況》

◎石宝山歌会の会場

　石宝山歌会は、農暦7月の27、28、29日の3日間にわたって行なわれる。

石宝山は雲南省大理州剣川(ジェンチュアン)県にあり、歌垣の中心地である石宝山の宝相寺までは、剣川県の中心地である剣川(大理古城から北に約105 kmの町、標高2190 m)から南南東に約22 km。車の行き交う道路から山への脇道に入り、近隣の村や瓦焼き工場などの脇を抜けたあと、道はどんどん山深くなる。山門を通って2 kmほどで宝相寺の真下に至り、そこを通り過ぎてさらに奥に進むと数kmで石鐘寺に出る。石宝山一帯には、宝相寺のほか、石鐘寺、金頂寺、金相寺があり、普段に訪れる観光客の多くは、石像、石窟、奇岩などで有名な石鐘寺に行くが、歌会の中心地は宝相寺とその周辺である。

　宝相寺近くの主要な道は急に幅40 mほどに広がって広場状になり、ここが歌会の際は最も賑やかな中心地となる。歌会の会期中、この道の両側にはテント張りの仮設食堂が建ち並び、その前にたくさんの露店が並ぶ(写真139)。この道幅の広い一帯はせいぜい長さ150 mほどだが、食堂、露店、車、そして動くのもままならないほどの大勢の人々で埋め尽くされ、立ち往生した車の警笛がひっきりなしに鳴る。

　この広場状の道の右脇には、芸能的歌競べのための「賽歌台(サイゴォ)」(歌競べ台、写真143)がある。もともと簡素な造りの木の幹や枝葉を組んだ歌競べ台があったのだが、1997年からは鉄筋コンクリート造りとなり、2階には大音量のスピーカーが設置された。このスピーカーにより歌声がかき消されてしまうため、歌競べ台の向かい側の傾斜地(写真145)でそれまでよく見られた自然な歌垣は激減する結果となった。

　歌競べの行事は昼間に行なわれるが、その際にはこの広場状の道を数百の人々がぎっしりと埋め尽くして見物する(口絵14)。歌競べ行事には歌自慢がこぞって参加し、最終的には順位が発表され、賞状が出る。私たちが取材した自然な歌垣の中にも、歌垣のあとの聞き書きの際に「私は歌競べで○位になった」と言って、賞状を見せてくれた歌い手もいた。歌自慢の人は、もともと歌競べ台以外のあちこちで自然な歌垣を歌っているし、また、歌競べコンテストでも大勢の人々に見物されて、次第に"歌会の有名人"になっていく。

　歌競べ台の前では、歌会1日目または2日目の夜に、行政側の催す歌と踊りの行事があり、大きなかがり火を中心にして民族衣装を着たペー族などの踊り(写真146)と、歌垣の模範演技が披露される。この模範演技などに出演するのは特別に選ばれた歌の熟練者で、彼らこそがだれもが認める"歌会の有名人"

138 石宝山の宝相寺のある一角。中央の切り立った崖の辺りに寺の施設がある

139 石宝山の最もにぎやかな道は、歌会にやってきたペー族の人々で埋め尽くされる

236　第Ⅲ章　石宝山歌会（ペー族の歌垣）

140 オート三輪車の幌につかまってやって来た中年女性

▲141 民族衣装でおしゃれをしている子供もいる

▶142 若い娘たちは、精一杯着飾って連れだってやって来る

石宝山歌会1日目──9月17日（木）

143 最もにぎやかな道沿いには、1997年から歌競べ用の本格的な建物ができた

144 歌競べ台の行事には数百人の見物人が集まる

238　第Ⅲ章　石宝山歌会（ペー族の歌垣）

145 歌競べ台の向かい側の傾斜地。この林の中では、1996年までは自然な歌垣がよく見られた

146 夜には広場で歌と踊りの芸能行事がある

147 宝相寺の境内に向かう石段は342段もある。この石段の途中でもよく歌垣が見られる

148 線香を持って宝相寺に向かう人々。左端の衣装は若い女性用、その右と右端は中老年女性用

149 宝相寺入り口。背後の切り立った崖にも寺の施設が作られている

150 宝相寺の主要部分を俯瞰する。白いテントは寺の食堂、その向こう側は2階建ての宿舎

151 境内の広場の一つでは、中年女性たちがペー族の伝統舞踊を奉納していた

242　第Ⅲ章　石宝山歌会（ペー族の歌垣）

▲152 観音像の前で仏教歌を歌いながら祈る老女たち

▶153 石宝山歌会の由来となっている男女10人ずつの塑像

石宝山歌会1日目——9月17日（木）

なのだが、普段は普通の農民であることはいうまでもない。こういった"歌会の有名人"たちは心の底から歌垣が好きな人たちばかりだから、歌会では行事以外のときも機会をとらえて歌垣を歌って楽しんでいる。また彼らの中の幾人かが、数日前の海灯会で自然の歌垣を楽しむ姿を、私たちは目撃した。歌垣が好きでたまらない歌自慢の人たちは、あちこちの歌会に行っては自然の歌垣を楽しむようである。

　ところで、石宝山の歌会に来る人は、行政側の発表によると3日間で延べ1万人を超えるということだ。人々は、徒歩はもちろん、マイクロバス、トラック、オート三輪車などに乗り、遙か100km以上遠くからもやって来る。では、近隣農村から来る人は別として、彼らはどこに泊まるかというと、宿泊施設が整っていなかった昔は、木の下や洞穴の中などに野宿したそうである。現在は、宝相寺の手前2kmの所にある山門付近、宝相寺下の賑やかな道沿い、宝相寺境内、宝相寺脇の山の中と、年々宿泊施設が増設されていく。しかしいくら寿司詰め状態で雑魚寝したとしても、歌会で夜を過ごす人々が全員泊まることは不可能だから、現在でも野宿する人はかなりいると思われる。

◎歌垣の由来と宝相寺

　広場状の賑やかな道の一角に石造りの鳥居がある。その鳥居をくぐって急な石段（342段、写真147）を登った上に宝相寺（標高約2500m、写真149）がある。石宝山の歌会に来た者のほとんどは、老若男女を問わず宝相寺にも出向くので、この石段には随時人が行き交っている。80歳近いと思われる老人でさえ、私たちより確かな足取りで、杖も使わずにこの石段を昇って行く。石段の道は深い森の中にあり、高い樹木の枝々が傘の役目をするため、声がよく反響する。若い男女が、歌の相手がいないまま歌垣の歌を歌ったり、ペー族特有の、離れた相手に呼び掛ける「アーホイ、アーホイ」という声を発する姿がよく見られ、自然な歌垣もしばしば見られる。

　宝相寺境内の建物の一つには、石宝山歌会の由来にまつわる各10人ずつの若い男女の塑像（1990年製作）が壁面に飾られており（写真153）、その傍らに、以下のような由来が墨書されている。

［石宝山歌会の由来］　（要約）

むかし大理（現在の大理古城）は、黒い雄の龍に支配されていた。三塔寺（大理古城にある）の塔の上の金の鶏が、龍を恐れて剣川の石宝山に逃げて来た。金の鶏は石宝山の洞穴に住んで、夜明けや農耕の時期を知らせたので、人々は豊かで楽しい生活を送ることができた。
　美しい10人の姉妹が、石宝山に、薬草探し、芝刈り、松の葉や木の葉取り、キノコ取りなどのためにやって来た。乙女たちは、金の鶏の声を真似てメロディーを覚え、美しい声で歌った。やがてその声は、石宝山の麓にいる、大工の5人兄弟と絨毯作りの5人兄弟のもとに届き、彼らはそれを真似て歌を歌った。やがて、姉妹たちと兄弟たちは歌を交わし、互いに愛情を確かめ合った。
　ところが、大理の黒い龍は金の鶏が石宝山に逃げたことを知り、黒い雲に乗って黒い雹を降らせながら石宝山にやって来た。石宝山には大きな災いが訪れた。しかし、10人の姉妹と10人の兄弟たちは知恵を働かせて龍を退治し、切り落とした龍の頭の骨、皮、筋を使って三弦（口絵17）を作った。感謝した金の鶏（実は仙人の娘）は、20人の若い男女たちに"愛の歌"を教えた。それ以来10人の姉妹は、金の冠の帽子をかぶって、年に1度の歌垣をするようになった。

　上記の［石宝山歌会の由来］からもわかるように、石宝山歌会は、宝相寺およびその周辺で行なわれているとはいえ、仏教行事そのものとは直接の関係を持っていない。要するに、あらゆる歌垣がそうであるように、何か特別の時期、何か特別の場所で、かつ多くの人々が集まる機会であるならば、仏寺だろうと市だろうと、極端な場合には葬式の場でさえ歌垣は行なわれるのである。
　なお、ペー族の古老に「石宝山歌会は、なぜ農暦7月27、28、29日に行なわれるのか」と尋ねたところ、「若者たちが悪龍と戦って勝った日がこの日だから、それを祝って行なうのだ」という答えが返ってきた。もちろん、実態としての理由はこういった伝承とは別のものだったろうが、少なくとも、悪龍伝承そのものは仏教とは別次元のものだったと考えるべきであろう。

◎宝相寺境内の歌垣

　宝相寺の門を入ってすぐの広い境内には、上記の男女20人の塑像がある建

物のほかに、観音像のある建物などもあって、そこでは中高年の女性たちが仏教歌を歌ったり供物を捧げたりしている（写真152）。境内広場ではときには、中年女性たちによるペー族独特の踊りの奉納があったりする（写真151）。

　宝相寺は切り立った崖を背後にして建っているので、寺の施設は次第に上のほうに伸びて行き、寺の経営する食堂、宿泊施設などの建物が入り組んだ構成で建てられている。切り立った崖にも張り付くように寺の観光施設があり、人々は境内を通ってあちこちへと移動するから、境内には常に大勢の人たちがいる。

　下の幅広い道に面した傾斜地や宝相寺外側の林の中での歌垣は昼間に多く見られるが、宝相寺境内での歌垣は圧倒的に夜が多い。それはちょうど、歌競べ台での芸能的歌競べや歌と踊りの行事が終わり、それぞれ思い思いの時間を過ごす夜の時間帯だ。とはいえ、境内じゅうのあちこちが歌声で溢れる夜もあれば、歌声のほとんど聞こえない静かな夜もある。宝相寺境内に限らず、歌の多少はその年によってまちまちだし、歌会の1日目か2日目かによっても違う。一般に、ほとんどの人が家路を急ぐ歌会3日目は少ないものだが、例外的に、3日目の午後から夜まで4時間半も続いた歌垣（写真174）もある。

　境内の宿には中高年の人たちや若者たちが泊まるが、部屋によって年齢層が分かれている。中高年も若者も就寝のときには男女別々だが、それまでのあいだは、中高年同士あるいは若者同士で部屋に集まり、歌を掛け合ったりおしゃべりしたりして過ごしている。

　特筆すべきは若者たちの宿舎である。男女が部屋に押し合いへし合いといった様子で座っている。若者たちは廊下にも溢れ、あちこちの部屋で歌が交わされる（写真167〜172）。歌い手の男女以外は、じっと静かに歌の成り行きを聞いていることが多い。中高年の場合は最初から部屋で掛け合うが、若者の場合は、最初は部屋の外で歌を掛け合って知り合い、意気投合すると「落ち着いて部屋で歌いましょう」と、これも歌で歌って部屋へ移動し、今度は座ってじっくり歌うというケースをいくつか目撃した（写真165〜169）。知り合いの歌い手に何時ごろまで歌うのかと尋ねると、「今夜は、夜中まで歌う」と答えた。

　歌垣を歌う者はもちろん、歌えない者も含めて、年に一度のこの歌会を精一杯楽しもうと胸躍らせているような意気込みが垣間見えてくる。

露店前の雑踏での歌垣

歌垣 III

[日時]　　9月17日　19：24〜19：39（約15分間）
[取材場所]　石宝山の歌会会場、最もにぎやかな道路の雑踏の中。
[取材状況]　道路には車が数珠繋ぎに溢れ、警笛が絶え間なく鳴る。歌が交わされた場所では、露店の大テントを取り除く作業が続けられていてせわしなく、歌を掛け合う雰囲気とはほど遠い状況だった。
[歌う人]　　男/25〜30歳くらい。優しい感じの好青年で、ペー族の民族衣装を着ている。石宝山の歌会に来るのはほとんどがペー族であり、女性は民族衣装を着ている人も多いが、男性は着ていないのが普通。この夜は歌会初日の記念式典があり、この男性はそれに出演するため民族衣装を着ていたようだ。もちろん相手の女性も周囲も、男性の衣装からそれを知っている。男性の隣りで三弦を弾いていた男性は毎年石宝山で見かける人で、先日の茈碧湖歌会の1

154　歌垣III　雑踏の中の歌垣。前列左から2人目の女性と右端の男性が歌う

石宝山歌会1日目——9月17日（木）

日目に、黄四代の隣りで三弦を弾いていた趙 金佑(チャオジンヨウ)(40歳、既婚。写真⑩)だった。
女/20〜22歳くらい。女性4人組の中の一人。かなり積極的に、相手を射るように強く見つめながら歌う様子が印象的。

[通訳]　　ペー語⇔中国語/施珍華　　中国語⇔日本語/李莉
　　　　　以下は、取材ビデオを見ながら、翌々日に翻訳してもらったもの
[日本語訳の最終調整]　工藤 隆

| 歌垣 Ⅲ | 騒音と雑踏に負けずに交わされた歌垣　　　　　　○映像8

〔1女〕ほかの人にも誘われましたが
　　　ほかの人とは歌いませんでした
　　　あなただけは私と気が合います
　　　あなたと一緒に歌いたいです

〔2男〕娘さん、私はあなたが好きです
　　　あなたは本当に私が好きですか？
　　　その中（これらの人の中ではの意味？）では、あなたが一番いいです
　　　本気だったら、私が歌ったあとに続けて歌ってください

〔3女〕あなたはとてもいい人ですから、私はあなたのあとに続けて歌います
　　　（あなたの歌は）とても上手ですから、あなたのあとに続けて歌います
　　　人が多くても恥ずかしくないし、ほかの人が誘っても私は歌いません
　　　私はあなたにこう言いましたので、よく覚えておいてください

〔4男〕花は柳とセットですから、あなたが歌い終わったので、私は続けて歌います
　　　一緒に歌いつづけたかったら、いい歌を歌いましょう
　　　たくさんの人がいても私はかまいませんので、私は歌います
　　　私たちは本当によく似合っていて、二つの花が一つに結びついているみたいです

〔5女〕二つの花が一緒にいると言いましたね、本当にそう思います
　　　それでは一緒に続けて歌いましょう
　　　花（あなた）は一番きれいな人です、情（じょう）が一番深い人です
　　　あなたの言ったことに賛成します、一緒に歌いましょう

〔6男〕もしあなたが本当に歌いたいのなら、私はあなたのあとに続けて歌います
　　　あなたが何か歌で語れば、私もあとに随（つ）いて語ります
　　　一緒に、しばらくでも少しのあいだでも仲良く歌いましょう
　　　この場所が良くなければ、別の所に行きましょう

〔7女〕ここには人が多いですが、それでもかまいません
　　　私たちはこのままここで歌っても、大丈夫でしょう
　　　目と目を合わせて歌えば、目でも話すことができます
　　　歌えば歌うほど、親しくなれるからかまいません

〔8男〕本気で歌いたかったら、ここにずっといて、私を待っていてください
　　　あなたがここを離れても、私は随いて行きます。私はあなただけが好きです
　　　あなたはとてもきれいです、だれもあなたにかないません
　　　私と親しくなりたいのなら、（私の歌を）聞いてください

〔9女〕（あなたは）口ではそう言っていますが、本当にそうですか？
　　　口（言葉）と心が違っていたら、よくありません
　　　ほんとうに口と心が一致しているなら、私は何も言うことはありません
　　　あなたは自分で答えてください、ほんとうに（口と心は）一緒ですか？

〔10男〕妹よ、一緒にいると離れたくなくなります
　　　しばらく会っていませんから、（あなたと）離れたくないです
　　　たくさんの人と会いましたが、あなただけを思っています
　　　あなたもそう思っていますか？　私に話してください

石宝山歌会1日目——9月17日（木）

（途中で、別の男性が、歌っている男と三弦弾きの男性に何か耳打ちしに来た。そのあと、記念式典に出演する民族衣装の男性群が何かを準備しながら大勢通りかかった。男は誠意をもって歌おうとしているのだが、状況がそれを許さないようだ。それとは逆に、女は男を見つめながら積極的に歌いつづける）

〔11 女〕私は口でどう言っても、心も同じように思っています
　　　あなたにはほかに好きな人がいるのではないかと、私は心配しています
　　　石宝山にはこんなにたくさんの人がいますが、本当に私のことを好きですか？
　　　本心を話してください

〔12 男〕私は答えます、夕飯を食べずにあなたと一緒にいます
　　　ずっとあなたと一緒にいれば、ご飯を食べなくてもお腹が一杯です
　　　あなたを愛していますから、ご飯を食べずにあなたと一緒にいます
　　　あなたは夕飯をまだ食べていないかもしれませんが、お腹が空いていても、まず歌を歌いましょう

〔13 女〕兄よ、一つのカップルになれるなら
　　　ご飯を食べなくてもかまいません
　　　生きているのは花のためですから、花のためになら死んでもいいです
　　　一つのカップルになって、同じ場所で夕食を食べましょう

〔14 男〕夕飯を誘ってくれましたが、（私には）ほかにも友達が一緒にいます
　　　あなたは私（たち）におごってくれますか？　それとも私がおごってあげますか？
　　　私は餌絲〔アルスー〕〔＝白米から作る麺類〕だけしかおごることができません
　　　もし本当に夕飯を食べていないのなら、アルスーを食べに行きましょう

〔15 女〕私は何を食べてもかまいませんから、あなたが本当にアルスーを食べたいなら、私がおごりますよ

いくつの料理を食べてもかまいませんが
　　お金のほうは手ぐらいしか……おけませんが（翻訳、意味不明）
　　お金のことは気にしないでください

〔16 男〕そのように（あなたが）歌うと、私は感動します
　　だれがおごってもかまいませんが、とりあえず行きましょう
　　料理が多ければ、簡単に炒めてもらいます
　　肩を並べ、前と後ろにならないように一緒に並んで歩きましょう

　　　　（男は女に近づいて、「式典のほうに行かなければならないので、これ以上
　　　　は続けられません」ということを口頭で女に断わった）

〔17 女〕肩を並べて歩いても、夕飯を食べないでも、お腹は空きません
　　この話を聞いていたら、こっちに来てください

　　　　（男がこの場を離れようとしたので、ここで歌が中断する）

〔18 女〕歌っていたのに、逃げてしまいました
　　恥ずかしくないのですか？

　　　　（男は出演のためどうしても行かなければならず、女たちに口頭で「ごめん
　　　　なさい、すみません」と何度も謝って去って行った）

[歌垣 III に関する施氏のコメント]
　　歌垣としては普通のレベルだ。しかし、言葉の使い方はあまりうまくない。
　「生きているのは花のためですから、花のためになら死んでもいいです」と
　いう比喩表現の部分だけは良いが、そのほかの部分は良くない。"気持ちよ
　くずっと歌いたい"という感じが出ていない。本気で歌っていない。
　　歌の中に「食事の話題」が多いのは、食事の時間が近いからだろう。食事
　時間に近いと、こういう歌になることがよくあるものだ。

◎施氏の歌垣体験

（前項の歌垣に関する、工藤の「あれだけの騒音と大混乱の雑踏の中でも歌垣があることに感動した」という感想に対して、今から30年くらい前の施氏の体験を話してくれた）

　海西海の歌会（農暦7月1、2日、牛街海西海）のとき、洞窟の中で歌垣を歌ったことがある。洞窟の中は寒いので、相手の女性は布団をかぶって向こうに座り、こちらも一人で布団をかぶり、互いに歌を掛け合った。そのとき、洞窟の外はどしゃぶりだったのだが、それもわからないほど歌に熱中していた。寒くてふるえるほどなのに、歌えば歌うほどからだが熱くなったものだ。相手は二人で歌い、自分は一人で歌を返した。洞窟の中には、ほかにも大勢の人がいて、たくさんの人が歌を掛け合っていた。

　歌会が終わったあとその女性から来た手紙に、「兄よ、歌会で別れたあと、私の花園は閉じてしまいました。私は、金の鍵を兄（あなた）に渡しました。兄（あなた）に会えば、この花園を開けることができます」〔銅の鍵は本気ではなく、金の鍵は本気だということを示す〕とあった。それに対して、「あなたの鍵は麗江の鍵ですか？　洱源の鍵ですか？　本当に鍵を開けてもらいたかったら、来月の1日に行きます」と返事を書いた〔麗江の鍵は銅で、洱源の鍵は鉄、本当の気持ちを表わすのは金の鍵〕。

20：03、大きなかがり火を中心に、広場で式典が始まった。ペー族の踊り、楽器演奏、イ族の踊り、ペー族から漢語への同時通訳による歌垣の実演紹介（式典での司会と同時通訳者は施氏。彼は石宝山の歌会の隆盛化のためにさまざまな形で貢献している）などが披露され、年々この歌会の行事が行政の指導のもとに大がかりになっていくのを感じた。

20：45、石宝山をあとにし、21：22、剣林賓館に戻る。

石宝山歌会 2 日目 —— 9月18日（金）

　朝食のあと部屋に戻ると、剣川県の副県長からの贈り物が用意されていて、同行者 5 名全員におみやげが渡された。思いがけない配慮に感謝しつつも、その大きさに驚く。ウクレレほどもある大きさの三弦の飾りもの、懐中電灯、折り畳み傘、地参（薬膳の材料で、この地方の特産品）、ミルク入りビスケットだった。それぞれが箱入りだからたいへんなカサになる。大きな物を贈るのが好きな中国ならではだ。どうやって持って帰っていいものかと、だれもが戸惑った。
　14：12、ホテルを出発、14：51、石宝山着。林の中の傾斜地を頂上まで登る。途中、木の下で雨やどり。1995 年、96 年にあちこちで見られた林の中での自然な歌垣は、97 年からのスピーカーの大音量とともに完全に姿を消してしまった。
　夕方から宝相寺に登る。1995 年から顔なじみになっている段(ドゥアン)おばあさんに再会。彼女の話によると、宝相寺に向かって右側の山の一角に、新しく外来者接待用の立派な宿舎ができたという。そこの食堂では精進料理を出すので、ぜひ食べてくださいということだ。宝相寺境内では、1996 年に李瑞珍(リールイヂェン)（当時 20 歳）と、羅興華(ルオシンフア)・羅興明(ルオシンミン)兄弟（当時兄 22 歳、弟 15 歳。毎年石宝山で歌っている）による 4 時間半余の歌垣があった（写真 174、177）。しかし今回、第 1 日目のこの時点では歌声が聞こえてこない。段おばあさんに案内され、新しい宿舎に行ってみることにした。そこは、宝相寺境内から歩いて 3、4 分の所にあった。
　建てたばかりの宿舎はかなり立派な造りで、中庭を中心に三方を壁で囲い込むペー族特有の建築だ。山門のように大きな正面入り口を入ると、左右の建物の 1、2 階が宿泊部屋、向かい側はがらんとした 80 畳ほどの食堂だ。2 階の接待室でお茶を飲んだり、歌声が聞こえると行ってみたりして過ごす。

しばらくして先ほどまでいた宝相寺の境内に戻ってみると、歌の掛け合いが一つ始まっていた。

宝相寺境内での歌垣　　歌垣 Ⅳ

[日時]　　　9月18日　17：40〜17：54（約14分間）
[取材場所]　宝相寺境内上側の中庭
[取材状況]　歌垣の行なわれた中庭には、寺に参拝する人、歌垣を見物する人、上の寺院に参拝するために通り抜ける人、食堂や宿舎に行く人など、およそ6、70人が、50畳くらいの石畳にひしめいている。
　　　　　　男の歌の内容に見物人が大笑いする場面がしばしばあり、途中から男は逃げ、それを女性が追いかける構図となって、それがまた聴衆を湧かせていた。

[歌う人]　　男/50代。かなり歌垣に習熟している。慣れた手つきで三弦を弾きながら、よく通る声で歌う。歌いぶりは余裕 綽々(しゃく)で、ときに小節(こぶし)を利かせたり、周囲に笑い掛けたりしながら自由自在に歌う。実直そのものの相手の女性を、からかっているようにも見受けられる。記念式典に出る常連の、歌の熟練者らしい（男性に関しては、後出の施氏のコメントの中に説明がある）。
　　　　　　女/20歳前後。石宝山に来る女性はほとんどが農民だが、その中でもとりわけ奥地から来たという印象が強い。首にピンクのマフラー、髪はしゃれ気のないお下げ髪〔石宝山歌会は年に一度の祭りなので、たいていの女性は精一杯のおしゃれをしているものだが……〕。
　　　　　　歌は未熟で、声、音程、リズム、発音がかなり劣る。特に歌い始めと終わりの部分は音程が狂いやすく、8句で1首を成す歌の基本形にはほど遠い。歌いながら笑顔が引きつり、かなり緊張しているようだ。岡部のビデオ取材にたじろぎながらも、大勢の聴

　　　　　　衆の中で男性との歌の実力の差にくじけることなく、必死に男性
　　　　　　に食い下がる。逃げようとする男性を追いながら歌を掛ける姿
　　　　　　は、痛々しくも感動的であった。
［通訳］　　ペー語⇔中国語／施珍華　　中国語⇔日本語／李莉
　　　　　　以下は、ホテルで録画ビデオを再生しながら、同時通訳してもら
　　　　　　ったもの。
［日本語訳の最終調整］　工藤　隆

| 歌垣　Ⅳ | 歌の熟練者が歌の下手な娘をからかう歌垣　　　　　　　●映像9

〔1 女〕（この歌の途中から映像始まる。翻訳なし。声が弱々しく、雑踏に消え入り
　　　そう。女は歌い終わったあと、男に何か声を掛け、恥ずかしそうに手を振っ
　　　て逃げようとする素振り）

〔2 男〕（映像あるが、翻訳なし）

〔3 女〕（映像あるが、翻訳なし。声はほとんど聞き取れない）

〔4 男〕（ここから翻訳あり。画像時刻は「5：42：31 PM」）
　　　あなたはどこの人ですか？　あなたの歌はよく聞き取れません
　　　とても利口な人のようですが、私を怖がってはいませんか？（周囲、笑う）
　　　あなたは整った歌を歌えませんが、私は気になりません
　　　あなたに会えてとてもうれしいです、歌えば、もう恥ずかしくありません
　　　あなたは麗江の人のようですが、本気で私と一緒になりたいですか？
　　　　　　リージャン
　　　あした私は麗江に行きますが、あなたはどうですか？
　　　兄（私）の家は、旬南にあります
　　　　　　　　　　ディエンナン
　　　あなたは下関に行きますか？　あしたここへ来たら一緒に行きませ ん
　　　　　シャーグアン
　　　か？
　　　　〔石宝山から下関に行くには旬南を右（南）に曲がり、麗江に行くには
　　　　左（北）に曲がる〕

石宝山歌会2日目――9月18日（金）

155 歌垣Ⅳ〔7女〕女性の歌い方は不安定でつたない（ 歌垣Ⅳ の写真はすべてビデオ映像より）

156 歌垣Ⅳ〔8男〕男性は余裕たっぷりに歌っている

256　第Ⅲ章　石宝山歌会（ペー族の歌垣）

▲157 歌垣Ⅳ 〔11 女〕離れて行ってしまった男性を追いかけ、女性は歌いつづける

▶158 歌垣Ⅳ 〔20 老年の女〕傍らで歌垣を聞いていた民族衣装の女性が、「本気でないなら歌う意味はない」と男性を諭した

▶159 歌垣Ⅳ 周りの人は引き留めるが、女性はそれを振り払って去って行く。右端は歌い手の男性

石宝山歌会 2 日目──9 月 18 日（金）

〔5女〕兄よ、あなたは甸南の人だそうですが
　　私は下関に行くついでに、必ずあなたを探します
　　一緒のバスで行きましょう
　　同じ席に座りましょう

〔6男〕私のことは何も怖がらなくていいですから、大きな声で歌ってください　（周囲、笑う）
　　たくさんの人がいますが、私はあなただけを求めています
　　あなたが本気なら、いま言ったことを忘れないでください
　　いま私はあなたに、こういうふうに言いましたよ

〔7女〕兄よ、あなたがそのように言ったことを、私は心のなかに受け止めます
　　兄（あなた）が歌ったら、私も随いて歌います
　　しかしあなたにはお供の人（ビデオ録画の岡部を指す）がいて、私はとても恥ずかしいです
　　お供の人をもっともっと離れさせてください、そうすれば、私は大胆に歌えます
　　　（女の斜め後ろからのアップ。写真155）

〔8男〕怖がらなくていいですよ、隣りにいる人はテレビ関係の仕事の人です
　　録画したら、みんなに見せてくれますから、今は私を見てください
　　私たちはもともと仲がいいのですから、私だけを求めてください
　　ここはちょうど泥水ですから、魚を探りやすいですよ
　　　（周囲、笑う。写真156）

〔9女〕いいですよ、そのように言うあなたの気持ちはわかっています
　　口だけではなく、本気になってください
　　本当に私と居たいなら、私は随いて行きます
　　私は怖がりません

　　　　（歌い終わったあと、女は恥ずかしそうに笑いながら逃げようとする。横に
　　　　いる中年女性に肩を抱きかかえられ、女はとどまる）

〔10 男〕私がひとこと歌うと、あなたは「いい」と言ってくれますが
　　　　あなたは歌をうまく続けていけないではありませんか？

　　　　（周囲大爆笑。男は別のほうへ歌いながら離れて行ってしまう。女はそれを
　　　　追いかけながら歌う。2人の歌が何句か重なる。男は建物のそばに行き、
　　　　知り合いに手を振って合図などしている。女は食い下がって必死に歌い掛
　　　　ける）

〔11 女〕こうして歌っているのに逃げてしまうなんて、私は許しません
　　　　ずっとくっついて行きます、どこへ逃げて行くのですか？

　　　　（食い下がる女の歌が途切れると、そばにいた老婆が女に何か声を掛ける。
　　　　こういうときの状況からして、おそらく「もっと歌いなさい」ということ
　　　　か？　写真57）

〔12 男〕いらっしゃい、いらっしゃい、随いていらっしゃい　（周囲、笑う）
　　　　下へ行って、一緒に（歌う場所を？）探しましょう、私のあとに随いて来
　　　　なさい
　　　　来てください、そこであなたをしっかり見ることにしましょう
　　　　私は、ハンサムでしょう？　本当に私のことを気に入っているなら、態度
　　　　で表わしてください

　　　　（境内の通路入り口に移動）

〔13 女〕あなたはハンサムですし、円満な人に見えます
　　　　私は先に行きますが、本気だったら私のあとに随いて来てください
　　　　（女の姿は映像にはなく、声だけが聞こえる）

〔14 男〕あなたがみんなの前でそう言ってくれたことは、私の気分によく合います
　　私たちは一人が三弦を弾き、一人が歌えば、それが一番いいですね
　　きょう私のあとに随いて私の家に来て、私の二番目の奥さんになりませんか？
　　　（周囲、大爆笑。男は余裕綽々(しゃく)で笑って歌っている）
　　私には妻がいますから、あなたは二番目の奥さんにしかなれませんよ、それはちゃんと覚えていてください

〔15 女〕私はあなたに奥さんがいないと信じています
　　ずっとあなたに随いて行きます
　　奥さんがいるとしても、私はいないと信じています

〔16 男〕妹よ、（さっき言ったのは）冗談で、私には妻はいません、本当に一人で生活しています
　　あなたには夫がいるのでしょう？
　　あなたが私に冗談（嘘）を言うのは、私はとても我慢できません
　　たとえ、妻や夫がいても、（歌の中では）わからないようにしてください
　　（笑い声）

〔17 女〕仲良くなるためには、妻や夫のことを言わないようにしましょう
　　前と後ろを捨てて（今まで言ったことを忘れて？）、これから仲良くしましょう
　　　（男とは対照的に、まじめな顔つきで歌っている）

〔18 男〕妹よ、本当のことを話します、私はあなたより前に生まれました
　　　（暫し中断。男は通りかかった知り合いの女性と話をする）
　　あなたがもう少し早く生まれていたら、あなたは私の妻になったでしょう
　　私は今年で50数歳になりますが、あなたは18歳くらいに見えます（周囲、笑う）
　　もし一緒になったら、みんなに笑われますよ

〔19 女〕兄よ、本気になっていませんね？
　　口はうまいですが、心は本気ではありませんね
　　　　（女は硬い表情で歌う）

　　　　（このあと、見物人の老年女性が交替して歌う。ペー族の中老年女性用の民族衣装を着ている。白い麦わら帽子の女性に背後から抱きついて顔を隠しているが、最後に顔がちらっと見える。写真58）

〔20 老年の女〕口と心が一致していなければ、もう私たちがこうして歌う意味はありません
　　兄（あなた）が歌っている歌は、全然本気ではありませんね？
　　本気でないなら、歌う意味はありません
　　そんな冗談を言わない方がいいですよ

〔21 男〕私はあなたを「おばあさん」と呼びますが、（私を）「兄」というふうに冗談で呼ばないでください
　　歳（とし）を忘れて、ひとこと歌ってもいいじゃないですか
　　私は、あなたの息子と同じ歳ぐらいですよ
　　あなたを連れて帰ると、私の母親と思われてしまいますよ　　（周囲、笑う）

　　　　（もともと歌っていた若い女は歌の様子を見ていたが、男に何かを言い、その場を離れようとする。背中を引っ張って引きとめられるのもかまわず去って行く。境内にいた見物人にはまだ笑いの余韻が残っている。写真59）
　　　　　　　　　　　　　　　　　　（「5：53：55 PM」、歌垣終了）

【岡部隆志のコメント】
　この、歌の熟練者と歌の下手な女の子の歌のやりとりはいろいろな意味でおもしろかった。歌を面倒がる男に対して女の方がその不真面目さをなじるというのは初めて目撃した。また、歌のやりとりを見ていた観客が男にやはり真面目に歌えと歌いかけるのも初めて見た。たぶん、こういう歌の掛け合

いもありうるのだろう。ここで、知り得たことは、観客が何を期待しているかだった。人々は、歌のやりとりに真剣さを期待している。

　歌の掛け合いは、たとえそれが嘘のやりとりであったとしても、恋愛劇をきちんと構成するように演じなくてはならないのだろう。人々の視線はそれを期待し、あるいはそういう恋愛劇を生み出すように働くのだろう。男はそれらの期待を裏切った。だから、女を怒らし、見ていた人たちになじられたのだ。そして、その詰問もまた歌でなされたというところに、歌の文化のすごさを感じるのである。

[歌垣 Ⅳ に関する施氏のコメント]

　歌っている若い女性は真剣だが、男性のほうは、最初から最後まで冗談で歌っている歌垣だった。だから周囲の人たちも笑っている。この男性のことをよく知っているが、本当は甸 南（ディエンナン）の人ではなくて、弥 沙（ミーシャー）の人だ。ビデオなどの仕事をしている人で、ある村の村長になったこともある。

　歌のなかで「妻がいる」と歌っているのは、断わる気持ちを表わしている。男が「妻がいる」と歌ったのに、相手の女性と歌っているうちに「本当は独身だ」というふうに内容が変わっていくようでは、相手の女性は歌の内容を信じられなくなってしまう。若い女性が最後に怒って帰ってしまったが、あれは本当に怒ったのだと思う。

　最後に別の年配の女性が交替して歌ったのは、「あなたは、なぜ本気で歌わないのか」と諫（いさ）めたかったのだろう。みんなは本気で歌う歌が続くことを期待していたはずだ。情感の深い歌を聞きたかったはずだ。あまりいい形での別れではないから、見ているみんなもいい気持ちがしなかっただろう。

　若い女性は、声も発音も良くない。選ぶ言葉も完全でなく、歌垣の句として、一つの塊りとしての8句の形になっていない。発音からわかるのだが、あの女性は麗江県の九河（チウフー）の人で、ここから約20 kmの所だ。九河の人には、歌がうまくて情の深い人が多い。

　このあと、新宿舎の1階の部屋を覗くと、茈碧湖の歌会でも歌っていた歌垣の名手、黄四代（ファンスーダイ）が老女たちと歌垣を交わしていた（写真 162、163）。黄四代はも

ともと石宝山がホームグラウンドで、石宝山で黄四代を知らない人はいないほどの有名人だ。この宿はベテランの出演者たち（ふだんは農民だが）が一休みしたり泊まるためのもののようだが、空き時間にも折にふれ、歌を掛け合うのが楽しくてたまらないという様子で歌垣を歌っている。

このとき同時に、隣りの部屋でも若い男女（女性は若いがかなりの熟練者、男性は素人）の歌垣が行なわれていた。このときの三弦の弾き手は李 続 元（リーシューユエン）（男 25 歳。毎年石宝山で歌っている中学校教員で、歌垣が上手だと評判の人）、女性は李宝妹（リーパオメイ）（19 歳）で三弦も上手。男性の歌い手は羅 貴 全（ルオグイチュアン）（20 歳）。男性3人連れで来ていたが、羅貴全だけが歌った（写真160）。　　　　○映像 11

以下の翻訳は、老女と黄四代の歌垣のみ。

宿泊所での、歌の名手と老女の歌垣　　歌垣 V

[日時]　　　9 月 18 日　17：34〜18：14（約 40 分間）
[取材場所]　宝相寺、新築宿舎の一室。
[取材状況]　室内には木製ベッドが 3、4 個。黄四代はベッドに腰を掛け、三弦を弾きながら歌っている。この部屋にいるのは中老年の男女 7、8 人。部屋の入り口では、4、5 人の見物人が歌を聞いている。
[歌う人]　　男/黄四代（45 歳）
　　　　　　女/70 歳前後。この女性もこの宿に泊まるようだ。この新宿舎に泊まるのは一般の人ではないらしいことと、以下の歌の内容から推察すると、かつては歌の名手として知られていた人のようだ。
[通訳]　　　ペー語⇔中国語/施珍華　　中国語⇔日本語/李莉
　　　　　　以下は、翌日、ホテルで録音テープを再生しながら一部分を翻訳してもらったもの。
[日本語訳の最終調整]　工藤　隆

160 行事出演者用の新宿舎で、一般の若い男性と出演者の若い女性が歌を掛け合う（9月18日）

161 写真上と同じ部屋。出演者同士でも盛んに歌が交わされる（同）

264　第Ⅲ章　石宝山歌会（ペー族の歌垣）

|162||163| 歌垣Ⅴ　歌自慢の老女（左端）と歌の名手の男性の歌垣（同）

|164| 部屋の入り口や通路には、室内の歌垣を聞きに人々が集まってくる（同）

石宝山歌会2日目——9月18日（金）

| 歌垣 Ⅴ | 世代の離れた、歌の名手同士の歌垣　　　　　　　　　○映像 10

〔1 男〕私は本当にあなたのことを思っています
　　　　あなたがどんなふうに思っていても、私はずっとあなたの隣りにいます
　　　　本当に歌いたかったら、じっくりと歌ってください。そうすれば親しくなれます
　　　　私たちは（歌の）レベルが同じですから、一緒にじゅうぶん歌うことができます

〔2 女〕あなたが本当に私と親しくなりたいのなら、私も親しくなろう思います
　　　　私の声はあまり良くありませんが、きょう一緒によく歌いましょう
　　　　みんなが満足するまで、一緒に歌いましょう
　　　　二人とも話しが尽きるまで、歌いましょう

〔3 男〕あなたの歌っている言葉は、料理の中に塩を入れていないようなものです
　　　　本当に私のことをそんなに好いていてくれるのなら、私は足が一つになっても大丈夫ですね
　　　　本当にそういう気持ちになっていますか？
　　　　（前の部分、翻訳落ち？）天の花のようです

〔4 女〕あなたと私は同じ気持ちです
　　　　本当に歌いたかったら、こちらに来てください
　　　　きょうはとても良い日です
　　　　一緒に座って歌うにはいい日ですよ

〔5 男〕私の言っていることは正しいと思いますか？
　　　　返事をしてください
　　　　ちょっと歌って止めてしまうのは良くありません
　　　　あなたの歌はとても上手ですが、本当の心は違っているのではありません

か？

〔7女〕本当の心を出しているとは、みんなも信じていないでしょう
けれど、私は老女だし美人でもありませんが、心はとてもいいですよ
あなたはわかっていますか？
歯はもうあまり残っていませんし、そんなに歌もよくありません

〔8男〕おばさん、よく聞いてください。歳はぜんぜん関係ありません
若いときは翼がなくても飛べるものです
私は若いとき、あなたの歌を聞いたことがあるような気がします。あなたは石宝山では一番有名な人です
たくさんの男性が、あなたのために気が狂うほどでしたよ

〔9女〕聞き間違いでしょう？　私は石宝山に来たことはありませんよ
もし私があなたのような（歌のうまい）人だったら、「石宝山の歌の女王」と言われることでしょう
もし私が、あなたと並ぶことができるような（歌のうまい）人だったら
私はうれしくて跳びはねたくなるほどです

〔10男〕残念ながら、私は今50歳です
（あなたの）そんな歌を聞いたものですから、気が動転してしまいました。どうしたらいいでしょう？
あなたはとても心の良い人です。本気になって私と一緒に歌っています
あなたに言います、一緒にいい歌を歌って遊びましょう

〔11女〕遊びならずっと一緒に随いて歌います
（あなたは）歌が一番上手な人だそうですが、きょうはずっと随いて歌います
歌を歌うなら本気で歌わなくてはいけません、口だけではいけません
冗談（嘘）を言ったりしたら、私の気持ちに対して申し訳ないと思いませんか？

〔12 男〕あなたはとても優しい人ですから、あなたの家庭生活はとても良いでしょう
　　あなたと一緒になれば何も心配事はなくなり、お金だってあなたからもらえるでしょう
　　みんな聞いてください、私はとてもうれしいです
　　これからの生活は頼る人がいます。頼る人はあなた、おばさんです

〔13 女〕あなた、そのように話しましたね
　　私の心根はとてもいいですよ、私は良いことばかりをしてきました
　　人に迷惑を掛けたり、悪いことをしたことはありません
　　私はあなたにこう話しました。よく考えてください

[歌垣 V に関する施氏のコメント]

　年寄りの女性と年下の男性との、冗談で歌っている歌だ。女性のほうは、「黄四代（男の歌い手）は石宝山で一番有名な人だから、一緒に歌ってほしい」と思っている。
　黄四代のほうからは、お婆さんのことを「阿大媽」（アーダーマー）（年長の女性に対する尊称）と呼んでいる。お婆さんは黄四代のことを「小夥子＝（シャオフオズ）（年下の）仲間」と呼んでいる。この男性は歌が大変上手な有名人なので、お婆さんは彼と歌競べをしたかったのだろう。黄四代は、この老婆との歌競べを恐れているわけではないが、この老婆に勝てないかもしれないとも思っているので、「阿大媽」と尊称で呼びかけ、年代が違うのだから歌競べをしてもしょうがないということを示し、歌競べを遠回しに断わっているのだ。
　黄四代はもともとは上蘭（シャンラン）の人だが、沙渓のある家に婿に行った。私（施氏）は黄四代を甘粛省の蓮花山（？）の花の歌競べ会に連れて行ったこともある。

宿泊所での若者同士の歌垣　歌垣 VI

[日時]　　9月18日　19：37〜21：06（約90分間）
[取材場所]　宝相寺境内脇にある古い宿舎への外階段、男用の宿の室内。
[取材状況]　若い男性とペー族の衣装の若い女性が、宿の部屋に通じる外側の石階段を登り切った場所で歌っている。階段の上からは境内を見渡すことができ、高台から広場に向かって歌っている状況になっているが、辺りには灯りがないので、2人の顔は暗やみに紛れてほとんど見ることはできない（写真165、166）。
　　　　　　この男女は、知り合った直後のようだった。宿の外の石段の上で10分ほど歌ったあと、部屋に入ってそのまま約1時間歌いつづけた（写真167〜169）。部屋の入り口には「男第一宿舎」という看板が掛かっている（写真171）。6畳ほどの広さにベッドが4台。10代後半〜20代前半の若い男女20人くらいがぎゅうぎゅう詰めになってベッドに座り、熱心に歌に聞き入っていた。部屋に入ってから約1時間歌いつづけたのち、最後は女性が「もう歌いたくない」と部屋を出て行った。
[歌う人]　毎年石宝山で歌っている羅兄弟（24歳・17歳）といい、この男性といい女性といい、この若さで長時間を歌いつづける情熱と能力は並大抵のものではない。ペー族の歌垣文化が伝えてきた「歌のわざ」の蓄積の厚さを見る思いがした。
　　　　　　男/16〜18歳くらい。茈碧湖の海灯会でも歌っていた。三弦を弾きながら歌う。施氏によると、三弦はあまり上手ではない。
　　　　　　女/17〜20歳くらい。よく通る高音でしっかりと、よどみなく歌う。連れの女性と3人で来ていたようだが、歌っているあいだじゅう3人とも顔を伏せ、恥ずかしがって顔をいっさい見せなかった。
[通訳]　　ペー語⇔中国語/施珍華　　中国語⇔日本語/李莉
　　　　　　以下は、翌日、ホテルで録音テープを再生しながら一部分を翻訳してもらったもの。

石宝山歌会2日目——9月18日（金）

▶ 165 歌垣Ⅵ 食堂横の宿舎の2階への石段の上で、若い男女が歌を掛け始めた

▼ 166 歌垣Ⅵ 若い2人の歌の掛け合いは、夜の境内の暗闇に向かって大声で歌われていた

270　第Ⅲ章　石宝山歌会（ペー族の歌垣）

167 　歌垣Ⅵ　石段の上から宿舎の室内に移動した。歌い手の女性は右側、左はその連れ

168 　歌垣Ⅵ　室内は若者たちでいっぱい。女性の歌い手は一番奥で、顔を伏せて歌いつづけた

石宝山歌会2日目——9月18日(金)

169 歌垣Ⅵ 男性の歌い手は、三弦を弾きながら部屋の入り口で歌いつづけた

170 171 歌垣Ⅵ 部屋の入り口に「男第一宿舎」とある。室内の歌垣を通路から若者たちが覗く

272　第Ⅲ章　石宝山歌会（ペー族の歌垣）

▲172 食堂の真下の宿舎通路にも若い男女が詰めかけていた

▶173 食堂でも散発的に歌垣が見られた。左手前男性と右奥の女性が歌を掛け合っている

石宝山歌会2日目──9月18日（金）

翻訳部分は、石段での約10分間と、部屋に入った直後の約6分間、女性が部屋を出て行く直前の最後の2句。

[日本語訳の最終調整]　工藤　隆

歌垣 Ⅵ　10代の男女の真剣な歌垣　　　　　　　　　○映像12

◇石の階段の上で（約10分間）

〔1 女〕私たちはもともと縁があります
　　だからあなたを待っていました
　　私は遠くから来た者ですが、一緒に歌いませんか？
　　ほんとに一緒に歌えるなら、私はとてもうれしいです

〔2 男〕妹よ、あなたが遠くから来たのは知ってます。ずっとあなたを待ってました
　　知ってますか？　あなたに会えないので、私は食事もまともにとれませんでした
　　やっとあなたに会えました。一緒に食事をしに行きませんか？
　　賛成してくれるなら、一緒に食事に行きましょう

〔3 女〕兄よ、私はもう夕食を食べました
　　一緒に歌えるのなら、食事をしなくてもかまいません
　　一緒にいて、一緒に歌うことができるなら
　　私の心はとても安らぎます

〔4 男〕あなたがそう言ってくれて、とてもうれしいです
　　ただ、あなたは食事をしていないようだから、元気がなさそうです
　　やはり、なにか食べに行きますか？
　　私の言うことに従って、遠慮しないで何か食べに行きましょう

〔5 女〕兄よ、あなたはとても良いことを言ってくれました

あなたの言ってくれた真心で、もうお腹がいっぱいになりました
　　私だけがあなたに随いて行ったら、私は連れと別れ別れになってしまいます
　　兄の言っていることが冗談だったら、私はあとで独りぼっちになってしまいます

〔6 男〕妹よ、あなたには本気で歌っています
　　私たちはやっと会えたのですから、一緒に歌いましょう
　　ちょっとだけでも食べに行きましょう。好きなものを、遠慮なく言ってください
　　せっかく一緒にいるのですから、別れ別れにならないようにしましょう

〔7 女〕なぜ私に食事のことばかりを言うのですか？
　　私が本当に食べていないなら、私は随いて行きますよ
　　もしもあなたに随いて行きたくなかったら、ただ「ご飯など食べたくない」と言います
　　でも、あなたがそんなに食事のことばかりを言うのなら、私が先に立って食事に行きましょう

〔8 男〕妹よ、あなたがそう言ってくれてとてもうれしいです
　　しかし、あなたのあとに随いて行けば、周りの人が噂を立てますよ
　　一緒に行ってもかまいません
　　あなたのあとに随いて行きますが、遠回りをしないでください

〔9 女〕兄よ、あなたは食事についてしか話しませんね
　　私はあなたの真心だけがもらえれば、ほかに何も要りません
　　本当に愛しているのなら、愛の気持ちを話してください
　　そんなことばかり話していると、あなたに随いて行く人はいなくなりますよ

〔10 男〕妹よ、もう食べることについて言わないことにします

私たちは愛について話すことにして、食事についてはもう話さないことにしましょう
　　　周りには見ているたくさんの人〔証人としての見物人〕がいますから、安心して私に随いて来ればいいのです
　　　ほかの人は一緒になれるのに、なぜ私たちは一緒になれないのですか？

〔11女〕兄よ、そういうふうに言ってくれると、私は本当にうれしいです
　　　私たちはもう食事のことは話さないで、恋愛について話しましょう
　　　私があなたのあとに随いて行くのは恥ずかしいです、あなたが私のあとに随いて来てください
　　　あなた、私のあとに随いて、さあ行きましょう

〔12男〕妹よ、私はあなたのあとに随いて行こうと思います
　　　私には連れがいませんから、私はあなたのあとに随いて行きます
　　　私がこのように言ったことを、あなたははっきり聞き取れましたか？
　　　今晩ここに泊まり、あしたは一緒に帰りましょう

〔13女〕今はまだ暗くなったばかりだというのに
　　　なぜここに泊まるなどと言うのですか？
　　　（私たちは）まだそんなに話していないのに
　　　なぜそんなことを言うのですか？

　　　　　　（このあと2人は、石段の上から宿の外廊下を通って部屋に入り、そのまま歌いつづけた。部屋に入ったあと、女は連れの若い女性2人とともに一番奥に座り、ずっと顔を伏せて歌った。男は入り口付近に座り、三弦を弾きながら歌いつづけた。男女の距離は約3mほど。以下は部屋に入った直後から途中まで。ただし、〔13女〕から数首抜けていると思われる）

◇宿の部屋に入って

〔14女〕そうかも知れません、そのことはわかりました

一緒にまた歌い始めたら、やめないでください
　　今は落ち着いて座りましたから、もう逃げないでください
　　今度本気になって歌うなら、こちらに来て歌ってください

〔15 男〕よくわかりました。私は食べに行きたいですが、心はあなたにひかれ
　　　　ています
　　ここに来たのは、あなたともっと歌いたかったからです
　　周りの邪魔する人たちは、もうあなたのいる所までは行けません
　　（あなたは）一番奥に逃げていますが、本気で私と歌いたいのですか？

〔16 女〕逃げるつもりはありません。ただ、座る場所を見つけて歌いたかった
　　　　のです
　　ここ（一番奥）で歌っていても同じことです
　　こんなふうにして歌っても、いいでしょう？
　　今晩あなたと一緒に歌えるなら、もう私は帰りません

〔17 男〕いいことを歌ってくれました
　　私はやっといい相手を見つけましたので、本気で歌います
　　あなたは（奥に）逃げているので、あなたの顔をはっきり見ることができ
　　ません
　　そんなふうに逃げていますが、本気で歌いたいのですか？

〔18 女〕どこに座っていても、関係ないと思います
　　でも、こんなにたくさんの人がいるので、ちょっと恥ずかしいのです
　　歌えば互いにわかり合えるのですから、あなたが歌ったあと私も歌います
　　私はあなたに聞きたいことがあります、あなたは本当に情(じょう)の深い人です
　　か？

〔19 男〕妹よ、本気で愛していますか？
　　私は三弦を弾いているくらいですから、本気で歌っています
　　そんなふうに（部屋の隅に）逃げていると、私は歌えなくなってしまいま

す
こちらへ来て、ゆっくり歌いましょう

　　　（施氏との翻訳時間が足りなかったので、これ以後およそ１時間分の翻訳を略した）

　　　（女と一緒に座っていた連れの女性２人は途中で部屋を出てしまい、歌う女は１人で奥に座っている。男は女の近くに移って、並んで座っている。以下〔20女〕からは、女が部屋を出て行くまでの最後の２句）

〔20女〕一緒にあなたに随いて行くのは、嫌です
　　　私のあとに（あなたが）随いて来るならいいです
　　　私のあとに随いて来ませんか？

〔21男〕妹よ、あなたはどこの村からここへ来たのですか
　　　蜂（私）が蜂蜜を取りに花に帰って来たところです。一緒にもっと歌いましょう
　　　本気であなただけを求めています、あなたを一口で食べてしまいたいほど好きです
　　　私はもう決心しました。いま決心したことを歌いたいです

　　　（女はこの歌に答えない。男は三弦を弾くのをいったんやめたが、再び力無く弾く。しかし女はやはり歌わず、しばらくして部屋を出て行ってしまった。三弦の音だけが流れる）

[歌垣 Ⅵ に関する施氏のコメント]
部屋の中に入ったあとしばらく、この歌垣を邪魔するほかの男性がいて、女性はその男性を嫌がっている（〔15男〕の「周りの邪魔する人たち」が、それを指すらしい）。歌う女性の隣りに座っている連れの女性二人は、歌う女性を守っているのだ。そのうち、<u>邪魔をする男性は、部屋を追い出されてしまった。</u>

歌の能力は女性のほうがずっと高い。歌を歌いたい気持ちが強く、歌の表現も大胆だ。男性が歌い終わると即座に歌を返しているのも、歌の能力の高いことを示している。それに比べると男性のほうの能力は劣り、返す歌の言葉がなくなってしまうことがある。<u>この女性は、残念ながらいい相手に恵まれなかったということだ。</u>

　石宝山2日目のこの日は、17：30過ぎから21：00過ぎまで、宝相寺境内のあちこちで歌声が溢れかえる夜となった。同時進行で、老若男女の歌声が飛び交っていた。夜暗くなってからの歌垣は、20歳前後の若者による掛け合いが圧倒的に多い。
　境内の宿は、各部屋にベッドが4、5台入っているドミトリー（大部屋）形式で、若者たちがぎっしりとそこに腰掛けている。なかには、中老年だけの部屋もある。
　歌垣が行なわれている若者の部屋では、たいていの場合若者たちのうち一組の男女だけが歌い、ほかの若者はじっと聞き入っていることが多い。部屋の中は"歌会の夜を精一杯楽しみたい"という気持ちの若者たちで溢れ、むせかえるようだ。いわば邪魔者である私たちは、部屋に入ることはおろか、覗くことさえ憚られる雰囲気がある。歌声をほとんど聞くことができなかった昨年の境内と比べ、驚くほどの違いだ。
　毎年の取材で顔見知りになった若者に「今夜は何時ごろまで歌うつもりか？」と尋ねると、「夜中の12時を過ぎても歌う。2時くらいまでは続ける」という答えが返ってきた。
　"歌を掛け合いたい"という強い意思を持つ10代の若者たちが着実に育っている。これからも、その年によって違いはあるだろうが、石宝山の歌垣は当分継続されていくだろうと安堵した。これほど強い歌心が、そう簡単になくなるはずがない。
　21：40、石宝山をあとにして、22：24、ホテルに戻る。

石宝山歌会 3 日目 ── 9 月 19 日（土）

　14：30、ホテルを出発。途中、雷を伴う豪雨に見舞われて、車を進ませるのが危険な状態になり、一時ストップ。15：33、石宝山に着く。最終日の 3 日目の夕方で、しかも豪雨のあとということもあって、露店はバタバタと店じまいの作業に追われている。境内への石段を登り始めたところで再び豪雨になり、岩陰でしばらく雨宿りをする。境内付近に近づいたところでまた降り始め、小さなあずまやで雨宿り。その合い間も、歌垣がないかと境内や宿舎に様子を見に行くが、昨夜の若者たちはほとんど帰ってしまい、昨日のことがまるで嘘だったように閑散としている。きょうはもう歌垣がないと判断して、帰ることにする。

　1996 年（一昨年）の境内は、3 日目の午後から夜にかけてが一番盛んだった。石宝山の歌垣は、その年によって異なる表情を見せる。自然な歌垣にいつどこで出会えるかを、前もって予測することはかなりむずかしい。しかし、それこそが"自然"であることの証しでもあろう。

　19：24、宿に戻る。21：30 からホテルの一室で、石宝山で収録した歌垣のビデオ映像と録音テープを再生しながら翻訳をしてもらった。それが、前掲の 歌垣 Ⅲ ～ 歌垣 Ⅵ である。そのあと施氏から、以下のような話を聞くことができた。

◆歌垣についての施氏からの聞き書き
◎歌垣での相手の呼び方
　①相手に対して断わりたい気持ちがあるとき、相手が年配者の場合、わざと次のように呼びかける。
　「阿大叔（アーダーシュー）（おじさん）」、「老爺爺（ラオイエイエ）（おじいさん）」、「阿大媽（アーダーマー）（おばさん）」

ほか
②相手と本気で情歌（恋歌）を歌いたいときは、「阿哥（兄）アーグォ」、「阿妹（妹）アーメイ」などというように、親しみのある呼びかたにする
③男性は相手の女性のほうが年上とわかっていても、女性に呼びかけるとき「姉よ」という呼びかたはしない。これは「兄」、「妹」という呼びかけが兄弟姉妹としての兄とか妹とかの関係を指すのではなく、情歌の中での一つの呼び方だからだ。
④ 歌垣 Ⅴ のなかで、お婆さんが歌垣名人の黄四代を「弟弟ディーディ」（おとうと）と呼んでいた。そのように呼ぶ意味は、お婆さんが「私と歌競べをしてもあなたは勝てませんよ」ということを暗示して言っているのだ。

◎相手に対して断わりたいときの表現例
①「あなたには、もう旦那さん（奥さん）がいるのでしょう？」
②「あなたには、もう子供がいるのでしょう？」
③「いま私と一緒に帰りたくないのなら、それはあなたの問題ですよ」

◎相手に好意を持っているときの表現例
①女「あなたは髭があるから歳としをとって見えますが、髭を剃ったらハンサムです」
②男「あなたは歳をとっていると自分で言っていますが、（その容貌は）いつも山の仕事をして、風や日光に当たっているからです。どんなにきれいな人でも（いつも風や日光に当たっていれば）そうなります」

◎歌垣の勝ち負けは何で決まるか
　歌垣は、言葉がなくなったほうが負けだ。もし上手だったら、「続けて歌ってほしい」という相手の気持ちに応えられるはずだ。
　実際には、本当は歌いつづけることができなくなってもそうは言わず、「私はトイレに行きたい」「友だちが待っていますから……」「私は用事があります」という言い方で逃げることがある。

174 1996年、宝相寺で4時間半続いた歌垣

◎ 1996年の李瑞珍(リールイヂェン)と羅興華(ルオシンフア)による4時間半の歌垣(報告資料は現在作成中)の評価

二人とも本気で歌っていた。真剣で、言葉がなくなるということがなく、本気で一緒になりたいという気持ちだった。二人があのとき既婚者であったかどうかは別として、途切れることなく言葉が続いていった。羅興華(男性)のことはよく知っている。あした通る沙渓(シャーシー)へ行く途中に彼の村がある。

橋後(チャオホウ)で、歌垣に関する聞き書き —— 9月20日（日）

　8：58、剣林賓館を出発。9：46、石宝山で歌垣を歌っている人の出身地としてたびたび出てくる地名、沙渓(シャーシー)（標高2065m）を通る。10：35、橋後鎮大樹郷(チャオホウダーシュー)（標高1890m）に着く。大樹郷には、1996年に石宝山境内で羅興華と4時間半もの歌垣を歌った李瑞珍(リールイヂェン)がいるということで、今回の旅は彼女の村を訪ねるのも目的の一つだった。

　あのとき、歌いつづける李瑞珍に代わって、連れの女友達が彼女の住所と名前を書いてくれた。それには、「橋後大石郷中登村」とあり、名前は「李瑞珍」で20歳ということだった。帰国後、彼女の住所宛に数十枚の写真を送ったが、宛先不明で戻ってくることはなかった。「中登村」を訪ねれば、かつて李山慶(リーシャンチン)（工藤隆「現地調査報告・中国雲南省剣川白族(ペー)の歌垣（1）」「同（2）」の歌垣【A】を歌っていた女性）の村を訪ねたときと同様、李瑞珍または連れの女性6、7人のうちのだれかに容易に会えるものと思っていたため、彼女の写真を持って来ていなかった。住所、氏名のメモと、彼女の写真のコピーを持参していただけだった。

　大樹郷は、1995年に採録した歌垣を歌っていた男性（工藤「〜白族(ペー)の歌垣（1）」「同（2）」の歌垣【A】。李山慶の相手の歌い手、xii写真4参照）が住んでいるはずの村でもある。もしもあの歌の中で言っていた村の名が嘘でなければ（相手の李山慶(リーシャンチン)の村名は本当だったことを、翌年訪問して確認）、彼もこの辺りに住んでいることになる。

　さて、村人に李瑞珍の名前と年齢、住所、写真のコピーを見せたが、まず第一にこの辺りに「大石郷中登村」という名の村はないという。そうこうするうち、村人がどこからか橋後全体の住民名簿を持って来てくれて、大量にある「李」という姓の家を片っ端から調べてくれた。しかし、李瑞珍という名前はどこにも見当たらない。あのとき連れの女性が書いてくれた村の名と氏名は嘘

▲175 山の上の李瑞珍の家。かなり大きな家屋に大所帯で住んでいる。庭にはテレビ用の大きなパラボラアンテナもあった。中央は李瑞珍の子供を抱いた夫（1999年）

176 寝室に掛けられていた額には、私たちが日本から送った、1996年の石宝山歌会のときの写真がたくさん入っていた（同）

177 石宝山歌会で4時間半を歌いつづけた、まだ独身だったころの李瑞珍（1996年）

178 李瑞珍の姪が重い穀物を背負って戻って来た（上写真で肩に寄り添っている少女、1999年）

橋後で、歌垣に関する聞き書き——9月20日（日）

179 標高2000m前後。道沿いには水田のなだらかな棚田が広がっている（橋後への道）

180 トウモロコシの幹を刈り取って帰る女性、左手にはヒマワリ。子豚が5匹ついてくる（同）

181 トウモロコシの幹や草を刈り取って家に帰る母子(同)

182 聞き書きをした大樹郷の中心地。雑貨屋が1軒だけある(大樹郷)

橋後で、歌垣に関する聞き書き——9月20日(日)

だったのかもしれないと思い至り、写真そのものを持って来なかったことを悔やんだ。

　写真のコピーから村人たちが推察して話したところによると、「この女性はこの奥の村にいる、歌垣の上手な娘だと思う。父親は銀行（信用社）の仕事をしていて大変厳格で、娘が歌垣を歌うことに反対している。彼女は昨年（1997年）の石宝山の歌会のあとに結婚した。夫は教師で、同じ村の人だ。今年は夫と一緒に石宝山に行った」ということだった。

　〔しかしのちに、以上の情報はまったく別人についてのものであることがわかった。翌99年9月9日、今度は写真数枚を持って再び橋後鎮大樹郷を訪問した際、大樹郷にある洱源県福和希望小学校（アルユエン）の校長が村人から情報を集めてくれ、私たちはようやく、めざす李瑞珍の家を訪問することができた。

　彼女は、大樹郷からごく近くの松登村（ソンドン）（連れの友達が書いた「中登村」（ヂョンドン）という地名の文字表記は間違いだった）に住んでいたのである。あの歌垣を取材した翌年の97年に同じ村の農民の青年と結婚し、子供が1人生まれていた。その家を訪問したところ、あいにく農作業に出ていて再会はできなかったが、私たちが日本から送った歌垣の際の写真が額縁に収められ、彼女の寝室の壁に飾られていた（写真176）。96年に4時間半にわたる歌垣を1人で歌いつづけたあの可憐な少女は、道路から海抜で一気に120mも登る不便極まりない高地集落（標高2035m）で、たくましく生活していた。

　しかも彼女の歌垣のベースとなる場所は、私たちが取材した石宝山ではなく、実は、その後の調べで歌垣の最も素朴な原型を残しているらしいとわかった場所、「小石宝山」（洱源県橋後鎮大樹郷。歌会は農暦7月30日。後述参照）であった。彼女の村から「小石宝山」へは、農民の足で約30分、2kmほどの近さ。しかも彼女の両親は「小石宝山」のすぐ近くに住んでいるという。それに対して私たちと出会った石宝山は、ここから約40kmもある。彼女にとって石宝山は、バスを乗り継いでようやくたどり着く、遠い歌会の場だったのだ。そこで偶然出会った羅興華と歌っていたとき、私たちが取材したことになる〕

【工藤隆のコメント】
　李瑞珍(リールイヂェン)の連れの女性が書いた住所が「大石郷中登村(ダーシーヂョンドン)」だったのに、本当は「大樹郷松登村(ダーシューソンドン)」だったことについて、最初のころ私は、彼女の友達が意図的に嘘の住所を書いたのかもしれないと思った。しかし実は、これは作為的なものではなく、ペー語の発音と漢字表記の問題であることに気づいた。ペー語の音では「シー（石 shí）」と「シュー（樹 shù）」、「ソン（松 sōng）」と「ヂョン（中 zhōng）」は、音だけで聞いている限りは似通っているから、それを漢字に書くときに選ばれた漢字表記は、発音の近い当て字になることが多い。しかもその当て字が、書く人によって違ってしまうのだ。
　これは李瑞珍（リー・ルイヂェン Lǐ Ruìzhēn）という彼女の名前についても同じことである。住民名簿でどれほど探しても見つからなかったのは、彼女の名前の漢字表記が、住民名簿に載っている正式な漢字と友達が当てた漢字が違っていたからなのだ。しかし、友達が書いてくれた漢字（李瑞珍）も完全に間違いというわけではないから、私たちが日本から出した郵便は何とか届いている。実際1999年の訪問の際、不在の李瑞珍に代わって彼女の夫が書いてくれた漢字は李瑞珍ではなく、「李潤芝 Lǐ Rùnzhī(リールンヂー)」であった。ペー族はもともと文字を持たない少数民族なので、「リー・ルイヂェン」と「リー・ルンヂー」は、発音の上で容易に交錯してしまうわけだ。
　これと同様のことは、日本の古文書でもよく見られる。中世や近世の農村や神社などの資料では、至る所に当て字が使われている。現在の日本人のもとになったヤマト族も、〈古代の古代〉の時期には文字を持たない少数民族だった。したがって、ペー族に限らず日本の"当て字現象"は、無文字民族が漢字文化圏に取り込まれたときに共通して生じる、少数民族文化特有の現象なのである。

　ところで、剣川から橋後へ出発するにあたって私たちは、ある不可解な事情（中国辺境の調査ではよく経験することだが）から、いつのまにか見知らぬ人たちを含む総勢8、9人の一行になっていて、2台の車に分乗して走っていた。なぜか私たちがチャーターすることになった施氏と見知らぬ人たちの乗るジープと、私たちのサンタナの2台で、李瑞珍が住むと思われる村に行くことにな

ったのだ。しかし、大樹郷(ダーシュー)の分岐点を出てまもなく道はますます悪くなり、私たちのサンタナはそれ以上進むことができなくなってしまった。先を走る施氏たちのジープはそうとは知らずにどんどん進んで行き、とうとう見えなくなってしまった。彼らに知らせる手段もなく、私たちは諦めて引き返すことにした。

　さきほどの大樹郷の中心地に戻った私たちは、いずれ戻って来る施氏たちを待つため、そこで時間つぶしをすることになった。所在なく村人と話すうち、思いがけず、歌垣に関する新たな情報を得ることができた。それは、石宝山の歌会の翌日の夕方から翌々日の朝にかけて、この地域でも小さな歌会があるというのである。その歌会のことを含め、歌垣の上手な人が多いことで知られる橋後一帯の歌垣について尋ねたのが、以下の一問一答。

◆大樹郷の村人から、地元の歌垣に関する聞き書き

［日時］　　　9月20日　12：11〜12：46
［取材場所］　洱源(アルユエン)県橋後(チャオホウ)鎮大樹郷の中心地。
［取材状況］　大樹(ダーシュー)村の中心地といっても、山あいの未舗装道路に民家が数軒建っているだけで閑散としている。家々はあちこちに分散しているようだ。小さな雑貨店が一軒。道から15mほど奥まったところに洱源県福和希望小学校がある。道路沿いの民家の軒先に腰を掛けて三弦を弾いている男性に声を掛けると、男性5、6人と、子供7、8人が集まって来た。三弦の男性は、ときどきそれを弾きながら質問に答えてくれた。
［答える人］　主に三弦の男性、それを補足する形で周囲の男性が答えた。
［通訳］　　　中国語⇔日本語/李莉

◎小石宝山の歌会

Q/その、石宝山歌会の翌日の夜の歌会というのは、どこで行なわれるのか？
A/ここから3kmぐらい先だ。「岩蜂場(イエンフォンチャン)」という名の場所で、昔は岩の上に大きな蜜蜂の巣が5つあった。
Q/そこにはどのくらいの人数の人がやって来るのか？
A/橋後あたりの人たちが皆やって来る。けっこうたくさん来る。きょうの午

183 村人が手作りの三弦を弾いているのを聞きつけた(大樹郷)

184 聞き書きを始めようとすると、子供がサッと椅子を持ってきて勧めてくれた(同)

橋後で、歌垣に関する聞き書き——9月20日(日)

後からだから、あとで連れて行ってあげるよ。一晩通して歌う人もいる。

Q/その歌会はいつごろからやっているのか？（工藤綾）

A/解放前（1949年の中華人民共和国成立以前）からやっている。文化大革命（1966～76年）でいったん中断したが、そのあとまた続けている。

Q/そこに来るのは若い人か？（工藤綾）

A/そこに来るのは若い人だ。石宝山の歌会と同じだ。恋愛を目的に歌いに来る人が多い。

Q/その歌会で知り合って結婚する人はいるか？（工藤綾）

A/いる。男女が交流する遊びの場だ。

Q/ほかの場所でも歌垣をする場所はあるのか？（岡部）

A/村が分散しているからあちこちでやっているが、岩蜂場にはこの辺の人たちが大勢集まってくる。

Q/普段は、村の中でも歌うのか？（工藤綾）

A/この辺の村の人は、橋後にある市(いち)に行くとき、その途中で歌を掛け合ったり、市で歌うこともある。普段でも、夜は娯楽の時間だが、そういうときに若い人が歌垣をして、恋を語り合うこともある。

Q/あなたは歌垣を歌えるか？

A/歌えない。私は四川省の出身だから……。

Q/（別の男性に）あなたはどうか？

A/三弦は弾けるが歌えない。

Q/だいたい何歳くらいから歌垣を歌えるようになるのか？（工藤綾）

A/決まっていないが、だいたい11、2歳くらいから。その人の能力にもよる。一人で歌うことはできても、相手と歌を交わせるようになるには努力が必要だ。

　もし歌を聞きたかったら、岩蜂場に連れて行ってあげるよ。今晩からあしたまでだ。その歌会は「小石宝山」と呼ばれている。上（この地域からは北に当たる）は「石宝山」、下（この地域のことを指す。ここは、石宝山のずっと南に当たる）は「小石宝山」と呼ばれている。「石宝山」の歌会が終わったら、ここの「小石宝山」の歌会に皆やって来る。

Q/「小石宝山」には、どのくらい遠くからやって来るのか？（工藤綾）

A/周りのすべての村からやって来る。だいたい10kmぐらいの範囲から来

る。

Q/そこには車で行けるのか？ そこはどんな場所か？（岡部）
A/ここから車で1km行き、徒歩で2km登った所だ。そこには寺があり、川があり、山がある。その寺は観音廟だ。その周りには商売でやっている宿はないが、寺のそばに簡単な宿舎がある。「小石宝山」と呼んでいるが、歌会の正式な名前は「観音会」と言う。

◎歌垣と恋愛

Q/歌垣で恋愛になったとき、親が反対したらどうするのか？（工藤綾）
A/もし二人が好きだったら、親に反対されても逃げてしまう。昔は、結婚相手を親が決めた。だから、二人が好きでも親が反対だったら絶対だめだった。今は親が反対だったら逃げてしまう。今は自由恋愛の時代だ。

Q/昔は、子供のころに結婚相手を決める習慣があったか？（工藤綾）
A/あった。（「何年くらい前までか？」の質問に対して、皆で相談している）だいたい100年くらい前までかな？ 今でもそういうことはあるが、少ない。

Q/反対されて逃げたあと、何年か経てばここへ戻って来るか？（工藤綾）
A/その親の対応によっては戻って来ることもある。たとえば婚約者のいる女性がほかの男性と恋愛になって逃げたあと村へ戻って来たときは、夫が妻の元の婚約者の男性に謝罪金としてお金を払うことがある。

Q/歌垣で知り合って恋愛になったとき、どのくらいの人が結婚まで進むのか？（工藤綾）
A/石宝山のほうは、10組が恋愛になったら10組とも結婚する。小石宝山のほうは、10組恋愛になったうち8組くらいが結婚する。

Q/この村の人たちは、歌垣で相手を見つけて結婚しているのか？（岡部）
A/結婚の相手を見つけるのは歌垣でだけではない。歌垣は結婚相手を見つける手段のすべてではないから。結婚してから歌垣でほかの人と知り合って恋愛になり、離婚してその歌垣相手と結婚することもある。歌垣はたいてい若い人を中心にやっているが、歌垣で浮気をする既婚者もいる。

Q/歌垣にはいいイメージを持っているか、悪いイメージを持っているか？（李）

A/悪いイメージはない。民族の風習だから……。
Q/たとえば妻がたいへんな歌垣上手で、夫が歌えない場合、妻が歌垣に出かけるのを夫はいやがるのではないか？（工藤綾）
A/人によって違う。妻が歌垣に行くのを反対する人もいれば、反対しない人もいる。親が反対することもある。これは、結婚したあとに娘（または息子）が歌垣で恋愛になるなどということになったら、結婚相手の人に申し訳ないという理由からだ。
Q/（通訳の李莉さんに）こんなふうに根ほり葉ほり聞いているのを変だと思っているかもしれないから、「私たちは石宝山に4年連続で来ていて、採録したものを学問的な論文の形などで発表している者だ。この地域のペー族の歌垣は世界的に貴重な文化行事だと思っている」と伝えて欲しい。
A/（工藤からの伝言を聞いて）小石宝山へ歌いに行くのには2つの目的がある。一つは恋人を探すこと。もう一つは歌競べをしたいためだ。
Q/歌垣の上手、下手は何で決まるのか？
A/一つはメロディー（歌い方のうまさ）、もう一つは言葉だ。<u>言葉を返せなくなったら負けだ。歌い手の一人が上手でもう一人が下手なときは、情感の深い歌にはならない</u>。二人とも上手だと言葉の使い方がうまいので、情感に満ちた歌になることが多い。
Q/恋愛のための歌垣以外に、喧嘩とかいろいろな交渉ごとを歌の掛け合いで行なうことはあるか？（工藤綾）
A/ない。
Q/その三弦は自分で作ったのか？（岡部）
A/そうだ。全部自分で作ったものだ。これは歌を歌うとき欠かせない。
　　　（ペー族が使う三弦は、棹の先端が龍の頭の形をしている。これはその龍の頭にさらに小鳥が付いている凝ったものだった。写真[83]）

　施氏たちの車が行ってしまってから、もう1時間半も経っているというのに、彼らのジープが戻って来る気配はまったくない。そこで通訳の李莉さんに彼らの向かった村に行ってもらうことにした。バタバタと音を立てる農耕用トラクターに乗って出かけて行った彼女が、ほどなくして引き返して来て言うのには、途中で施氏たちの乗っていたジープに出会って聞いたところ、あの先ま

もなくの地点で大きな落石で道が塞がれていたため、車を降りて徒歩で目的の村に行ったということだった。

　あとで、戻って来た施氏に先の聞き書きで知った「小石宝山」の歌会の話をすると、彼はこの地域にそういう歌会があることを知らないと言う。大理州には、ペー族の歌垣の専門家である彼にも把握しきれない小さな歌会が、至る所にあるのかもしれない。この地域に根づいている歌垣文化の深さをあらためて知る思いだった。

〔なお、翌1999年9月9日に、実際にこの「小石宝山」の歌会を訪問してみた。歌会が行なわれる観音廟のある山に向かって進む山道の片側は、断崖絶壁状態になっている。断崖の遙か下のほうに、白い筋状になって川が流れているのが見えるが、その川音は聞こえないほどに遠い。しかも山道は幅1m程度の狭さで、ときに50cmに満たない場所もある。当然のことに手すりなどはいっさい無いから、危険な場所では周囲の枝に摑まって歩くことになる。奥深い山の道は、あって無いようなものなので、道が分かれているとどちらに進めばいいのかもわからない。行きつ戻りつ迷いながら、川を渡り、急坂を登り、標高差約170mを一気に登り切って、約1時間で目的地に着いた（標高2125m）。

　会場となる場所は、小高い山の重なりのうちの一つの頂にある、ごく狭い平地だった。観音像を祀っている小さな観音廟と、50畳ほどの小さな中庭のある回廊付きの宿坊の建物がある。私たちが着いた午後7時くらいは中老年者が多かったが、夜8時ごろになると、10代後半から20歳前後の若い男女が数人連れのグループで続々と詰めかけて来た。薄暗い中庭には大勢の男女がグループになって歩いたり、しゃがんだり、しゃべったりしているのだが、店も食堂も何もない。もちろん、石宝山や茈碧湖の歌会のような余興の舞台もない。ビデオを有料で見せる一角があるが、ほとんどの若者たちは何もすることがなく、ただたむろしているだけだ。だから余計に、若者たちがここへ来る本来の目的（交際相手を見つける）が浮かび上がって、一種独特の雰囲気を醸し出している。

　中庭にいた若者たちが言うのには、歌垣は、夜9時くらいから翌朝にかけて、徹夜で歌うのだという。しかし私たちは、今回は下調べということ

185 小石宝山歌会(観音会)が行なわれる山。頂上の少し下に見えるのが観音廟(1999年)

186 観音廟への道は険しく、夕闇の中を、道に迷ったり渓流を渡ったりしてたどり着いた(同)

187 ときには山羊や牛などの家畜の群れともすれ違う。カメラを構える見慣れない出で立ちの私たちに驚いて、首をかしげて突然ピタリと立ち止まってしまった山羊の群れ（同）

橋後で、歌垣に関する聞き書き——9月20日（日）

▶188 会場の観音廟では、若者も中老年者たちも熱心に参拝をしている(1999年)

▼189 広場の建物1階には大勢の若者がたむろし、2階では散発的に中老年の歌垣があった(同)

190 若者たちはそれぞれ数人のグループで固まり、何をするともなく夜を待つ（同）

191 正面の門の辺りでは若い男女がグループではしゃぎ合い、やがて歌垣が始まった（同）

橋後で、歌垣に関する聞き書き——9月20日（日）

で徹夜の準備まではしていなかったので、夜9時を少し回ったところで会場をあとにした。若者たちの熱気を背後に受け、散発的に始まっていた歌垣の声を聞きながら去るのは、実に残念だった。しかし、来年か再来年にはもう一度必ず来ると心に期して、真っ暗な崖沿いの山道を、懐中電灯の小さな灯りと木の枝の杖を頼りに降りて来た。帰り道の途中、三々五々登ってくる若者たちとすれ違う。懐中電灯を持っていない人たちもいるのに、彼らはまるで昼間に歩いているかのような素速い足取りで、真っ暗な小道を身軽に登って行く。

　ここ「小石宝山歌会」（正式名：観音会）は、「石宝山」の歌垣よりも原始性を保っているように感じられた。石宝山には有名な歌の熟練者も多いし、特に1997年以後の行政主導による観光事業化によって、さまざまな変化が見え始めている。それに対して「小石宝山」の歌垣は、山の上にたどり着くまでの道が困難だから若者が中心になるのは当然だし、会場の狭さや、大樹郷自体にたどり着くまでの道路事情の悪さゆえに観光事業化はまず不可能であろう。したがって、ペー族のムラ段階の歌垣の姿は、むしろこの「小石宝山」の歌垣にこそよく残されている可能性が高い。これは何としてでも再訪しなければなるまい〕

　13：30、大樹郷を出発、沙渓で昼食をとり、15：31に甸南(ディエンナン)に戻るが、ここの分岐点で大渋滞。1時間以上待ってようやく出発、三菅(サンイン)で再び渋滞、19：10に大理に到着する。

〔補〕

　以下 歌垣 Ⅶ は、1999年の石宝山歌会で歌われたものである。この歌垣は、相手を侮辱するという非常に特殊な内容であったので、ペー族の歌垣の多様性をさらに浮かび上がらせるものとして、あえて本編に加えることにした。

石宝山の林の中の歌垣　　歌垣 Ⅶ

[日時]　1999年9月7日　16：06〜16：42（約33分間）
[取材場所]　剣川石宝山の左の斜面（寺院の建物のある斜面の反対側）の林の中。
[取材状況]　「賽歌台(サイグォ)」（歌競べ台）のある大きな広場の入り口の所に、左手の斜面の山道への登り道がある。そこを20mほど登ったあたりで、ペー族の民族衣装を着た娘たち5、6人のグループが固まっていて、その中の一人が男の歌い手と歌の掛け合いを始めた。男は羅興華(ルオシンフア)で、石宝山の歌垣に初めて調査に入った1995年以来の顔見知りである。

　工藤「現地調査報告・中国雲南省剣川白(ペー)族の歌垣（2）」（『大東文化大学紀要』第39号、1999.3）でも報告したが、1997年から「賽歌台」（歌競べ台）がコンクリート造りの立派な建物になり、かつ大音量のスピーカーが設置されるようになってから、この、左手の斜面の林の傾斜地（P239 写真⑮）での歌垣は97年、98年と完全に消滅していた。しかし99年には、このただ一組だけだったとはいえ、久々にここでの自然な歌垣が見られたのは幸運だった。

　下の広場は、人混みの中を車がクラクションを鳴らしながら通るので、歌う声がその騒音でかき消されてしまうこともある。羅興華の隣りには老人が歌に合わせて三弦を弾いている。この山道は、広場へ下(くだ)る通路であると同時に、別の地域へ行く山越えの登り道にもなっているので人がしょっちゅう通るのだが、そういったことにはお構いなしに歌垣が続けられた。通行人も、足を止め

192 歌垣Ⅶ 左に娘たち、三弦を弾いているのは羅興華(男①)、その右隣りに男②(1999年)

193 歌垣Ⅶ 男②との歌のやりとりに娘たちも大笑い。歌う娘は連れに囲まれて見えない

194 歌垣Ⅶ 〔30女〕男②(男①の右下)がしゃがみ込むと、それをなじる歌が掛けられた

195 歌垣Ⅶ 「愛情に飢えている」などと歌われた娘は、最後には怒って、連れと共に走り去った

〔補〕石宝山の林の中の歌垣

                    ては彼らの歌に聞き入る。
[歌う人]　　　男①が歌っていて、途中から男②が割り込んだ。最後に男③が一
　　　　　　　回だけ歌う。
　　　　　　　男①/羅興華（ルオシンファ）。25歳。未婚。温厚な好青年。歌垣は言葉が途切れ
　　　　　　　ることなく続けることができ、比喩表現も豊か。石宝山から約
　　　　　　　15kmほどの村、桃源（タオユエン）県明潤哨（ミンルンシャオ）（標高2350m）の人。石宝山
　　　　　　　歌会で1995年以来の顔見知りで、毎年歌垣を歌う姿をよく見か
　　　　　　　ける。1996年に採録した歌垣では、約4時間半歌いつづけた。
　　　　　　　男②/30歳前後。既婚者ふう。詳細不明。1995年以来の観察によ
　　　　　　　ると、羅興華とは顔見知りらしい。
　　　　　　　男③/見物人の中からの歌声。歌声のみで、人物不明。
　　　　　　　女/20歳くらい。常に、一緒に来た連れの娘たちの中に隠れて歌
　　　　　　　う。詳細不明。
[通訳]　　　　ペー語⇔中国語/施珍華　　中国語⇔日本語/張正軍
　　　　　　　以下は、ホテルでビデオ録画を再生しながら翻訳してもらったも
　　　　　　　の。
　　　　　　　　なおこの翻訳は、歌の1節ごとにビデオを止めて行なったの
　　　　　　　で、ほぼ歌われた歌詞に正確に対応している。ただし、厳密には
　　　　　　　剣川地域のペー族の歌垣は8句で1首という形式で構成されてい
　　　　　　　るのだが、そこまで正確に翻訳する余裕がなかったので、以下の
　　　　　　　記述は、2句ずつをまとめて1句として記述し、計4句という形
　　　　　　　になっている。
[日本語訳の最終調整]　　岡部隆志・工藤　隆

歌垣 VII　男が娘を侮辱する歌垣　　　　　　　　　　　　　　○映像13

〔1男①〕風は南から北に吹いて来ました。風とともに私（わたし）の妹（あなた）も私
　　　　のそばに吹いて（やって）来ました
　　　こんなにたくさんの人がいる中であなたは一番美しい人です。ほかの人も
　　　私と同じ意見だと思います
　　　あなたの前にいると心が温かくなっていくような気がします。妹（あな

た）がここにいるので、私は林の中にいても寒いとは思いません
　　きょうはまだ早いので、日が沈むまではまだまだ時間があります

〔2女〕兄よ、あなたが来たので私はもうここを離れたくありません
　　ここで歌うのはただの遊びで、おもしろいと思うので歌っています
　　あなたの言った通りに陽はまだ頭の上にあります。陽が沈むまでにはまだまだ時間があります
　　私が心配しているのは、私の歌が下手なのであなたに嫌われないかということです
　　　　（女は7、8人の連れの若い女性たちの輪の奥に隠れていて、顔が見えない。連れの女性たちもかなり神経質で、こちらのビデオカメラやカメラに対して、持参の傘を開いて自分たちの姿を隠してしまう。ときどきは傘を閉じることはあるものの、この態度はほぼ終了時まで徹底していて、歌っている女の顔は最後まで確認できなかった）

〔3男①〕あなたはあまりに謙遜していますね。あなたの歌は一番上手です
　　きょうはまだ時間があるから、二人でじっくり歌いましょう
　　私はあなたのことを三時間ほど探しましたが、やっとここで見つけることができました
　　去年も私たちは出会ったように思いますが、どうでしょうか

〔4女〕そう言われると、確かに私もあなたとどこかで出会ったような気がします
　　私は兄（あなた）がここにいるから、この山に登って来たのです
　　私は歌える歌が少ないので、たぶんあなたの歌の相手にはなれないでしょう
　　しかし、もう歌は始めたのですから、とにかくどこまでも歌いましょう

〔5男①〕妹よ、あなたは若い。私と恋愛できる年齢だと思います
　　私が、一緒にいると楽しい人だということを、あなたはきっと理解してくれるでしょう

私の歌は下手ですが、気にしないでください。ただあなたが歌を歌いたくなくなるのではないかと心配です
　　　あなたは私に会いにここに登って来たと言いました。私はそれを聞いてとてもうれしいです

〔6女〕兄よ、私のそばに来て歌ってください。そこは道ですから邪魔になります
　　　私はここに咲いている花です。蜜蜂であるあなた、花の所へ飛んで来てください
　　　花と蜜蜂が別れ別れで、一緒にいないのはよくありません
　　　ぜひ私のそばに来てください。別々にいるところをみんなに見られて恥ずかしいです

〔7男①〕あなたのそばに来てくださいと誘われて、とてもうれしいです
　　　そうしましょう。私たちが友達になることはとてもいいことです
　　　あなたのところに来てくださいと誘われましたが、しかし、まだ私にはあなたの顔も見えません
　　　あなたの所へ行って、ほかの人と間違えたら恥ずかしいです

〔8女〕こんな昼日中なのに、私の顔が見えないのですか？
　　　あなたが剣川の人だと私は知っています。私はあなたを見たことがあります
　　　石宝山であなたに会ったことがあります。あなたが歌の上手な人なのはよく知っています
　　　私たちは会ったことがあるのですから、心配しないでここに来てください
　　　　（女がこのように歌うのは、男①が実際に石宝山ではかなり知られている常連の歌い手だということによる）

〔9男①〕私はあなたのことを知りません。顔を私のほうに向けてくれませんか？
　　　そうすればはっきりとあなたの顔がわかります

あなたは人垣の中に隠れているので、私はどうしても見ることができません
　　ほかの人と間違えないように、こちらを向いて、顔をはっきりと見せてください

〔10 女〕恥ずかしいわけではありませんが、今は昼間なので、あなたと直接会うのをためらっているのです
　　もしも私の村の人に見られたら、噂を立てられますから
　　また、あなたがもし結婚していれば、帰ってから奥さんに叱られますから
　　そういうことをいろいろ考えるので、立ち上がって歌う勇気がありません

　　　（ここで男の歌い手が男②に交替）

〔11 男②〕私もあなたの兄ですから、二人で歌いましょう
　　私もあなたに出会った人の中の一人です。あなたと何かの縁があると思います
　　出会った場所が道でも、歌垣をしてかまいません
　　あなたは歌が上手ですから、ぜひあなたと歌を歌いたいです

〔12 女〕ちょうど私には、歌の相手がいないところでした
　　先ほど私は山を下りかけましたが、振り返るとあなたが見えたので戻って来ました
　　先ほどの男の人との歌は中断してしまいましたから、私はあなたと歌うことができてうれしいです
　　あなたは歌が上手ですね。さあ、歌いましょう。あなたが歌えば、私もそのあとを歌います
　　　　（女は「歌が中断した」と言っているが、実際には、男②が歌を横取りした形になっている。そのことにあえて触れないようにしているところに、女の配慮がわかる。男①はこのあとも、三弦を弾いたりしながらこの歌垣の行方を見守っている）

〔補〕石宝山の林の中の歌垣

〔13 男②〕あなたが歌い終わったら、私もすぐに歌います。まるで私の愛人と歌っているようです（周囲、どっと笑う）
　私はあなたを見かけてから、ずっとあなたを待っていました
　せっかく出会えたのですから、陽(ひ)が沈むまで歌いましょう
　あなたはとても美しい花ですから、一緒にいたいのです

〔14 女〕私と一緒にいてもかまいませんが、きょうは私と歌いたがっている男の人が多いようです
　ずっとあなたと歌っていたら、先ほどの男の人が嫉妬するでしょう
　私は一人ですから、あなたがた二人と歌うことができません。私は困ってしまいます
　できれば、あなたたち二人のうちの一人だけと歌いたいです

〔15 男②〕私たち男二人は一人のようなものです。どちらが歌おうと、歌うのが一人なら同じことです（女たち、笑う）
　一本の足で二つの船をまたいでもかまいません〔一人の女性が二人の男性を愛してもかまわないという意味〕
　私たち男二人は、一人はあなたの南側に、一人はあなたの北側にいます
　こういう位置にいますから、ちょうどあなたは真ん中で、二人のどちらとも遊ぶことができます
　　（実際には、男二人はごく近くに並んで立っているのだが）

〔16 女〕私は、一人が南に、一人が北にいても動じませんよ
　あなたも、あなたの隣りにいる男の人（男①を指す）も歌いたい。私はどちらの人に随(つ)いて歌えばいいのでしょう
　歌うことだけなら、何の心配もしていません
　私を二つに割って半分ずつあなたたちにあげるのは不可能です

〔17 男②〕あなたは私たち男二人と歌うと言いましたから、私も歌います（周囲、笑う）
　きょう私たち二人が一人の女性と歌うことができて、なによりうれしいで

す
　一人があなたの前を歩き、一人があなたの後ろを歩けば、あなたの前と後ろを守っていることになります
　私たち二人のうちの一人は、必ずあなたの夫になります

〔18 女〕そのような話を聞くと、どちらの人と歌ったらいいか迷います
　私がどちらの人と歌ったらいいのか、あなたたち二人で相談して決めてください
　前にも後ろにも男の人がいるのを、人に見られたら困ります
　私は悪い女だと、必ず人に笑われるはずです

〔19 男②〕あなたの話はとても気に入りました。ぜひ私を選んでください
　私は世話をするのが上手ですから、必ずあなたに満足してもらえるでしょう
　今までたくさんの女性と出会いましたが、気に入った女性は一人もいませんでした
　私が気に入ったのはあなただけです。妹よ、私を歌の相手にしてください

〔20 女〕私もあなたたち二人をよく見ました。先ほどの男の人（男①を指す）も、あなた（男②を指す）のこともよく見ました
　あなたを選んでもいいです。先ほどの男の人はもう要らないです
　私の周りにいる女性たちも同感だと思います。やっぱりあなたのほうがいいです
　あなたと一緒になら、私は顔をあげて堂々と歩いてもいいです

〔21 男②〕私もあなたのことをよく見ました。あなたが歌った歌はとてもおもしろいです
　あなたは歌が上手だけでなく、腕もあります〔いろいろな方面で能力が高いという意味〕
　あなたは、なににつけてもすばらしいです
　すばらしい妹よ、もうここまで話したのですから、私のそばに来てくださ

〔補〕石宝山の林の中の歌垣

い

〔22 女〕あなたの所へ行って、道の真ん中に立つのはよくありません
　　もし私の所へ来れば、私の前にいる女性たちが、人に見られないように私たちを隠してくれます
　　私たちは、前の女性たちの後ろに隠れてこっそりと歌い合うのが一番いいのではないでしょうか
　　もう私はあなたを誘いました。来るか来ないかはあなた次第です

〔23 男②〕私があなたの所へ行かないのは、それが恥だからではありません
　　もし本当に行ったほうがいいと思えば、自分から近づいて行きます
　　周りにこれだけ大勢の証人がいるのですから、あなたは安心して私を選んで大丈夫なのです
　　だから、あなたが私のそばに来ることに何の問題もありませんよ

〔24 女〕妹の私は字が書けません。字が書けるあなたはそのことを気にしない人ですか？
　　あなたが私のそばに来るほうが道理に合っています
　　男なのに私のそばに来る勇気がないなんて、人に笑われますよ
　　私のそばに来たくないというのなら、もういいです

〔25 男②〕妹よ、私は白い馬であなたは金の鞍で、とてもよい組み合わせです
　　あなたが許してくれるなら、そこへ行くのはもちろん、あなたの家に婿に行ってもかまいません
　　みんなの前で堂々とつきあって、大勢の客を招待してごちそうをし、披露宴をしましょう
　　前にいる邪魔者たち、ちょっとどいて。私はあなたのところに手を取りに行きます（周囲、笑う）

〔26 女〕私たちはただここで歌を歌うだけですから、そういうことはしないでください

　　　　　きれいか醜いかなど、どうでもいいことです。ただ、歌が上手であればいいのです
　　　　　愛情いっぱいに歌えばいいのです
　　　　　お互いに気に入ったら、長く歌いつづけましょう

〔27 男②〕私は必ずあなたを妻にします。私の妻になれるかどうかと心配しないでください（周囲、笑う）
　　　　　あなたを妻にしたら大事にします。あなたに嚙みついて食べてしまうなんてことはしません（周囲、笑う）
　　　　　私はただ情（じょう）の深い、良いことしか言っていないのに、あなたは意気地のない人ですね
　　　　　私は肝（きも）の据わった男で、あなたが思っているような意気地なしではありません

〔28 女〕あなたはお世辞が上手で、良いことばかりを言っています
　　　　　あなたが良い言葉をすべて言ってしまったので、犬が舐（な）めてももう何も残っていません
　　　　　私はまだ若いですから、お婆さんではありません
　　　　　私は本当のことを言ったのですから、ぜひ私を信じてください

　　　　　（男②、しゃがみ込む。次の男②の歌まで、約14秒間、間（ま）があく）

〔29 男②〕いいですよ、いま二人で約束して別の所へ行きましょうか？
　　　　　人のいない所へ行って、密かに話せば心が通じます
　　　　　（8句のうち半分の4句しか歌わなかった）

〔30 女〕兄よ、あなたは変な人ですね。歌っている途中でしゃがみ込んでしまいました（連れの女たち、笑う）
　　　　　立ち上がって歌う勇気がないのは、相手に失礼なことをしているという気持ちがあるからです（連れの女たち、笑う）
　　　　　立ち上がって人の前で姿を見せることができない人なら、私はあなたを要

〔補〕石宝山の林の中の歌垣

　　　　りません

　　　　あなたは、いったんしゃがんだら立ち上がれない人なのですね（周囲、笑う）

〔31 男②〕あなたは理由を作っていますね。たぶんおなかが空いたので食事が
　　　　　したいのではありませんか？〔愛情に飢えて愛人を求めているの
　　　　　意〕（周囲、笑う）

　　　　あなたがそんなに愛情に飢えている人なら〔「あなたは、どんなに男がい
　　　　てもけっして満足することがないほど男好きで、いつも愛情に飢えてい
　　　　る」という意〕、私もあなたを要りません（周囲、笑う）

　　　　あなたのような女性なら、歌わなくても、手を振っただけで男は随いて来
　　　　ますよ

　　　　私もはっきり言います。もうこれでいいと言うのなら、これで終わりにし
　　　　ます

〔32 女〕あなたは肉のついていない、骨だけの人間です

　　　　あなたは三世代もの長いあいだ、女性に会ったことがない男でしょう（連
　　　　れの女たち、笑う）

　　　　互いに出会って歌い合うのですから、良いことだけを歌えばいいのです。
　　　　相手を侮辱するのはよくないことですが、あなたが言うので私も言い返す
　　　　のです

　　　　やはり縁起のいいことを歌いましょう。そんなに人を侮辱する言葉はやめ
　　　　ましょう

〔33 男②〕たぶんあなたのような女性こそが一番可愛いのだと、私はいま思っ
　　　　　ています（周囲、笑う）

　　　　あなたのように（愛情に）飢えている女性が、一番いい妻になるでしょう
　　　　（周囲、笑う）

　　　　これからは縁起のいい言葉で歌いましょう。先ほどあなたと歌っていた男
　　　　にも、伴奏をしてもらいます

　　　　あなたにもそういう気持ちがあるのなら、良い言葉で歌いましょう

〔34 女〕さっきは曇り空になりましたが、今はまた晴れてきました
　　　　兄よ、あなたの顔は空のようにいつも変わりますね
　　　　それじゃ、あなたが南に向いて歌ったら、私も南に随いて行きます。北に向いて歌ったら、北に随いて行きます
　　　　私も世の中のことは知ってますから、あなたのような男の人を怖くはありません

〔35 男②〕妹よ、あなたはそこにずっと隠れていて、どうして出てこないのですか？
　　　　周りの人がこれほど期待しているのに、どうしてあなたは出てこないのですか？
　　　　もしもっと早く出会っていれば、あなたの性格の悪さがわかったでしょう
　　　　もしも私がこんな人を妻にしたら、村中の人があなたのことを怖がるでしょう

　　　　　　（しばらく歌が中断、女は歌を返さない。女の周りにいる連れの女たちは、「冗談だから、風に吹かれ、雨に降られて流されて行ってしまうようなものなのだから、気にしないで、本気にしないでもっと歌いなさいよ」などと口々に言っている。3分半ほど気まずい雰囲気が全体を覆う。すると、3人目の男③が歌い出した。男③は歌声のみで、その姿は確認できなかった。映像にもその姿は見えない）

〔36 男③〕皆さんが歌わないから、私が代わりに歌いましょう。もし私が歌わないとあなた（＝女）が歌わないから……
　　　　私はもう年寄りですが、歌ってもかまわないでしょう。また続けて歌いましょう
　　　　妹よ、私たちはあなたの歌を聞きに来ました。このまま歌をやめてしまうのはよくありません
　　　　妹よ、あなたは私の家にいる妹によく似ています。私の妹ではありませんが、私の新しい友達になってくれませんか？

〔補〕石宝山の林の中の歌垣

（女たちは逃げるように一斉に坂を降りて行ってしまう、写真⑲。周囲の見物人から、「追いかけろ、追いかけろ」「アーホイ、アーホイ」という囃し声）

[歌垣 Ⅶ に関する施氏のコメント]
◎侮辱を歌う歌垣について
　通訳を終えた施氏に、この歌垣について尋ねた。以下、答えるのは施氏。
Q／この歌垣をどう評価するか？
A／言葉は新鮮で、俗っぽい掛け合いではなかった。
Q／女性のほうの歌も悪くなかったのでは？
A／女性は、相手の侮辱の言葉に負けずに、もっと良い言葉で歌いましょう、と言った。しかし、「おなかが空いている（男の愛情に飢えている）」という侮辱の言葉には耐えられなかったようだ。
Q／男性がそういう言葉を使ったのは、相手との高いレベルでの応酬を期待した挑発だったのか。
A／こういうふうに歌えば自分が勝ち、相手が負けると思ってわざとこう歌っている。女性も侮辱の言葉を言えるのだが、相手に失礼だから遠慮しているだけだ。
Q／最後は勝ち負けを競っていたのか。（岡部）
A／そうではない。負けたということではなく、自分が侮辱されると、悪い噂が立って自分の名誉にかかわるので、歌を続けるのが嫌になったのだろう。
Q／この場合結果的に女性が負けたということになるのか。（岡部）
A／どっちが勝ったか負けたかという判断をするなら、私の評価では、男性（男②を指す）が負けたことになる。男性は上品な言葉で歌いつづけることができずに、相手を侮辱する内容の歌になってしまったからだ。
Q／理想的には、どちらも友好的に褒め合って、ずっと長く続いていくのがいい歌垣なのか。
A／そうだ。<u>私はあなたのどこどこが好きだと、互いに褒め合う歌がいい</u>。この女性は二人の男性を相手に歌ってもかまわなかったのだが、二番目の男の言葉があまりにひどいので相手にしたくなくなったのだ。
Q／最初に優しく歌った男性は、これまで何度か取材をしている羅興華（ルオシンフア）だった

が……。
A／そうだ。ところで、女性に対してもう一つ失礼だったのは、羅興華との歌の勝ち負けがついたわけではないのに、あとの男性が途中から割り込んできたことだ。
Q／男性の失礼な歌に対して、もし女性がもっと侮辱的な言葉で言い返し続けたら、この歌垣はどうなっていたか。
A／どっちが勝つかはわからないが、二人ともお互いに傷ついて終わるだろう。周りで見ている人は面白いから笑うだろうが、結局、二人にとっては不愉快なだけで、プラスになることはない。女性のほうは２番目の男性（男②）との歌の掛け合いの途中で、侮辱的な歌の掛け合いを止めて、良いことを歌おうと流れを転換しようとしたが、男性は女性の気持ちが理解できなくて、侮辱的な歌い方を止めなかった。

◎歌垣のマナー
Q／羅興華のほうはいつも上品な内容で歌うが、歌い手によって歌い方に癖があるのか。（工藤綾）
A／歌い方には確かに癖があるものだが、それにしても相手を侮辱する歌を歌う人は珍しい。
Q／２番目の男性が歌ったペー語の「ポッラ」〔中国語の「潑辣」（悪どい）にもとづく語〕という悪口（〔35男②〕の「性格の悪さ」）は、女性に対してはめったに使わないものなのか。
A／<u>本当に、めったに使わない悪い言葉だ。</u>
Q／それでは、なぜ、あの男性はそんなに意地の悪い歌を最後まで歌いつづけたのだろう。
A／それはもしかしたら歌い手としての癖かもしれない。人を侮辱したりからかったりするのが好きなのかもしれない。しかし、女性のほうが同じように悪口で言い返したら、この男性は負けてしまうと思う。
Q／女性の歌う能力は大変高いと見たわけか。
A／高いとは言えない。ただ、<u>侮辱的な言葉を歌って勝ちたい人というのは、歌のレベルが低いものだ。</u>ほかの方法がないから、そういう言葉を使って勝とうと思うのだ。

〔補〕石宝山の林の中の歌垣

Q/女性の歌のレベルはどうだったのか。本気で侮辱的な歌の応酬をしたら男性に勝つか。
A/必ず勝つと思う。人を侮辱する言葉を使うことに関しては女性のほうが強いものだ(笑い)。特にペー族の女性は強い。
Q/女性は、最初から最後まで連れの女性たちの後ろに隠れていて表に出てこなかった。男性はそれを理由に悪口を言っていた。あのように、いつも人の後ろに隠れて顔を見せないのは、よくないことなのか。(岡部)
A/あれは仲間の女性たちが彼女を守っているのだ。男性の中には、だんだん近づいてきて、抱きつこうというような男もいるから。夜なら顔が見えないから隠れる必要はないが、昼間で、しかも道のそばでもあることだし、顔を見られるのはよくないと思っている。私は、夜に懐中電灯を持って、歌垣をしている人を見に行ったことがあるが、夜の場合はほとんどが二人一緒に並んで座って歌っている。
　(3日前の)9月5日の夜、大理州の文化連合会の人たちが照明をつけて取材をしたら、ライトに照らされた歌い手たちは恥ずかしがって歌を止めてしまった。やっぱり、歌を歌うには、相手がはっきり見えない状態のほうがいい。
Q/1番目の羅興華(ルオシンファ)から2番目の男性に歌い手が交替したが、歌垣の場では相手に配慮して、女性が積極的に相手を選ぶことはしないものなのか。例えば、「前の男性に代わってほしい」というように。(工藤綾)
A/女性のほうは二人の男をどちらも傷つけないようにしている。男たちが相談してどちらが歌うことになれば、女性はその男性を相手に歌う。もし、女が一人を勝手に選んでしまうと、選ばれなかった男性は、嫉妬したり勘ぐったりしてしまう。面子を失ってぐすぐずと悪いことばかり言う。だからこの女性は、賢い選び方をしたと思う。
Q/施さんの講評のおかげで、この歌垣が、めったにないユニークなものだったことがわかっておもしろかった。
A/以前、歌垣には幾種類かのパターンがあると話したとき、工藤先生は「人を侮辱する内容の歌垣にはまだ出会っていない」と言ったが、やっと出会ったことになる。これで、ペー族の歌垣のほとんどの種類に出会ったことになると思う。

Q/施さんは、このような歌のやりとりに今まで出会ったことがあるか。(岡部)

A/ある。それは、一生忘れられない歌垣だ。

　一人のお爺さんがある娘さんを相手にどうしても歌いたかった。女性のほうはそのようなお爺さんと歌うのが嫌で、お爺さんをひどく侮辱した。女性がどのように言ったかというと、「お前はもう死にかかっている」、「お前はもう人間じゃない」、「お前は弓だ〔弓のように背中が曲がっているという意〕」、「もう下顎はない、それでもまだ美しい花を探すのか」と、このような言葉で歌った。

　そのお爺さんはずいぶん前に亡くなったが、私はお爺さんを罵ったあの言葉をまだよく覚えている。この歌垣のことは広く世間に知られていて、人々はその言葉をまだ覚えている。

Q/相手を侮辱し合う歌垣というのは長くは続かないように思うのだが、長く続く場合もあるのか。(工藤綾)

A/確かに侮辱的な言葉を言い合う歌は長くは続かないものだ。ただ、続けば侮辱の程度はだんだんひどくなっていくものだ。両方とも気分を害して、ますます悪い言葉を言い募って終わることになるだろう。

Q/そういう歌が出ると、それは世間で有名になってしまうのか。(岡部)

A/確かに、広く伝わってしまうことが多い。

Q/全体としてこういう歌は少ないのか。

A/少ない。基本的に歌垣は、相手を尊敬し合って歌うものだ。

おわりに

　私たち古代文学研究者は長いあいだ、「歌垣」や「神話」というものが歌われたり語られたりする現実の場や機会を知らないでいた。もちろん、中国などの少数民族のそれらについては、すでに文化人類学、東洋史学、中国学などで成果が発表されつつあった。しかし、それらの分野の調査資料や報告論文、単行本などを読んでいても、どうしてもある部分から先のイメージがわかない。歌垣についていえば、現実の生の歌垣がどのように進行するのか、その際に交わされる歌詞はどのようなものか、歌い手はどのようなかけひきをするのか、メロディーはどうなっているのか、そのほかさまざまなことがわからない。その結果、『古事記』や『万葉集』の古層を解明する手がかりが、見えてこなかった。

　『古事記』『万葉集』は、ともすれば、"文学作品として日本最古"であることを"日本列島の最古の文化"であることに混同される傾向にあった。その典型が、『古事記』に描かれた神話世界を、現実の日本列島の最古の歴史と同一視することに発する"皇国史観"である。江戸時代の『古事記伝』（本居宣長）は、古事記研究の側からこの方向を加速させたが、現在の古事記研究もまた基本的にこの方向から脱却できていない。

　このように言うと、多くの古事記研究者からは、"私は皇国史観を否定している"とか"私は天皇制が大嫌いだ"とかの反論が出るであろうが、私はそういうことを言おうとしているのではない。現在の古事記研究者の多くが、712年に『古事記』として結晶する以前の古層の日本列島民族文化のあり方の現実的な像を持とうとしていない点で、本居宣長と基本的に同じだということを言おうとしているのである。

　それでは、700年代の作品である『古事記』『万葉集』の、古層の部分の現実的な像はどのようにすれば得られるのか。もちろん考古学の助けは必要だが、言語表現や祭式については、縄文や弥生の日本列島民族ともさまざまな交流を持っていたと思われる、中国大陸や東南アジアの諸民族の文化を参考にする以外にない。しかも、それら諸民族の多くは、現在では少数民族と位置づけられ、古来の文化をかなりの部分で継承しているらしい。したがって、彼ら少

数民族の文化のあり方を観察して、それらを参考にしながら『古事記』『万葉集』以前の日本列島文化をモデル的に復元しなければならない。

　というわけで、私が少数民族文化に接するときの第一の動機は、日本文化の根源、日本人としてのアイデンティティー、日本文化とはなにか、を探ることにある。そのうえでそれが、地球規模での世界性、普遍性にどう関わっていくのかという問題を考える。おそらくこのあたりが、文化人類学・東洋史学・中国学の研究者の動機と、力点の置き方が逆転しているのであろう。自分が日本人である以上、特に文化論の場合、日本人研究者は、日本の側の問題もしっかりと把握する義務があると、私は考えている。

　ところで、『古事記』『万葉集』というと、多くの人は単に"文学"だけの問題ではないかと考えるかもしれない。しかし、明治維新以後1945年の敗戦までのあいだ日本人を政治的にも動かしたものは、『古事記』や『万葉集』に依拠した思想・心情だったのであり、その典型が皇国史観であった。特に『古事記』は、文学としても、政治思想としても、神道という半宗教の教義としても読まれうるのである。したがって、『古事記』『万葉集』を文学だけに限定すると、日本人のアイデンティティー像に対する視点の欠落を招き、死角を抱え込むことになる。

　歌垣の実像にしても、多くの人は、せいぜい日本古代文学研究者や短歌愛好者だけにとって意味のある問題だと考えるかもしれないが、けっしてそうではない。本調査記録の歌垣資料からもわかるように、歌垣は"男女が対等である"という装いを持っている。これは、古代中国に代表されるアジアの国家のあり方と矛盾する。というのも、アジアの古代国家では、支配する者と支配される者との峻別や、儒教に代表される男尊女卑思想などがその特徴の一つだったからである。ところが、600、700年代の大和朝廷は、中国ほどの規模ではないにしてもそれなりに国家の体裁をとっていたのに、その宮廷が、"男女平等"の歌垣的な世界に根を持つと思われる膨大な恋歌を『万葉集』として結晶させたということは、アジアでもかなり特殊な現象だったと考えなければならない。

　これは『古事記』にしても同じことである。『古事記』はその成り立ちの古層からいえば、実は政治の書というよりも、"恋の歌物語"的な性格を色濃く残した書物である。そして、本調査記録の 歌垣 II と独立歌曲「月の中の桂

の花」との交流関係を見ればわかるように、そういった"恋の歌物語"は間違いなく歌垣文化の中で育まれたものであろう。

　言うまでもないことだが、"恋の歌物語"や恋歌の表現の力点は、ロマンチシズム（空想的かつ甘い世界を夢見る思い）やセンチメンタリズム（感傷主義）にある。それに対して国家運営の力点は、リアリズム（現実直視の眼）に置かれなければならない。つまり、600、700年代の日本国は、大唐帝国や朝鮮半島の新羅との関係のなかでリアリズムが最も必要とされていた時期なのに、『古事記』や『万葉集』のような、リアリズム性を著しく欠いた書物を誕生させてもいたのである。

　そして、このリアリズムの眼の弱さと恋歌的な甘さの享受とは表裏一体のものであり、それはそれでなかなか得がたい優雅さと余裕感を現代日本文化にまで与えてくれている。しかし一方では、特に国際関係におけるリアリズムの眼の弱さゆえに、数十年あるいは数百年おきに、日本国は致命的に近い打撃をこうむってもいるのである。

　極端に言えば、現代日本は依然として"恋の歌物語"や恋歌に象徴されるロマンティシズムと甘さを継承しながら国家運営をしているのであり、多くの知識人もまた基本的にこのことに無自覚なまま、そのロマンティシズムと甘さを共有しているのである。私はこれを、"現代日本文化の少数民族文化性"と称しているのだが、しかしこれには優雅さと余裕感のほかにもプラス面がある。まず、ロマンティシズムと甘さがいい方向に働いたときには、理想主義や向上心となることがある。これを逆にいえば、あまりに目先の利益ばかりを考えたリアリズムの場合は、長期的にはその社会が大きく成長する可能性を奪うのである。また、近代社会がひたすら生活の利便性、効率性を求めて欲望を拡大しつづけ、その結果としてすさまじい自然環境の破壊をもたらしているのに対して、自然との共生と節度ある欲望を旨として生きている少数民族の社会は、近代社会に多くのことを教えてくれるプラス面を持っている。日本国は、アジアではそれなりに先進的な近代化を進めてきたにもかかわらず、縄文・弥生に根を持つ少数民族文化性も色濃く残しているという点で、実に貴重な存在なのではないだろうか。また、短歌や俳句にしてもその根は少数民族的な歌文化にあるのだが、そういった歌文化が、庶民レベルも含めてこれほど広範に生きている近代国家は世界でも稀である。このように、現代日本文化が少数民族文化性

を継承してきていることに大きな意義を認め、そういった日本国の独自性をこそ世界に向かって発信していくべきなのである。

というわけで、歌垣文化の現実像の把握は『古事記』や『万葉集』の本質把握に通じ、同時にそれは日本古代国家の性格の把握にも通じ、その把握はさらに、現代日本の国家と文化の潜在層をも浮かび上がらせることになるだろう。

少々壮大に過ぎることを述べたかもしれないが、短歌愛好者からみても、本調査記録が収録した7つの歌垣の現場資料といくつもの聞き書きは、歌というものの原型的なあり方を示唆する多くの手がかりを提供することだろう。

近代短歌は、"短歌作家"の個人名を背負った"個的な営為"という匂いが強いが、私のように短歌を作らない側の人間からは、そうとばかりにも見えない。一つ一つの短歌に違いのあることはよくわかるが、短歌の世界を遠くから見ると、その全体が一つの塊りに見えてしまうのである。たとえば、少々極端だがわかりやすい例でいえば、悪事を犯した人間とその被害者がそれぞれの立場で自分の思いを短歌に詠んだとした場合、それぞれの立場の違いは一気に後景に後退して、代わりに短歌共同体とでも呼びたくなるような世界特有の、同質の心情表現が前景にせり出してくる。つまりは、近代短歌の作家もまた、ペー族の歌垣の現場と同じように、短歌共同体という"見えない歌垣"のなかの"見えない相手"と歌を交わし合っているのであり、そこには歌表現の様式を共有するという家族的親密さがあふれているのではないか。

ペー族の歌垣には、ペー族文化が蓄積してきた表現様式の層があり、それを踏まえながら一人一人の歌い手が自分なりの個性を込めていくが、近代短歌の場合も、おそらくは2000年近くの歴史を持つヤマト語の歌文化の蓄積してきた表現様式の層の上に、近代人なりの個性を加えているのである。近代短歌における批評家や読者の役割は、ペー族の歌垣の現場で多くの見物人が果たしている役割と基本的に同じであろう。

それはともかく、現代に生きている自然な歌垣の現場が、本調査記録のような生の形で公開されるのは世界でも初めてなのではないか。今後、本調査記録の資料が多方面の問題意識によって分析され、日本文化の基層そのほかの把握に少しでも貢献できればと期待している。

2000年2月25日　　　　　　　　　　　　　　　　工藤　隆

工藤　隆（くどう　たかし）
　　　　1942年栃木県生まれ。東大経済学部卒業、早大文学研究科大学院（演劇専修）前期
　　　　課程卒業、同後期課程単位取得修了。日本古代文学・演劇学研究家、作家。大東文化
　　　　大学文学部日本文学科教員（日本古代文学担当）。1995.4～1996.3中国雲南省雲南
　　　　民族学院・雲南省民族研究所客員研究員。
　　　　［著書］『日本芸能の始原的研究』（三一書房）『劇的世界論』（花林書房／発売・北
　　　　斗出版）戯曲集『黄泉帰り』（花林書房）『演劇とはなにか―演ずる人間・演技する文
　　　　学』（三一書房）『大嘗祭の始原―日本文化にとって天皇とはなにか』（三一書房）『祭
　　　　式のなかの古代文学』（おうふう）『古事記の生成』（笠間書院）小説『新・坊ちゃん』
　　　　（三一書房）『歌垣と神話をさかのぼる』（新典社）『ヤマト少数民族文化論』（大修館
　　　　書店）

岡部隆志（おかべ　たかし）
　　　　1949年栃木県生まれ。明治大学大学院日本文学科修士課程修了。専攻は日本古代文
　　　　学、近現代文学、民俗学。文芸評論家として短歌評論を手がける。現在、共立女子短
　　　　期大学助教授。
　　　　［著書］『北村透谷の回復―憑依と覚醒―』（三一書房　1992）『異類という物語―
　　　　「日本霊異記」から現代を読む―』（新曜社　1994）『言葉の重力―短歌の言葉論―』
　　　　（洋々社　1999）
　　　　［論文］「憑依と神婚―異類婚の発生―」『日本文学』1998.5　日本文学協会）
　　　　「神話の中の身体」『文学・芸術』1999.7　共立女子大）「『遠野物語』の生成―異聞
　　　　から物語へ―」『古代文学』39号　2000.3　古代文学会）

＊本書は大東文化大学研究成果刊行助成金を受けた刊行物である。

中国少数民族歌垣調査全記録 1998
ⓒ Takashi Kudo, Takashi Okabe 2000

初版発行————2000年6月10日

著　者————工藤　隆・岡部隆志
発行者————鈴木荘夫
発行所————株式会社 大修館書店
　　　　〒101-8466 東京都千代田区神田錦町3-24
　　　　電話03-3295-6231（販売部）03-3294-2353（編集部）
　　　　振替00190-7-40504
　　　　［出版情報］http://www.taishukan.co.jp
装丁者————井之上聖子
印刷所————壮光舎印刷
製本所————三水舎

ISBN4-469-29081-5　　　Printed in Japan

Ⓡ本書の全部または一部を無断で複写複製（コピー）することは、
著作権法上での例外を除き禁じられています。

歌垣は、どこで、どんなふうに、どんなメロディーで歌われるのか。
本書の内容が生の映像で確認できる別売ビデオ。

ビデオ編
中国少数民族歌垣調査全記録 1998

(VHSステレオ・123分　税抜価格3,000円)

監　　修　　　　工藤　隆・岡部隆志
撮影・編集　　　工藤　隆・岡部隆志
制作・発売　　　大修館書店

◎このビデオ編は本書『中国少数民族歌垣調査全記録1998』の映像編である（付録として1999年の調査記録の一部を収録）。
◎実際の歌垣が、どこで、どのように、どんなメロディーで行われるのか、本ビデオの迫力ある映像が答えてくれる。
◎ビデオ映像の各場面は本書の内容と対照させてある（本書中の➡映像1〜13と示した箇所）ので、詳しい説明は本書を参照した上で視聴できる。

収録映像

➡映像1　鬼祓いの歌
➡映像2　雑穀の収穫の歌
➡映像3　ドゥアン族の古老の家を訪問
　　　　仏様を拝むときの歌
　　　　恋歌
➡映像4　ジンポー族の村を訪ねる
　　　　ジンポー族の女性から歌垣についての聞き書き
➡映像5　海灯会会場の入り口
　　　　海灯会会場内の雑踏
　　　　礼拝

　　　　　　踊り
　　　　　　対歌台
　　　　　　湖の風景
　　　　　　丘の小道で歌を掛け合う中年男女
　　　　　　会場入り口付近の建物で、中年の歌の熟練者による歌垣
➡映像6　　│歌垣　Ⅰ│　里帰りした女性と複数の男性の歌垣
　　　　　　隣りで同時進行している歌垣
➡映像7　　│歌垣　Ⅱ│　ツービー湖畔の小道での歌垣
➡映像8　　│歌垣　Ⅲ│　露天前の雑踏での歌垣
➡映像9　　│歌垣　Ⅳ│　歌の熟練者が歌の下手な娘をからかう歌垣
➡映像10　│歌垣　Ⅴ│　歌の名手と老女の歌垣
➡映像11　映像10の隣りの部屋でも行なわれている歌の掛け合い
➡映像12　│歌垣　Ⅵ│　若者同士の歌垣
　　　　　　　　〔その1〕ベランダで歌い合う
　　　　　　　　〔その2〕部屋の中に入って歌い合う
　　　　　　　　〔その3〕女性が退出して歌が終わる
➡映像13　│歌垣　Ⅶ│　男が女を侮辱する歌垣
　　　　　　　　〔その1〕男①と女性グループの独りが歌を掛け合う
　　　　　　　　〔その2〕男の歌い手が男②と交替
　　　　　　　　〔その3〕男②の侮辱に耐えきれず女たちはその場を
　　　　　　　　　　　　　立ち去る

大修館書店（平成12年6月現在）